anagramma

1163

Prima edizione: febbraio 2024

ISBN 978-88-227-7969-4

www.newtoncompton.com

Realizzazione a cura di Caratteri Speciali, Roma
Stampato nel febbraio 2024 presso Puntoweb s.r.l., Ariccia (Roma)

Scarlett Reese

Just Another Love

Newton Compton editori

Alla mia famiglia,
fonte d'ineguagliabili dolori
e d'incommensurabili gioie.

Io e te,
vicini ma distanti,
che basta un passo per distruggerci
e un altro per amarci.

(tratto dal web)

Playlist

Believe di Mumford & Sons
Waves di Dean Lewis
I Will Wait di Mumford & Sons
Another Love di Tom Odell
Impossible di Nothing But Thieves
Acid Eyes di Paolo Nutini
Bruises di Lewis Capaldi
Everything I wanted di Billie Eilish

Capitolo 1
Skyler

Il ticchettio dell'orologio era l'unico rumore presente nella stanza.

Due paia di occhi mi fissavano in attesa, arrampicandosi su di me e schiacciandomi con il peso delle loro aspettative.

Erano le tre di un pomeriggio di marzo, pioveva a dirotto.

Il monolocale che condividevo con Tris era piccolo e pieno di cianfrusaglie, rispecchiando appieno il caos che avevo in testa.

Il tavolo rotondo che mi separava dalle due persone che avevano appena fatto irruzione nella mia vita a gamba tesa sembrava più grande del solito, come un abisso tra i nostri due mondi, così diversi e distanti da non far neanche parte della stessa galassia.

La bionda seduta di fronte a me, con la manicure impeccabile e un tailleur color panna, era mia sorella Eleonore, o almeno lo era per metà. Condividevamo buona parte del DNA, ed era tutto ciò che avevamo mai avuto in comune oltre allo stesso cognome.

Il suo sguardo era intriso di speranza e di un dolore che dedussi dovesse accompagnarla da tempo. La mia era solo una supposizione, visto che era almeno un decennio che non la vedevo.

Al suo fianco c'era il marito, Mason *qualcosa*. Sguardo tenebroso, cappotto scuro sopra un tre pezzi su misura e capelli scuri bagnati di pioggia. Un figo pazzesco, se ti piaceva il tipo ricco, arrogante e snob. Io preferivo gli squattrinati con la chitarra e il sorriso sghembo, ma quando gli avevo stretto la mano ero stata invasa da un brivido che mi aveva ottenebrato la mente, tanto che non avevo sentito quale fosse il suo cognome.

Nel breve resoconto che mi aveva fatto la mia sorellastra, erano sposati da dieci anni e ovviamente si erano scordati di invitarmi al matrimonio.

Non che me ne fregasse qualcosa. Io odiavo Eleonore, o almeno, avevo sempre sostenuto che fosse così.

E la cosa era reciproca, anzi, lei mi odiava per davvero.

Io ero la causa di tutti i suoi mali.

Per questo non riuscivo ancora a credere che si fosse presentata a casa mia, dopo una vita a fingere che non esistessi, per chiedermi una cosa tanto importante quanto assurda.

Avrei voluto che Tris fosse rimasta, invece dopo aver preparato del caffè e aver lasciato tre tazze fumanti sul tavolo, aveva preferito defilarsi con una scusa, lasciandoci soli.

Il caffè ormai era freddo e nessuno lo aveva ancora toccato.

Mi rigirai la tazza tra le dita, usandola come valvola di sfogo per il nervosismo che mi chiudeva lo stomaco.

«Perché io?», fu la sola domanda che tra mille riuscii a tirare fuori dalle labbra.

Eleonore allungò una mano verso di me sul tavolo, sperando che la stringessi. Non lo feci.

«Perché entrambe meritiamo di essere felici», mormorò, lasciando la mano lì, sospesa nell'abisso che ci divideva.

Una risata isterica sfuggì al mio controllo. «E in che modo prendere venti chili e partorire al posto tuo dovrebbe rendermi felice, scusami?»

«Perché ti pagheremo», sibilò Mason, afferrando la mano di Eleonore sul tavolo per stringerla forte nella sua, «ti pagheremo così tanto che non dovrai mai più lavorare».

La sua voce era roca e cavernosa, mi metteva i brividi in modi che non volevo neanche analizzare.

«A me piace il mio lavoro», borbottai, ma era una bugia.

A nessuno sarebbe piaciuto servire ai tavoli di un fast food dodici ore al giorno sei giorni su sette, con i capelli che puzzavano costantemente di fritto e i piedi ricoperti di piaghe. E tutto solo per poter pagare metà delle spese di un monolocale a Harlem.

Detestavo il mio lavoro. Detestavo il mio appartamento e detestavo la mia vita, ma non avevo nessuna intenzione di ammetterlo davanti a loro.

Mason inarcò un sopracciglio, scettico. Staccai a fatica gli occhi dal suo volto per tornare a guardare lei, la sorella che avevo sempre desiderato e che non avevo mai avuto.

«E comunque non puoi presentarti qui dopo tutto quello che c'è stato tra noi e pretendere che io ti dica di sì».

Mi alzai di scatto, mossa dal nervosismo e dalla rabbia.

Avrei voluto avere un'altra stanza in cui rintanarmi per nascondere il dolore che mi bagnava gli occhi, ma potei solo voltarmi e dargli le spalle, ricacciando indietro la bambina che ancora viveva dentro di me e che soffriva per l'indifferenza che sua sorella le aveva sempre riservato.

«Skyler». Il mio nome nella sua bocca suonava diverso, estraneo alle mie orecchie. Sentii la sua mano sulla spalla, un tocco delicato che mi strizzò il cuore nel petto. «Mi dispiace tanto».

Una vita. Una vita passata a sperare di sentirle pronunciare quelle semplici parole e adesso che stava succedendo davvero… i ricordi facevano comunque troppo male.

«È troppo tardi per le scuse», dichiarai, tirando su con il naso.

«Non è mai troppo tardi», replicò piazzandosi davanti a me. «Voglio sistemare le cose tra noi. Voglio imparare a conoscerti e voglio che tu mi conosca. Quello che ti sto chiedendo di fare per me è una cosa immensa, lo so. Potrei andare in una clinica e trovare una madre surrogata anche oggi, ma non c'è nessun altro a cui lo chiederei… Tu sei mia sorella. L'unica a cui affiderei la vita di mio figlio».

Eleonore stava piangendo, proprio come me. I nostri occhi, così diversi nella forma e nel colore, stavano galleggiando nello stesso mare di lacrime e dolore.

Accettando la sua proposta, entrambe avremmo riavuto una parte di ciò che ci era stato negato: io l'amore di una sorella, lei il bambino che il cancro le aveva impedito di avere.
Solo che io non credevo di volerlo più, il suo cavolo di affetto.
Scossi la testa. Era troppo. Mi stava chiedendo davvero troppo.
Un singhiozzo le sfuggì di bocca l'attimo prima che scappasse fuori dal mio appartamento.
Mi sfregai gli occhi con un sospiro, troppo concentrata sul tumulto che mi aveva lasciato dentro per ricordarmi di non essere da sola. La sedia alle mie spalle stridette sul pavimento.
Mi voltai mentre Mason si metteva in piedi, occupando gran parte della mia visuale con la sua figura imponente.
«Sapevo che sarebbe stato uno spreco di tempo», sputò fuori le parole come veleno, lanciandomi uno sguardo carico di astio mentre si abbottonava il cappotto.
«Tu non sai proprio niente», sibilai, infastidita dal suo tono sprezzante.
«So che mia moglie è venuta dalla sua unica sorella, mettendo da parte l'orgoglio e tutti i vostri trascorsi per fare ammenda. E l'unica cosa che hai saputo fare è stato spezzarle il cuore!».
Scioccata dalle sue accuse, persi completamente la testa.
«Lei è venuta qui per chiedermi di avere un bambino al posto suo!», strillai fuori di me. «Non mi ha chiamato quando è stata male e sarebbe potuta morire. Io non sapevo nemmeno che fosse malata!».
Mason mi fulminò con lo sguardo, lanciò un pacchetto sul tavolo e poi si voltò, tirò una manata contro il muro e se ne andò via come una furia.
Osservai la scena con gli occhi spalancati.
Nel muro c'era un solco con la forma della sua mano.
Immaginai che fosse molto simile al buco che si era allargato nel mio petto.

Il pacchetto che Mason aveva lasciato sul tavolo rimase lì per giorni senza che nessuno lo toccasse.

Io e Tris ci mangiavamo accanto a colazione e a cena, guardandolo di sottecchi.

«Magari sono soldi», ipotizzò lei.

«Magari è un pacco bomba», ironizzai io.

Ma non avevo il coraggio di aprirlo e scoprire cosa contenesse.

Era per me, ormai ne ero sicura, visto che non erano tornati a riprenderlo, ma dopo quello che era successo non avevo voglia di altri drammi nell'immediato futuro. E sentivo che lì dentro c'era qualcosa in grado di cambiare la mia vita per sempre. Così lo lasciai dov'era, senza spostarlo di un millimetro, finché una sera tornai dal lavoro e mi ritrovai sola, faccia a faccia con quella che stava diventando un'ossessione.

Mi versai del vino nella tazza della colazione, l'unica pulita in quel momento, e restai a fissare il pacchetto per un tempo lunghissimo, sorseggiando e ricordando. Sorseggiando e temporeggiando, finché non l'agguantai.

La carta frusciò tra le mie dita quando la strappai decisa, ritrovandomi quattro diari tra le mani.

Li scrutai circospetta. Erano vecchi, ed erano di Eleonore. Riconobbi la sua scrittura ordinata sfogliandoli distrattamente prima di posarli sul tavolo per recuperare la tazza con dita tremanti.

Il vino mi scivolò aspro giù per la gola. Non era abbastanza forte per supportarmi in quel momento.

Aprii una pagina a caso del diario più logoro. Risaliva a ventotto anni prima.

La mamma non si riprenderà. Il dottore l'ha detto a papà e lui è scoppiato a piangere.

Richiusi il diario di scatto e finii il vino in un solo sorso. Decisamente non abbastanza forte.

Mi alzai diretta all'armadietto dove tenevamo gli alcolici e le merendine. C'era solo una bottiglietta mignon di scotch che Tris aveva rubato durante un soggiorno in un motel.

La presi, stringendola nella mano sudaticcia.

Volevo sapere cosa c'era scritto in quei diari?

Volevo davvero conoscere la versione di una bambina che ha visto suo padre innamorarsi della badante mentre sua madre viveva i suoi ultimi giorni intrappolata in un corpo che non rispondeva più ai suoi comandi?

Scossi la testa. Non volevo, no, ma se Mason me li aveva portati forse leggerli mi avrebbe aiutato a capire.

Ripresi il diario. Lo lessi tutto. Eleonore aveva nove anni quando mia madre entrò nelle loro vite e inizialmente ne fu entusiasta. La gentilezza e la disponibilità che mostrò nei suoi confronti l'aiutò ad affrontare la mancanza di sua madre, che era lì ma non poteva più risponderle. La tenerezza con cui descrisse i loro primi mesi insieme mi avvolse come una calda coperta. Eleonore si affezionò a lei, passavano gran parte del tempo insieme e in qualche modo questo rese la situazione meno dolorosa.

Mi rilassai, passando al secondo diario con la convinzione che non sarebbe stato poi così traumatico, ma presto sentii scendere lentamente il gelo sulle sue parole.

Nonostante fosse solo una bambina, Eleonore si accorse che le cose stavano cambiando.

Papà è diverso. Non piange più. Sono felice per lui, ma anche triste per la mamma. Se non piange per lei, vuol dire che non le vuole più bene?

Lo osservò avvicinarsi a mia mamma, giorno dopo giorno, con la convinzione che questo dovesse necessariamente significare che non tenesse più alla sua.

L'impotenza che ha provato permea ancora le sue parole incise con forza sulla carta ingiallita, lasciando solchi più profondi dove ha raccontato delle litigate che si sono susseguite durante il momento più difficile della sua adolescenza. Un distacco lento e costante l'ha portata a diffidare delle buone intenzioni di mia madre, fino a farle odiare ogni gesto o tentativo di riavvicinarla e quando rimase incinta, per lei fu una pugnalata alle spalle.

Non avevo idea che fosse ancora viva, a quei tempi. Mamma si era ben guardata dal condividere con me questo dettaglio e nonostante lo shock, per la prima volta in vita mia riuscii a capire perché mia sorella fosse sempre stata tanto ostile nei miei confronti.

Ai suoi occhi, io non ero altro che il frutto del loro tradimento.

I rapporti con nostro padre si incrinarono al punto di spezzarsi del tutto, quando lei morì e dopo poche settimane mia madre partorì.

Al funerale sono venuti tutti tranne lei. Immagino non volesse far vedere il suo pancione in giro. La nonna mi ha detto che non dovrei essere così arrabbiata con loro, che un amore non può essere sostituito, ma che a volte per superare un dolore tanto grande ci aggrappiamo a chi ci vuole bene per non affondare. Ma non sono d'accordo.

Papà ha sostituito la mamma con Annabel e presto sostituirà me con Skyler. Le ho chiesto se potevo trasferirmi da lei in Connecticut. Mi ha detto che il mio posto è accanto a papà. Ma non c'è più posto per me al suo fianco.

Fa finta di essere triste, ma quando pensa che non lo sto guardando lui sorride alla bambina e la culla piano per farla addormentare. Con me non parla, perché io non ho più niente da dirgli.

Annabel invece prova sempre a parlarmi, a farmi conoscere Skyler. Ieri mi ha detto che lei è la mia sorellina. Io le ho detto che non avrò mai una sorella perché mia madre è morta per colpa sua. Ore dopo l'ho sentita piangere tra le braccia di mio padre.

Li odio.

Li odio tutti.

Ogni pagina diventava più difficile da leggere, più dura da digerire. Il tempo passava e la piccola Eleonore diventava una ragazzina arida e rancorosa.

Mi chiama Elle. Le ho detto di smetterla, di non chiamarmi affatto, ma non mi ascolta. Mi segue dappertutto come un cagnolino, pretendendo di passare del tempo con me.

L'altro ieri sono andata al fiume con Jane e lei ci ha seguite di nascosto. Mentre cercavo di scollarmela di dosso l'ho spinta ed è finita in acqua, battendo la testa su una roccia.

Non volevo farle del male, volevo solo che mi lasciasse in pace. Mi sono tuffata subito per prenderla, ma Skyler aveva perso i sensi.

Siamo tornate di corsa a casa, disperate perché non si svegliava. Papà mi ha accusato di averlo fatto apposta mentre mi scusavo tra le lacrime. Non mi ha creduto.

Ha detto che sono cattiva e gelosa, mi ha urlato di smetterla di comportarmi come una bambina viziata. Mentre la portavano in ospedale ho preparato uno zaino e sono scappata.

Ora sono da mia zia Kate. Sono passati due giorni e lui non mi ha ancora cercata. Mi aspettavo che un giorno sarebbe successo, ma va bene così. Io non ho bisogno di lui. Non ho bisogno di nessuno di loro.

Ricordavo quel giorno. Avevo cinque anni e le davo il tormento. Volevo che mi vedesse, che mi parlasse, che passassimo del tempo insieme.

A volte riuscivo a rubarle un sorriso, ma si affrettava subito a tornare fredda e distaccata. Pativo così tanto questa cosa…

Chiedevo sempre alla mamma perché Eleonore ce l'avesse con me, e lei mi diceva che non era colpa mia, che soffriva perché le mancava la sua mamma. Così quel giorno al fiume la seguii e, abbracciata alla sua gamba, le dissi che c'era la mia di mamma, che poteva fingere che fosse la sua, che a me non dava fastidio.

Non potevo sapere quello che provava né quanto le mie parole potessero suonare male alle sue orecchie. Mi disse che non la voleva una mamma come la mia e mi spinse via.

Mi svegliai in ospedale, con i miei genitori accanto. Chiesi dove fosse Eleonore e nessuno mi rispose. Non la vidi per un sacco di tempo. Quando tornò era diversa.

Meno arrabbiata, forse, ma più distaccata che mai. Non mi sorrise più neanche per sbaglio. Per lei non esistevo proprio. E il mio dolore, come il suo, si trasformò presto in rancore.

Capitolo 2
Mason

Da quando sono venuto al mondo, sono sempre stato ossessionato dallo scorrere del tempo. "Il tempo è denaro, figliolo" era solito ripetermi mio padre e io ho sempre cercato di non perderlo dietro a cose impossibili.

Al liceo sognavo di entrare nella NFL e ho lavorato sodo per far sì che quel sogno diventasse realtà, ma a metà del terzo anno un bestione di duecento chili planò sul mio ginocchio riducendolo in poltiglia.

Avrei potuto piangermi addosso e prendermela con l'universo per avermi privato dell'unica cosa che contasse per me, ma avrei solo perso altro tempo prezioso, così, semplicemente passai oltre.

Nuove ambizioni, nuove opportunità.

Mi lanciai a capofitto nello studio ed entrai in una delle università più prestigiose usando il mio quoziente intellettivo invece che la mia attitudine allo sport.

Mi laureai in anticipo rispetto ai miei compagni di corso ed entrai a spallate nel mondo della finanza, fiutando gli affari migliori e riempiendo le tasche mie e quelle dei miei clienti con una facilità disarmante.

Ero bravo, fottutamente bravo nel mio lavoro.

Sapevo quando comprare e quando vendere. Sapevo quando valeva la pena investire e quando era il caso di rinunciare.

Quando aveva ventidue anni Eleonore rimase incinta. Io ero prossimo alla laurea e lei aveva appena iniziato l'ultimo anno di Economia. Aveva delle ambizioni, proprio come me.

Voleva fare la contabile, non la madre.
Nessuno dei due voleva rimanere incastrato in quella situazione e insieme decidemmo che non sarebbe accaduto.
Non fu una scelta sofferta, fu semplicemente l'unica sensata.
Eravamo troppo giovani e affamati di successo per rinunciare al nostro futuro. Ci sposammo qualche anno dopo e neanche lì il pensiero di mettere su famiglia era in cima alle nostre priorità.
Lei stava ancora finendo il tirocinio e io mi stavo guadagnando il mio posto a Wall Street.
Poi, due anni fa, quando sembrava che avessimo raggiunto entrambi i nostri obiettivi, lei espresse il desiderio di diventare madre. Ne parlammo a lungo, organizzando l'evento come se fosse una cazzo di cosa pianificabile.
Lei smise di prendere la pillola, io mi diedi da fare ogni volta che era possibile, ma non fu abbastanza. Eleonore iniziò a preoccuparsi, per lei divenne un chiodo fisso.
Prese appuntamento con il medico, che la riempì di esami, e dopo un paio di giorni ricevemmo la chiamata che nessuno si augura di ricevere mai.
Qualcosa non andava e non era un problema di fertilità.
Lei aveva il cancro.
E in quel momento mi accorsi di quanto tempo avessimo perso e di quanto poco rischiavamo di averne ancora a nostra disposizione.
Passammo dei mesi di inferno, e li passammo insieme.
Usufruii di tutte le ferie che non avevo mai fatto e di tutti i permessi che avevo e rimasi al suo fianco mentre combatteva con la perdita di peso e di capelli, con la nausea e la disperazione.
Le stava provando tutte per non rinunciare alla possibilità di diventare madre, ma il cancro era più cocciuto di lei e alla fine l'unica via possibile fu l'isterectomia.
Io ci avevo già messo una pietra sopra. Non me ne fregava niente se non avremmo potuto più avere figli. Pro-

babilmente quel treno per noi era passato e ormai era tardi per piangersi addosso. Mi interessava solo che lei potesse riprendersi.

E lo fece. Eleonore guarì, ma non riuscì ad accettare con la stessa facilità il destino che era stato scritto per noi.

«Ci sono altri modi», disse una sera, accoccolandosi al mio fianco.

Ero disposto a tutto per vederla di nuovo sorridere.

«Certo, quanti ne vogliamo adottare?», domandai accarezzandole i capelli. «Io direi almeno tre. Dici che si possono prendere tutti insieme? Giusto per evitare di ripetere la trafila burocratica ogni volta».

Lei ridacchiò e mi sembrò già un traguardo.

«No, sciocchino. Intendevo che potremmo ancora avere un figlio nostro. Ho fatto congelare degli ovuli prima di, sai...».

La guardai perplesso, perché non ero proprio ferrato in materia, ma se non ricordavo male comunque le sarebbe servito l'utero per portare un figlio in grembo, e quello non ce l'aveva più.

«Temo di non seguirti».

E così lei tirò fuori un opuscolo e mi parlò della maternità surrogata. In pratica c'erano delle donne disposte a portare avanti una gravidanza al posto di genitori impossibilitati.

Mi sembrava una cosa assurda, ma i suoi occhi brillavano come la notte in cui le chiesi di sposarmi. Era euforica e io, come un coglione, le dissi che mi sarebbe andato bene tutto.

Solo che in quel momento non avevo idea che quel tutto avrebbe compreso la sua sorellastra e i loro drammi infantili.

Sorellastra di cui peraltro non mi aveva mai parlato.

Capivo il motivo per cui non l'aveva fatto, ma non fui comunque contento delle cose che mi raccontò.

Le dissi onestamente che io al posto di Skyler non avrei

accettato le sue scuse, tantomeno la sua offerta, che era folle di per sé . Ma Eleonore voleva davvero ricucire i rapporti con sua sorella e credeva che condividere una cosa tanto importante le avrebbe unite più del passato che le aveva divise. Per me era uno spreco di tempo e di energie.

Lei non avrebbe mai accettato, Eleonore sarebbe ricaduta nel baratro della depressione e io avrei dato di matto perché, se c'era una cosa che non riuscivo ad affrontare lucidamente, era vedere mia moglie soffrire.

Le mie previsioni si rivelarono azzeccate e fui contento di essere arrivato a Harlem preparato, portandomi dietro qualcuno dei diari che Eleonore conservava nel baule in fondo al letto.

Non ero certo che sarebbero bastati a convincere sua sorella a riconsiderarla come persona, ma quando la mia segretaria annunciò che la signorina Wilson chiedeva di vedermi, immaginai che a qualcosa fossero serviti.

La osservai varcare la soglia del mio ufficio a passo di marcia, con gli occhi arrossati e delle visibili occhiaie.

I suoi anfibi producevano dei tonfi pesanti e la sua gonnellina a balze si apriva sulle cosce pallide. La cascata di capelli neri, che l'altra sera le copriva quasi il sedere, era raccolta in una crocchia disordinata in cima alla testa.

Di certo non si era preoccupata di mettersi in ghingheri prima di venire a cercarmi.

Era così diversa da Eleonore, persino a casa sempre così in ordine, così straordinariamente perfetta, che più di una volta dopo il nostro incontro avevo dubitato che avessero davvero lo stesso padre.

Mi rilassai sulla poltrona mentre lei lanciava i diari di Eleonore sulla mia scrivania. All'ultima pagina del più recente avevo lasciato i miei recapiti chiedendole di vederci e di non dire niente a sua sorella.

«Li hai letti?», domandai saltando i convenevoli. Nessuno dei due sembrava intenzionato a perdere tempo con cose del genere.

«Tu che dici?!», replicò stizzita. «Perché me li hai fatti leggere? E perché mi hai chiesto di venire qui a portarteli?»

«Volevo che sentissi il suo dolore, perché quelle pagine ne sono intrise. Non ti biasimo se ce l'hai con lei, non è stata in grado di volerti bene, ma aveva le sue ragioni e ora le conosci», dissi, osservando il suo sguardo fissarsi sul pavimento. «Era una ragazzina e quando si è resa conto di quello che aveva fatto ormai era passato troppo tempo e non sapeva come riavvicinarsi a te», continuai, sospirando. «Per lei, venire a cercarti è stato un passo immenso... e sebbene io non sia del tutto favorevole a farti fare da madre surrogata... Lei vuole condividere questa cosa con te, quindi...».

Tirai fuori il libretto degli assegni e aspettai che i suoi occhi cercassero i miei. Li vidi strabuzzarsi per lo stupore.

«Qual è il tuo prezzo Skyler?»

«Il... il mio prezzo?», ripeté sbattendo le palpebre.

«Sì, il tuo prezzo. Per fingere di perdonarla e accettare di portare avanti la gravidanza insieme a noi. Eleonore vorrà condividere ogni momento con te, probabilmente ti chiederà di trasferirti da noi», sbuffai, perché me lo aveva già accennato.

Lei e il bambino non sarebbero stati al sicuro a Harlem come nell'Upper East Side. E sarebbe stata un'esperienza più immersiva per noi vedere la sua pancia crescere giorno dopo giorno. Per me era ridicolo, ma tutta quella situazione lo era, e io ormai c'ero dentro fino al collo.

Skyler sembrava aver perso la lingua.

Assimilò le mie parole con una lentezza snervante, che sfociò in una risata da psicopatica.

«Cazzo, no! Non ci vengo a vivere a casa vostra! E non credo di essere molto brava a fingere...», asserì, agitandosi davanti alla scrivania. «Non dico che leggere quelle parole non abbia sortito nessun effetto su di me, ma di certo non bastano a cancellare venticinque anni di rancore!».

«Un milione basta?», domandai ignorando le sue proteste.

«Un milione... di dollari veri?», precisò sbalordita.

«Be', a meno che tu non voglia quelli del Monopoli...».

Ce l'avevo in pugno, lo sapevo. Avevo fatto qualche ricerca sul suo conto e non se la passava affatto bene.

Lavorava in uno stupido fast food e riusciva a malapena ad arrivare a metà del mese, figuriamoci finire di pagare i debiti scolastici.

Suo padre, che Dio l'avesse in gloria, si era mangiato metà dei suoi averi per pagare le cure della moglie e poi, una decina di anni prima, si era ammalato costringendo la madre di Skyler a dilapidare quel che restava del patrimonio per curare lui.

E lei era rimasta con un pugno di mosche in mano.

Non poteva dire di no.

Potevo quasi sentire le rotelle nel suo cervello lavorare senza sosta in cerca di una soluzione che non ammettesse doversi svendere in questo modo. Quando imprecò tra i denti, capii che non l'aveva trovata.

Scrissi la cifra, lo intestai a suo nome e lo firmai per poi strapparlo dal libretto e lasciarlo sospeso tra noi.

«Ovviamente Eleonore non deve sapere di questo *piccolo* accordo tra noi», chiarii, mostrandole i denti.

«Mi avevate già proposto dei soldi», mi ricordò cercando di afferrare l'assegno. Tirai indietro la mano, godendomi la sua espressione scocciata.

«E tu li accetterai come se fossero gli unici e i soli», ribadii secco. «Chiamerai tua sorella e le dirai che ci hai pensato e che ci stai. Lei non sa dei diari e di certo non vogliamo che sappia che anche l'amore ha un prezzo».

Fui brutale, me ne resi conto da solo, ma disprezzavo le persone che scendevano a patti con i loro principi e con i loro sentimenti per il denaro. Campavo grazie a loro, ma non ne avevo una grande stima.

«E di certo non vogliamo farle sapere che suo marito la rende felice ingannandola», disse strappandomi l'assegno di mano.

«Sto solo cercando di proteggerla, e la sua serenità non ha prezzo per me. Dovresti esserne grata».

«Oh, lo sono e di sicuro cercherò di tenerlo a mente per il futuro», borbottò con uno sguardo assassino.

Mi voltò le spalle talmente velocemente che la sua gonna si sollevò mostrandomi parti di lei che avrei preferito non vedere.

«A presto, *cognata*!», la salutai con un tono tutt'altro che amichevole.

Lei si limitò a sollevare il dito medio.

Capitolo 3
Skyler

«Non posso credere che tu abbia deciso di farlo».

Patrisha Solomon, alias Tris, alias la mia migliore amica/coinquilina, mi osservava attraverso lo specchio, lanciandomi occhiate torve mentre io cercavo di stendere l'eyeliner sulla palpebra destra.

«Hai mai visto come ti diventa la pancia, dopo? Tutta grinze e smagliature!». Era orripilata, lei che sul corpo degli altri ci lavorava, considerava oltraggioso che io volessi deturpare il mio con qualcosa di diverso dall'inchiostro.

«Non mi stai aiutando», borbottai passando al mascara.

«Non voglio farlo», replicò onesta. «Stiamo parlando di una cosa seria, Sky. Non è come fare da cavia per un tatuaggio! Quel bambino ti crescerà dentro, ti devasterà il corpo e la vagina e poi lo dovrai lasciare nelle mani di due persone che a stento tolleri».

Una non la tolleravo affatto, ma evitai di sottolinearlo.

Tre giorni prima avevo attraversato Manhattan con venticinque dollari sul conto in banca e mezz'ora dopo avevo lasciato il Financial District con un assegno da un milione di dollari che mi bruciava nella tasca.

Odiavo il modo in cui mi aveva fatto sentire Mason e detestavo la velocità con cui alla fine mi ero fatta comprare da lui, ma al diavolo! Quei soldi mi avrebbero cambiato la vita in modi che ancora nemmeno riuscivo a immaginare.

Se per ottenerli dovevo sacrificare nove mesi della mia

esistenza e ritrovarmi qualche smagliatura sulla pancia, ero disposta a immolarmi per la causa.

E poi, c'era una piccola, piccolissima parte di me che voleva davvero esaudire il sogno di Eleonore.

Non lo avrei mai ammesso ad alta voce, ma nel profondo sapevo che i soldi c'entravano fino a un certo punto.

Avevo passato tutta l'infanzia a desiderare le sue attenzioni e ora che potevo averle, non ero capace di rinunciarvi.

«Non devi preoccuparti per me, Tris. Ho tutto sotto controllo. Mangerò sano, farò esercizio e quando arriverà il momento sarò ben felice di lasciare il fagotto ai suoi genitori e farmi una bella vacanza alle Hawaii!».

Avevo solo venticinque anni, chi lo voleva un figlio?

Sorrisi al suo riflesso mentre lei scuoteva la testa scettica.

«Se eviterai di farmi la predica in futuro, potrei anche portarti con me…».

«Questo è poco ma sicuro, baby».

Ci fu una pausa in cui pensai che la nostra conversazione mattutina fosse terminata, poi la sua voce mi colpì alle spalle, scuotendomi come una doccia fredda.

«L'hai già detto a tua madre?».

Già. Mia madre. Avevo provato a chiamarla la sera che avevo letto i diari di Eleonore, per cavalcare le emozioni che mi stavano scoppiando nel petto e sbraitarle un po' contro per aver omesso fin troppe cose del passato che mi avrebbero permesso di capire mia sorella e i suoi atteggiamenti nei nostri confronti.

Mi aveva risposto la sua segreteria telefonica. Forse era stato meglio così, litigare con lei non avrebbe di certo cambiato le cose, semmai le avrebbe peggiorate. Però non l'avevo più cercata e sapevo che dovevo dirle cosa stava succedendo, anche se ormai nessuno mi avrebbe dissuaso dal farlo.

«Prima voglio vedere Eleonore, poi penserò a lei».

La chiamai un'ora dopo, trovando il suo numero di casa nell'elenco telefonico, e le chiesi di vederci.

Ci demmo appuntamento da Starbucks sulla Broadway. Arrivai in anticipo e sorseggiai un caffè in solitudine, pensando a come sarebbero cambiate le mie abitudini da lì a poco.

Mi chiesi se avrei potuto continuare a bere il caffè e ad andare a correre. Non ero propriamente una sportiva, ma correre mi aiutava a scaricare la tensione e non ero sicura di poterne fare a meno per nove mesi.

Poi c'era la questione dell'alcol, con cui di sicuro avrei dovuto fare i conti. Non che fossi una bevitrice assidua, ma non disdegnavo un bicchiere di vino a cena, magari con del buon sushi, o un cocktail nei weekend.

Merda, avrei dovuto rinunciare anche al sushi?

Stavo per farmi prendere dal panico quando Eleonore entrò nel locale. Tutti si voltarono a guardarla come se un gigantesco occhio di bue la illuminasse dall'alto.

Aveva un'aria sofisticata, con i capelli biondi che le ondeggiavano sulle spalle, il cappottino color panna e l'andatura sicura sui tacchi alti. Lasciò una scia di profumo costoso dietro di sé e mi sorrise togliendosi gli occhiali da sole che costavano quanto tutto il mio guardaroba.

Non sembrava una che aveva dovuto lottare contro il cancro e di certo non sembrava lì per vedere una come me, che mi presentavo come una versione leggermente ripulita di Amy Winehouse dopo un litigio con Blake.

Insomma, droga a parte, lo stile era quello.

Eravamo agli antipodi, era evidente, eppure presto avremmo condiviso molto di più che una parte del nostro patrimonio genetico.

«Sono felice che tu mi abbia chiamato», esordì con calore, «l'altra sera l'ho presa un po' male, ma ti avrei cercato per dirti che in ogni caso vorrei avere la possibilità di passare del tempo insieme».

«In realtà, ci ho pensato e... credo che si possa fare».

Quando colse il senso delle mie parole, Eleonore strillò come una ragazzina e mi saltò addosso, avvolgendomi tra le sue braccia. «Oddio, Skyler! Ma è magnifico!».

Le poggiai una mano sulla schiena, incapace di stringerla a mia volta. Tornò al suo posto con gli occhi lucidi e un sorriso smagliante.

«Cosa ti ha fatto cambiare idea?», chiese di punto in bianco, facendomi andare la saliva di traverso.

Oh, be', ho trovato un milione di motivi per accettare…

«Ho capito che per te è davvero importante, il bambino, dico».

«Lo sei anche tu», mi corresse, afferrando la mia mano sul tavolo. «E mi dispiace di aver aspettato così tanto… Quando papà è morto avrei voluto… ma…».

«Credo che rivangare il passato ormai sia inutile», la interruppi, ricordando il funerale come se fosse stato solo il giorno prima.

«Hai ragione», sospirò asciugandosi le guance, «pensiamo al presente, e al futuro!».

Restammo sedute a quel tavolino per ore, a parlare degli esami che avrei dovuto fare, delle procedure mediche da affrontare. Se tutto fosse andato bene, mi avrebbero impiantato i suoi ovuli fecondati dallo sperma di Mason e sarei rimasta incinta. Non sembrava così difficile e nemmeno così traumatico. Ci saremmo affidati al suo medico di fiducia, saltando tutte le trafile burocratiche di una clinica qualunque.

«Parlerò con il dottore oggi stesso così potrà cominciare a fare i controlli clinici».

«Mi sembra perfetto. Prima cominciamo e prima finiamo», dissi come se non stessimo programmando di creare una vita.

«Mi piacerebbe anche che venissi a stare da noi. Avresti i tuoi spazi e sarebbe più comodo per le visite. Abbiamo un appartamento gigantesco che rimane vuoto gran parte del tempo».

Non avevo nessuna intenzione di trasferirmi da loro, ma non volevo offenderla escludendo la cosa a priori.

«Forse dovremmo prima aspettare che l'inseminazione vada a buon fine...», tergiversai, abbozzando un sorriso.

La vidi rabbuiarsi e mi sentii terribilmente in colpa.

«Oh, okay. Certo».

Calò un silenzio pesante tra noi, i nostri sguardi iniziarono a vagare per il locale incapaci di incontrarsi di nuovo.

«Be', si è fatto tardi», mormorai cercando una scusa per toglierci dall'imbarazzo. Non mi venne in mente niente, «devo proprio andare». Mi alzai e lei m'imitò.

«Sì, anche io ho un sacco di cose da fare!».

Mi resi conto che avevamo qualcosa in comune, dopotutto. Mentivamo malissimo.

Si avvicinò per abbracciarmi nello stesso momento in cui le porsi la mano. L'imbarazzo di un attimo prima sembrò nulla in confronto a quel momento.

Come si dovrebbero salutare due sorelle che non si sono mai frequentate prima?

Alla fine optammo per un mezzo abbraccio impacciato e una pacca sulla spalla.

Eravamo due sconosciute che volevano e dovevano imparare a rapportarsi tra loro ed era assurdo considerando che eravamo nate e cresciute sotto lo stesso tetto.

Fino a qualche giorno prima l'avrei trovata una cosa molto triste, ma mentre raggiungevo la metropolitana, avevo uno stupido sorriso stampato in faccia.

Capitolo 4
Skyler

Nei giorni successivi accaddero le seguenti cose:

Andai in banca per incassare l'assegno. Avevo una considerazione così bassa di mio cognato da dubitare che fosse coperto. E invece lo era.

Il giorno dopo mi presentai al fast food dove lavoravo da due anni e invece di infilarmi la retina in testa e cominciare il mio turno, diedi le dimissioni senza pensarci neanche un secondo. Non volevo smettere di lavorare per sempre, magari solo fino a dopo il parto. In ogni caso, non volevo più girare hamburger e puzzare di patatine.

Ero così su di giri che andai anche a trovare mia madre. Speravo che le cose positive che mi erano accadute avrebbero fatto da cuscinetto tra di noi. Mi sbagliai. Lei si infuriò quando le raccontai del bambino e io alla fine le rinfacciai ogni singola cosa avvenuta prima ancora che venissi al mondo.

Mi disse che Margaret, la mamma di Eleonore, era stata dichiarata cerebralmente morta mesi prima che lei e papà iniziassero a provare qualcosa l'uno per l'altra, che accusarla in base alla visione distorta di una bambina non era corretto e che avrei dovuto preoccuparmi piuttosto di quello che stavo combinando io invece di puntare il dito.

Ci accusammo a vicenda e alla fine lasciai casa sua, sbattendo la porta con l'intenzione di non riaprirla tanto presto.

L'indomani mi recai all'appuntamento con il dottore con un dopo sbornia epocale.

Avevo passato la serata con Tris, a gridare a squarciagola in un microfono e a bere shottini fino a notte fonda.

Maledette serate karaoke!

Mi bruciava la gola e avevo gli occhi pesti nascosti dietro a un paio di occhiali da sole. Indossavo una tuta grigia di una taglia in più, avevo un nido di uccelli al posto dei capelli e in generale un aspetto così tremendo che il senzatetto all'angolo della strada mi fece un cenno con la testa come se facessimo parte della stessa cricca.

Eleonore non mi aveva dato l'impressione di preoccuparsi molto del mio aspetto, le interessava senza dubbio più come ero combinata dentro anziché fuori, quindi arrivai disinvolta e barcollante, solo per inchiodare di fronte all'occhiataccia severa di suo marito, che mi scrutava dall'alto in basso come se fossi una cartaccia abbandonata sul marciapiede.

Non mi aspettavo certo che il re di Wall Street si prendesse la mattinata libera per venire con noi dal dottore e non riuscii a mascherare il disappunto per la sua presenza.

Nonostante avesse fatto di me una donna ricca, mi causava una fastidiosa orticaria.

Mi metteva in soggezione e il modo in cui mi guardava, Dio, mi faceva sentire così sbagliata.

«Stai bene?», chiese premurosa mia sorella, dandomi una rapida occhiata prima di provare ad abbracciarmi.

Glielo lasciai fare dedicando a Mason uno sguardo truce.

«Sono stata meglio», brontolai, seguendola attraverso le porte a vetri dello studio medico. Era tutto bianco e asettico, dalle pareti agli arredi, soltanto alcuni schermi piazzati di fronte alle sedie che promuovevano la procreazione in vitro gettavano macchie di colore qua e là.

Ci fermammo alla reception ed Eleonore annunciò il nostro arrivo alla ragazza al bancone. Io e Mason restammo due passi indietro mentre compilava moduli e rispondeva alle domande che le venivano fatte.

«Potevi almeno fare lo sforzo di toglierti il pigiama», soffiò lui tra i denti, scorrendo con il pollice sullo schermo del suo cellulare.

«E tu potevi toglierti il palo dal culo prima di uscire di casa stamattina», replicai a bassa voce, più acida della bile che mi risaliva su per la gola.

«Che classe, ma d'altronde...». Mi squadrò dalla testa ai piedi con i suoi glaciali occhi azzurri pieni di giudizio e biasimo, «...non è che potessi aspettarmi di più». Tornò a prestare attenzione al telefono mentre io cercavo di incenerirlo con lo sguardo.

Per sua fortuna, Eleonore si voltò prima che potessi riuscirci.

Sfoggiammo due patetici sorrisi finti nella sua direzione e ci lasciammo scortare dalla receptionist fino allo studio del dottore, che ci aspettava seduto in poltrona con l'entusiasmo di uno che stava per guadagnare un mucchio di soldi.

Parlammo per un po' di cose che capii a malapena e di cui non mi interessava granché. Eleonore e il dottore discutevano di me e del mio utero come se fossi un tacchino da infarcire per il Ringraziamento.

Mi prelevarono il sangue, che era molto diluito dall'alcol, poi mi fecero fare pipì in un barattolino.

Poco dopo mi ritrovai sdraiata su un lettino con tre paia d'occhi che mi osservavano dall'alto. Il dottore prese del gel e me lo spruzzò sulla pancia, facendomi rabbrividire, poi prese l'ecografo e iniziò a muoverlo attorno all'ombelico, spalmando il liquido per scendere al di sotto.

Il mio sistema riproduttivo apparve sul monitor in tutto il suo splendore. Eleonore lo guardava affascinata mentre il dottore le spiegava dove fossero le ovaie, le tube e tutte le altre parti che lo componevano.

Io fissavo la parete di fronte a me, dove c'era un disegno

piuttosto pittoresco di una testa che cercava di uscire da una vagina. Si vedeva attraverso la pancia, gli organi interni ammassati per lasciare spazio al neonato e quest'ultimo strizzato in mezzo alle ossa del bacino che tentava di uscire da quell'inferno. Sentii la mia faccia accartocciarsi per l'orrore.

Mason si schiarì la voce al mio fianco e lo beccai a guardarmi con un'ombra di divertimento nello sguardo.

Io non ci trovai niente di divertente.

Non so bene come, non so bene quando, ma a un certo punto mi trovai all'interno di un taxi seduta accanto a loro.

C'era stato un momento, tra il "ci sentiremo presto" e "praticamente è ora di pranzo" in cui le mie sinapsi si erano scollegate, sovraccariche di informazioni che le avevano destabilizzate, in cui evidentemente avevo accettato di vedere casa loro per mangiare un boccone insieme.

«Pensa da casa tua quanto tempo impiegheresti ogni volta», mi fece notare mia sorella venti minuti dopo, scendendo con grazia dall'auto.

Io ruzzolai fuori come la palla di pelo vomitata da un gatto. Arruffata e nauseata dalla mattinata, sollevai lo sguardo verso il palazzo davanti a cui ci trovavamo, slogandomi il collo.

Mi girò la testa e per un pelo non mi sentii male sul marciapiede.

«Il tuo incarnato tende al verde pistacchio», mi fece notare Mason, abbottonandosi la giacca.

«Perché tu tendi a darmi la nausea», borbottai, probabilmente troppo a bassa voce perché potesse sentirmi. Non volevo che Eleonore si mortificasse nello scoprire quanto poco carini fossimo tra noi.

Insultarci ci veniva naturale come respirare. Il disprezzo reciproco raggiungeva picchi assurdi quando ci trovavamo nella stessa stanza e mi rendeva acida come non mai mentre mia sorella invece ci vedeva già come una nuova e perfetta famiglia allargata.

Mi sentivo sufficientemente in colpa per aver accettato la mazzetta di soldi alle sue spalle, non potevo deluderla anche palesando il mio odio nei confronti della sua dolce metà, che con lei era tutto un "sì, tesoro", "certo, tesoro" mentre a me mostrava la sua vera natura: sterco di mucca.

Fingere di essere due adulti civilizzati era necessario, anche se mentalmente immaginavo che un tir lo cancellasse dalla faccia della Terra ogni volta che lo vedevo attraversare la strada.

Un tipo vestito da pinguino ci aprì la porta rendendo quella scena ancora più surreale. Marmi lucidi e bianchi, finiture d'ottone e un ascensore che avrebbe potuto ospitare tranquillamente un'utilitaria.

Dove vivevo io era tanto se c'era, un ascensore, e comunque il più delle volte era guasto.

Loro salutarono pinguino, si scambiarono dei convenevoli mentre un receptionist smistava la posta e la passava a Mason. Sembrava un albergo.

Io restai in disparte, a calciare dei sassolini immaginari facendo stridere la gomma della suola sul pavimento immacolato.

Vidi il fastidio far serrare la mascella a mio cognato la prima volta e non riuscii più a fermarmi. Dal di fuori dovevo sembrare una vagabonda raccattata in stazione con qualche rotella fuori posto, e l'idea generale che davamo insieme era del tipo "oggi abbiamo deciso di fare un'opera di carità e ci siamo portati a casa questa randagia", ma francamente, non me ne poteva fregare di meno.

Ero stanca, stufa e contrariata. Volevo solo fargli passare la voglia di trascorrere altro tempo insieme per potermene tornare finalmente a casa mia e sprofondare nel mio divano letto per le seguenti dodici ore.

Poi accadde qualcosa di inaspettato.

Stupefacente forse era la parola più azzeccata. Quando mi voltai verso l'ingresso e vidi chi stava entrando, pensai di avere un'allucinazione.
David Foster, il frontman dei Killing David, era proprio di fronte a me in tutto il suo fottuto splendore.
Ebbi un mancamento. Le ginocchia cedettero e per poco non mi sbriciolai ai suoi piedi.
Lui mi prese prontamente tra le sue braccia tatuate rivelando dei riflessi da paura e già ci vedevo correre insieme verso il tramonto, in sella a un cavallo bianco.
Finché la voce di Mason non interruppe il mio sogno a occhi aperti come un cavolo di fulmine a ciel sereno.

Capitolo 5
Mason

Quella giornata sembrava un incubo.

Uno di quelli tremendi, che ti rigiri nel letto sperando di svegliarti, ma niente, continui a sognare che la borsa crolla e ti portavano via la casa, le speranze, le mutande e pure le palle, così ti svegli di soprassalto sudato e la prima cosa che fai è controllare che i gioielli di famiglia siano ancora al loro posto e che non sia in corso un'imminente crisi nel mercato azionario.

Mi sentivo più o meno così da quando Eleonore mi aveva espressamente chiesto di partecipare alle visite di controllo di Skyler.

Avrei preferito tirarmi via ogni pelo pubico con le pinzette che lei usava per le sopracciglia piuttosto che chiedere un permesso per accompagnarle dal dottor Philips, ma avevo scelta?

Quella donna, che era tutto per me, non era così felice da anni e non volevo in nessuna maniera essere io a toglierle il sorriso dalla faccia, per cui mi ritrovai di nuovo davanti a quel disastro che era sua sorella, che incredibilmente si conciava sempre peggio ogni volta che la incontravo.

Non riuscivo a spiegarmi il perché, ma invece di essermi totalmente indifferente, mi dava sui nervi nei modi più bizzarri.

Non sopportavo gli stracci che si metteva addosso, il modo svogliato che aveva di camminare e di parlare e ancor meno che puzzasse come una distilleria.

Mi davano fastidio le ossa che le sporgevano dalla pelle, gli occhi incavati e le labbra screpolate.

Non aveva cura di sé ed era magra in modo allarmante.

Prendeva tutta quella storia come se fosse un gioco, non ascoltava il dottore, si vedeva che non capiva metà delle cose che le stava dicendo. Era snervante sotto ogni aspetto e più ci passavo del tempo insieme più tutta quella faccenda mi sembrava una pessima idea.

Prima di lasciare lo studio chiesi al dottore di accertarsi che non avesse qualche dipendenza di cui non ci aveva messo al corrente, e questo dovrebbe essere un indizio piuttosto lampante di quanto la considerassi affidabile.

Non vedevo l'ora di tornare in ufficio, nel mio mondo fatto di numeri e dati, lontano da vagine di plastica e discorsi in cui il mio sperma era un coprotagonista, quando Eleonore la invitò a casa nostra, così, come se non avessimo di meglio da fare.

«Non è una magnifica idea, tesoro?», chiese stringendomi la mano mentre tentavo di non farmi venire una crisi isterica.

«Ma certo, tesoro», dissi mentre speravo di morire prima che il taxi si fermasse davanti al nostro palazzo. Non fui così fortunato.

Chiaramente, quella era la parte in cui cercavo disperatamente di svegliarmi senza successo.

Mi armai di pazienza, calcolando quanto tempo ancora avrei dovuto sacrificare per mostrare all'ubriacona di sua sorella il nostro attico, mangiare la cosa più veloce che potessero prepararci al ristorante dall'altra parte della strada e poi defilarmi senza farla arrabbiare.

Un'ora al massimo, sperai, salutando il portiere e recuperando la posta da Miles, che iniziò a parlarmi della partita della sera prima.

Skyler prese a strisciare i piedi sul pavimento producendo uno stridio di gomma che mi procurò un tic nervoso all'occhio e un prurito molto simile all'orticaria.

Non riuscivo a immaginare uno scenario in cui convivere con quella donna non mi avrebbe fatto finire in manette o al manicomio. Dovevo dissuadere Eleonore dall'insistere con quella stronzata, a costo di indispettirla con la verità.

Non c'era modo che potesse funzionare e avrei sfruttato la riluttanza di sua sorella per perorare la mia causa e continuare a vivere da uomo libero.

L'ascensore si spalancò davanti a mia moglie e mi avviai nella sua direzione, lanciando un'occhiata a quella macchia grigia in mezzo all'ingresso per vedere se stesse facendo altrettanto.

In quell'istante entrò lui, David-fottuto-Foster.

Il vicino che nessuno vorrebbe mai avere.

Viveva lì da due mesi e già girava una petizione per farlo sloggiare. Lui e la sua musica di merda. Lui e le sue groupie che lo seguivano fin nell'androne con la speranza di attirare la sua attenzione. Avevo ancora l'immagine di quella pazza nuda che sostava sul marciapiede con un cartello appeso al collo con su scritto: *David sono tua. Prendimi.*

Alla fine qualcuno l'aveva presa, ovvero la polizia.

Skyler smise di fare la bambina di cinque anni e si paralizzò, fissandolo come un cavolo di miraggio.

Poi finse di svenire.

C'era qualcosa di più patetico?

Sì, cazzo. Lui che la prendeva al volo neanche fosse Superman.

Scossi la testa mentre David sfoderava un sorriso da marpione brevettato.

Non me ne fregava nulla di loro, li avrei volentieri lasciati lì fino alla fine dei tempi, ma Eleonore no, quindi mi schiarii la voce, raggiungendoli.

«Se hai finito», borbottai irritato, «staremmo aspettando soltanto te».

Vidi l'irritazione cancellarle l'espressione da ebete che

le aveva paralizzato la faccia e lui la sciolse dall'abbraccio con una lentezza snervante.

Tornai da mia moglie sollevando gli occhi al cielo mentre lei sorrideva comprensiva. Dove l'aveva trovata improvvisamente tutta quella comprensione solo Dio lo sapeva! Entrai nella cabina di metallo e appoggiai la schiena alla parete di vetro quando entrambi raggiunsero me ed Eleonore in ascensore, civettando.

Prevedibile, pensai, d'altronde lui era un donnaiolo incallito e lei, se vista con gli occhi della perversione, poteva avere un certo fascino anche in quello stato pietoso.

Il viaggio fino al trentesimo piano fu infinito, pieno di "oh, ma sai che sono venuta al tuo primo concerto?", "impossibile, ti avrei notata tra la folla", che mi lasciava dedurre che a quel concerto fossero al massimo in dieci.

Erano pittoreschi, uno accanto all'altra.

Lei in pigiama e lui vestito come uno pronto a scipparti la borsetta. Flirtarono finché il campanellino sopra le nostre teste non segnò la fine di quello strazio e lui scese salutandola con la manina.

Quando le porte si richiusero e io pensai di essermi lasciato il peggio alle spalle, Skyler impazzì.

Iniziò a saltellare, forse ignara che gli ascensori sono appesi a degli stupidi cavi d'acciaio, e farneticò con una Eleonore sorpresa ma dal facile entusiasmo.

Sembrava che le avessero fatto un'iniezione di adrenalina, perché non stava più ferma o zitta.

Riuscì a farmi rimpiangere Skyler la *fattona*.

«Non ci posso credere che David viva qui!», ripeté per la sedicesima volta, uscendo dalla cabina direttamente nel nostro open space.

No. Non poteva essere una di loro…

«Anche noi ancora fatichiamo a crederci», borbottai lasciando la posta sul tavolino di vetro diretto al mobiletto degli alcolici.

«È il mio cantante preferito!», continuò, facendomi arricciare il naso. Invece lo era, dannazione.

E comunque definirlo un cantante mi pareva eccessivo. Non passava neanche alla radio. Grazie a Dio.

«Ho sentito qualche canzone...». bofonchiò Eleonore impacciata.

Sì, le aveva sentite quando iniziava a suonare a notte fonda, svegliando tutto il fottuto isolato con la sua chitarra acustica e le urla da gatto in calore.

Due volte mia moglie mi aveva spedito alla sua porta per intimargli di smetterla di rompere le palle.

«Ha un fascino pazzesco», aggiunse Skyler, lasciandosi cadere sul divano con un sospiro, completamente disinteressata a quello che la circondava. Non le fregava un cazzo di vedere la casa né di parlare del futuro bambino e delle cose che le aveva detto il medico. Era partita per la tangente.

Farneticava cose senza senso e per un po' smisi di seguirla, occupato a prepararmi un drink in grado di rendere quel momento più sopportabile.

«Tutto sommato credo che mi piacerà vivere qui», disse a un certo punto mentre mandavo giù lo scotch che mi andò di traverso.

«Sì!», esultò Eleonore correndo verso di lei per abbracciarla mentre tutto il mio corpo strillava "noooo".

Le fissai attonito per minuti, forse ore, poi mi trascinai dietro di loro fino alla sala relax, sentendo mia moglie riferirle che quello spazio sarebbe stato tutto suo. Skyler si paralizzò davanti alla vista panoramica, estasiata e forse anche un tantino scioccata mentre io già vedevo tutte le mie cose accatastate in un angolo per lasciare posto alle sue.

«È fin troppo, per me», farfugliò a disagio.

«Non dire sciocchezze!», liquidò le sue proteste Eleonore arricciando il naso. «Avremmo dovuto trasformarla in una stanza per gli ospiti già anni fa...».

«Ma non l'abbiamo mai fatto perché non ci piace avere ospiti», sibilai tra i denti scoperti in un sorriso teso.

Eleonore mi fulminò con lo sguardo, Skyler invece sembrò trarre un profondo piacere dall'evidente fastidio che mi irrigidiva la mascella.

«Il divano sembra molto comodo e adoro giocare a biliardo, anche se non sono molto brava», disse con una punta di malvagità nella voce, accarezzando il tappetino verde immacolato che lo ricopriva. Nella mia mente si formò un'immagine molto nitida di lei che lo sfregiava di proposito con la stecca e mi si seccò la gola.

«Oh, magari Mason potrà darti qualche dritta, è davvero bravo, sai?».

Quando mi resi conto che non mi sarei svegliato, che quel dannato incubo era la realtà e che mia moglie credeva davvero che avrei dato lezioni di biliardo a sua sorella e che probabilmente avrebbe preteso un sacco di altre stronzate del genere nei mesi successivi, quella sensazione di panico si intensificò fino a farmi barcollare.

Mi sentii in trappola e la consapevolezza di essermici messo da solo non mi aiutò ad affrontare meglio la situazione, anzi.

Inventai un improvviso impegno di lavoro e scappai, letteralmente, nella direzione opposta alla loro.

Capitolo 6
Skyler

La vita a volte riesce a sorprenderti in modi che non avresti mai immaginato.

Ad esempio, una mattina ti svegli povera e la sera vai a letto con più soldi di tutto il vicinato. O esci di casa con l'intenzione di declinare l'offerta di tua sorella di andare a vivere da lei e meno di dodici ore dopo stai preparando le valigie con l'entusiasmo di una bambina di cinque anni.

«Non ci posso credere», ripetei per la milionesima volta infilando i vestiti in un sacco nero con lo sguardo perso nel vuoto. C'era lui in quel vuoto. David.

E sì, i sacchi neri erano le mie valigie.

«Neanche io, Gesù… lo stai facendo davvero!».

Tris non aveva preso molto bene la notizia del mio imminente trasferimento. Continuava a osservarmi dal divano letto con la faccia imbronciata, succhiando vodka da una bottiglietta con la cannuccia.

Aveva una specie di cleptomania che la spingeva a rubare tutte le bottigliette dai minibar degli alberghi che era solita frequentare. Se le portava tutte a casa neanche fossero dei cuccioli abbandonati sul ciglio della strada.

«Lo faresti anche tu, se potessi», la rimbrottai facendo un bel nodo alla mia valigia, «e non solo perché l'uomo dei tuoi sogni più libidinosi vive al piano di sotto, ma anche perché quella casa ha un bagno più grosso del nostro appartamento».

«No, io non ti abbandonerei mai da un giorno all'altro neanche per Micheal Fassbender!».

«Non fare la tragica, continuerò a pagare la mia parte e mi vedrai in giro come al solito. Però pensa al lato positivo... non dovrai più avere i tuoi incontri amorosi in tristi stanze d'hotel perché avrai il monolocale tutto per te».

Mi mostrò la sua faccia più disgustata. «Io non ce la voglio quella gentaglia nel mio letto».

«Però li fai entrare nelle tue mutandine...», le feci notare perplessa.

«Sono due cose diverse», borbottò riattaccandosi alla cannuccia. Aveva una visione molto contorta della vita in generale, per cui lasciai cadere l'argomento, certa di non poter cavare un ragno dal buco.

«Se lo dici tu...», sospirai, ormai pronta. Avevo preso i vestiti, le scarpe, i trucchi e qualche libro. Il resto non mi sarebbe servito e poi, era una sistemazione provvisoria.

«Il taxi sarà qui a momenti».

Mi caricai un sacco in spalla e un altro lo trascinai fino alla porta. Lei sbuffò, poi abbandonò la sua bottiglietta vuota sul tavolo e controvoglia prese le altre due buste.

L'ascensore quel giorno funzionava, il che era di per sé un mezzo miracolo, tipo un segno del destino che mi diceva che stavo facendo la cosa giusta.

Magari alla fine di quella strana storia, mi sarei ritrovata una sorella nuova di zecca e una rockstar come fidanzato.

Ci speravo davvero, nonostante i gossip su David non fossero mai stati molto lusinghieri. Amava circondarsi di belle ragazze, che cambiava con la stessa frequenza con cui si cambiava le mutande e non era certo famoso per la sua vita morigerata, ma tutto questo perché non aveva ancora incontrato quella giusta.

E quella giusta, me lo sentivo, ero io.

Eleonore si prese un altro giorno dal lavoro per accogliermi in casa sua. Il portiere portò su le mie cose con un'espressione imperturbabile, sebbene fossi sicura che non gli fosse mai capitato di portare sacchi dell'immondizia in nessun altro posto che non fosse un cassonetto. Figurarsi nell'attico!

Io faticavo a rimanere seria, osservando la scena dallo specchio dell'ascensore. Lui in livrea, con i miei averi tra le dita e l'atteggiamento stoico di chi non si scompone di fronte a nulla e io accanto a lui, ancora con la tuta del giorno prima.

Persino mia sorella non riuscì a mascherare lo stupore quando ci vide avanzare in quello stato.

Sollevai le spalle e le rivolsi un sorriso imbarazzato.

«Non sono mai dovuta andare da nessuna parte», dissi per giustificarmi.

Lei si riprese in fretta, accompagnandomi nella mia stanza.

Che poi, stanza era un termine piuttosto riduttivo per descrivere il loft in cui avrei soggiornato durante la mia permanenza.

Era una sala relax, di fatto c'erano un maxischermo, un divano angolare gigantesco, una zona bar, un biliardo e una parete a vetro che offriva una vista pazzesca su Central Park e mezza Manhattan.

«Ci servono dei mobili», osservò Eleonore, riportandomi al presente. Era sconvolta di non averci pensato prima. «Andiamo».

«Dove?», domandai confusa.

«A comprarli».

A niente servì dirle che mi sarei potuta sistemare con quello che c'era o che ci fosse un delizioso mercatino dell'usato a pochi isolati di distanza, lei mi trascinò in un mobilificio e mi costrinse a scegliere tra delle cose costosissime.

Era un mondo ancora nuovo per me e mi lasciava sconcertata vedere quanto la gente potesse spendere per una scarpiera.

«Sicura di non volere anche un letto? Se spostiamo il biliardo ci sta».

«No, davvero. Il divano andrà benone».

Tornammo a casa ore dopo, stravolte dallo shopping.

I mobili sarebbero stati consegnati nei giorni successivi, quindi nel frattempo decisi che il biliardo sarebbe stato un ottimo appoggio per i vestiti.

Li piegai alla bell'e meglio, formando delle pile su tutta la sua superficie con un sorrisetto perfido sulle labbra, immaginando l'espressione inorridita che avrebbe fatto Mason a quella vista. Sotto ci infilai le tre paia di scarpe che possedevo e le altrettante borse.

Eleonore mi mostrò dove tenevano gli asciugamani, che erano morbidi e profumati come non mai, e mi accompagnò nel bagno padronale, dicendomi che la doccia dell'altro bagno era più piccola e senza idromassaggio.

Non stetti lì a dirle che era comunque il doppio di quella che usavo di solito, quel bagno somigliava alle spa che vedevi solo nei film. Volevo assolutamente usarlo.

Una volta sola, accarezzai il piano del lavabo, che sembrava un pezzo di tronco, soltanto liscio e lucido come seta, poi aprii il rubinetto dalla forma strana, da dove scese una piccola cascata d'acqua limpida sul lavandino di pietra.

«Che figata», mormorai, passando le dita sotto il getto.

Era sempre acqua e quello era sempre un lavandino, eppure era così diverso, così… bello.

Mi spogliai freneticamente ed entrai nella doccia, quella grossa come metà del mio appartamento, e fissai per un po' la chaise longue al suo interno senza sapere bene cosa fare.

C'erano troppi pulsanti, troppo buchi… dov'erano le istruzioni?!

Nel dubbio, schiacciai tutto.

Una pioggerellina calda cominciò a scendere dal soffitto mentre musica rilassante e luci soffuse si diffusero attorno a me come per magia. Dai buchi sulla chaise longue e da quelli sul muro iniziò a gorgogliare acqua.

Io ero ancora all'ingresso, dove pioveva.

La pietra sotto ai miei piedi divenne calda e umida e io avanzai incantata, mentre i suoni della natura uscivano dalle casse nascoste chissà dove. Sembrava di essere in una giungla tropicale, per la miseria.

Poi mi sdraiai sulla chaise longue.

«Oh, cazzo!», mi uscì dalla bocca mentre l'acqua mi colpì ovunque come se fosse dotata di mille mani.

Mi massaggiava il collo, la schiena, le gambe… e anche in mezzo…

Mi spostai un po', soffocando un gemito quando il getto dell'acqua mi scivolò tra le natiche fino ad aprirmi e… «Oddio».

Fui percorsa da brividi di piacere e mi abbandonai a quella sensazione, scivolando su e giù per rincorrere l'orgasmo che arrivò senza preavviso, rapido e intenso come non ricordavo di averlo mai avuto.

Inutile dire che fu la doccia più lunga e appagante della mia vita. Mi lavai con i prodotti che usava mia sorella, costosi e profumatissimi, e poi mi ributtai sulla sdraio massaggiante, con i sensi pervasi e gli ormoni a palla.

Mi stavo dimenando come un'anguilla, quando un feroce bussare alla porta mi gettò nel panico e giù dall'onda di piacere che mi stava montando dentro.

«Occupato!», strillai con voce stridula.

«L'ho sentito», abbaiò Mason dall'altra parte della porta.

Cazzo! Aveva sentito, cosa?

Il pensiero che avesse anche solo intuito cosa stessi facendo mi provocò uno spasmo muscolare che mi strizzò il clitoride.

«Se hai finito, vorrei lavarmi».

«Sì, okay», borbottai schiacciando a caso i pulsanti per spegnere tutto e uscire dalla doccia. Avevo le guance e le orecchie in fiamme e lo specchio, che aveva l'abilità di spannarsi da solo, mi confermò che era piuttosto evidente anche dal di fuori. «Un attimo ed esco», aggiunsi, anche se ero consapevole che mi sarebbe servito più di un attimo per riprendermi.

Capitolo 7
Mason

La gente non pensava a me come a un uomo burbero o scontroso. Di fatto, ero solitamente gentile e accomodante.

Avevo ricevuto un'eccellente istruzione, ero stato cresciuto da persone per bene che mi avevano insegnato l'educazione e facevo un lavoro dove serviva una buona dose di pazienza e di tolleranza verso il prossimo.

Quindi, in linea di massima, ero una persona a modo.

Mia moglie, ad esempio, mi aveva visto sbottare solo una volta… e mi conosceva da quasi vent'anni.

Capitava di rado che qualcuno o qualcosa riuscisse a minare il mio aplomb, ma in quei giorni mi resi conto che c'era una persona che aveva la capacità di indispettirmi anche solo respirando la mia stessa aria, figurarsi se monopolizzava il mio bagno mentre ero tutto sudato dopo due ore di allenamento.

Ero uscito dal lavoro alla solita ora e mi ero diretto alla palestra del palazzo in cui vivevo, come facevo il martedì e il giovedì. Poi ero tornato a casa, dove avevo trovato mia moglie a fischiettare ai fornelli. Era così radiosa, cazzo, che per un attimo avevo dimenticato il motivo.

«Cosa si festeggia stasera?», chiesi, depositandole un bacio sulle labbra mentre mescolava l'insalata.

In settimana, il più delle volte almeno, ordinavamo da asporto perché anche lei finiva sempre tardi di lavorare, per cui era un evento piuttosto raro vederla alle prese con la cena.

«Skyler!», disse come se fosse ovvio, e solo sentirle pronunciare quel nome spazzò via tutto il mio buon umore.

«È già qui?», domandai lamentoso, cercando quel pasticcio nell'open space.

«Sì, l'ho lasciata che si faceva la doccia, ma a quest'ora sarà già nella sua stanza».

La mia stanza, vorrai dire. Quella in cui guardavo le partite di football o giocavo a biliardo con i miei colleghi.

Sembrò leggermi il pensiero, perché mi afferrò per le guance e mi intimò di fare il bravo.

«Ho capito che non ti va troppo a genio», aggiunse tirando fuori la sua espressione più accondiscendente, «ma ricordati quello che sta facendo per noi».

Quello che tu hai voluto chiederle di fare! Io mi sarei accontentato di un qualsiasi nome sull'elenco delle madri surrogate disponibili. Al diavolo! Io l'avrei pure adottato un bambino, pur di risparmiarmi tutti questi fastidi.

Invece di dirle quello che pensavo, mi limitai a ringhiare come un animale in gabbia e mi avviai in camera nostra per lavarmi.

Il rumore dell'acqua che già scorreva mi provocò un tic all'occhio. Che diavolo ci faceva lei lì, nel mio maledetto bagno, quando ce n'era un altro che non usava mai nessuno?

Stavo tornando indietro per chiederlo a Eleonore, perché non avevo dubbi che fosse stata una sua idea, quando degli strani rumori mi fecero spalancare gli occhi.

Tra lo scorrere dell'acqua e i suoni della natura, c'erano dei suoni che ero piuttosto sicuro di non aver mai sentito nelle registrazioni. Feci un passo avanti, poi un altro, finché non mi ritrovai davanti alla porta chiusa.

E lei gemette.

Di nuovo.

Ancora.

Senza contegno.

L'immagine di lei che si masturbava nella mia doccia mi

esplose davanti agli occhi contro la mia volontà e, mentre una smorfia di indignazione mi contorceva i lineamenti, la parte di me che non aveva il minimo raziocinio si indurì nei boxer.

Che razza di persona si masturba nella doccia degli altri?

Bussai, forte, sperando che l'orgasmo le andasse di traverso.

Mi rispose con una voce che nemmeno sembrava la sua mentre io cercavo di convincermi che non c'era alcun motivo di mettersi sull'attenti.

Le intimai di uscire e aspettai che lo facesse con le braccia conserte per tenere a bada l'impulso di accanirmi contro la porta che mi era costata duemila dollari.

Quando finalmente comparve avvolta da una cappa di vapore, con i capelli bagnati, le guance color porpora e gli occhi incollati al pavimento, provai un malsano piacere nel vederla mortificata.

«L'acqua era troppo calda?», chiesi, fingendomi sinceramente preoccupato. «Perché mi è sembrato di sentire dei lamenti», aggiunsi senza riuscire a tenere a freno il sorrisino di scherno che mi piegò le labbra.

Il rossore si diffuse fino al collo mentre si stringeva più forte nell'accappatoio bianco. Aveva lo stesso profumo di Eleonore, ma non era lei. Non le assomigliava neanche un po'.

«H-ho fatto un po' di c-confusione con i tasti», balbettò cercando di sorpassarmi. Mi parai davanti a lei, sovrastandola di una trentina di centimetri.

«Be', sono sicuro che di solito usi vibratori meno sofisticati».

Volevo umiliarla, volevo che si sentisse sporca e stupida e che scappasse via in lacrime da casa mia.

Invece lei sollevò lo sguardo e mi fissò con un luccichio malizioso. «Decisamente, ma chiederò a Eleonore dove comprarne uno uguale. Sai, ora che posso permettermelo…».

C'era una velata minaccia nel suo tono, una che lasciava intendere che avrebbe spifferato a mia moglie il nostro piccolo sporco segreto se io avessi di nuovo tirato fuori questa storia.

Aggrottai la fronte, cercando di apparire il più minaccioso possibile. «Be', fino ad allora, evita di lasciare i tuoi fluidi corporei nella mia doccia».

«La cosa non sembra schifarti poi così tanto», mormorò, lanciando un'occhiata al rigonfiamento che avevo nei pantaloni.

«Reazione fisica naturale di cui non ho il controllo. Mi accade sempre quando sento una donna godere, a quanto pare, anche se la donna in questione sei tu», sibilai velenoso, prima di infilarmi in bagno e sbattere la porta alle mie spalle, odiando che fosse davvero così.

Uscii mezz'ora dopo, con un cipiglio così intenso che mi procurò un mal di testa fastidioso.

Eleonore e Skyler erano già a tavola, in attesa del mio arrivo.

Una mi rivolse un sorriso caloroso, l'altra evitò con cura che i nostri sguardi si incontrassero ancora.

Fu una cena veloce e silenziosa. Skyler si dileguò subito dopo aver sparecchiato con la scusa di essere stravolta e si rifugiò in camera, io aiutai Eleonore a caricare la lavastoviglie e poi la trascinai a letto.

Tra noi non c'era mai stata una passione travolgente.

C'erano amore, rispetto, devozione, eravamo complici e ci completavamo in molti modi, ma il nostro era un rapporto tenero con fondamenta robuste.

Non c'era mai stato quel desiderio febbrile di strapparsi i vestiti di dosso che spesso scemava una volta concluso l'amplesso. Noi eravamo una coppia stabile, solida.

Il sesso non era mai stato il collante del nostro rapporto e ci era sempre andato bene così, almeno finché il cancro e il conseguente intervento non avevano prosciugato anche quel briciolo di trasporto fisico che Eleonore provava normalmente.

Mentre eravamo accoccolati sotto le lenzuola, la baciai con l'intenzione di accendere in lei un desiderio ormai morto.

La rigirai schiena sotto e le premetti la mia erezione tra le cosce per farle sentire quanto ne avessi bisogno.

La liberai della sottoveste con movimenti frenetici e lei non obiettò, ma neanche si infiammò.

Era una cosa che mi faceva stare male, sentirla quasi costretta a darmi piacere senza provarne a sua volta.

Scesi a baciarle il collo, nell'incavo dei seni fino all'ombelico.

Volevo vederla fremere, volevo che mi tirasse i capelli e urlasse il mio nome, ma lei bloccò il mio incedere con gli occhi lucidi, scuotendo la testa con il dolore che le ostruiva la gola.

Il sesso non ci aveva mai tenuti uniti, ma la sua mancanza ci stava lentamente allontanando.

Abbandonai la testa sulla sua pancia, sentendomi sconfitto e inerme. La strinsi tra le braccia, dicendole che non era importante, che non doveva piangere, che andava bene lo stesso, ma nel profondo, sapevamo entrambi che non era così.

Sabato mattina venni svegliato da un paio di ragazzoni che asserivano di dovermi montare dei mobili.

Eleonore era uscita presto con sua sorella a fare chissà cosa e io speravo di dormire un po' visto che le ultime notti erano state un inferno.

Quel fottuto cantante da strapazzo aveva ripreso a fare concerti notturni nel suo appartamento e Skyler a quanto pareva soffriva di insonnia, perché la sentivo muoversi per la sua stanza a tutte le ore.

Quindi non fui molto accomodante quando la mia casa fu presa d'assalto da sconosciuti pieni di imballaggi.

Chiamai mia moglie per chiederle che diavolo stesse

succedendo e lei con molta calma mi spiegò che a Skyler servivano dei mobili per riporre le sue cose.

Ma certo... in qualche modo, era sempre a causa sua se le mie giornate venivano puntualmente rovinate.

Mi preparai una damigiana di caffè e controllai che i tizi facessero il loro lavoro al meglio. La mia sala relax sembrava un campo di battaglia, c'erano cose di quella ragazza sparse ovunque.

Notai con orrore che aveva ricoperto il mio prezioso biliardo con i suoi stracci e provai l'impulso di fare un falò in mezzo alla stanza, ma quando un perizoma di pizzo blu elettrico con i contorni giallo fosforescente apparve tra le mani di uno dei due montatori, che iniziarono a ridacchiare tra loro come dei pervertiti, li raggiunsi e glielo strappai di mano come una furia, fulminandoli con lo sguardo.

Tornarono a lavorare a testa bassa mentre quel minuscolo pezzo di stoffa mi bruciava tra le dita.

Me lo infilai in tasca senza neanche pensarci. Non volevo che quei bastardelli decidessero di portarselo via come souvenir.

Due ore dopo la casa tornò di nuovo silenziosa.

Lavorai un po' al computer, mi allenai in palestra e feci un paio di vasche nella piscina del palazzo.

Quando rientrai, sentii le loro risate prima ancora di vederle.

Le trovai in cucina, davanti a una tazza di tè, circondate da buste.

«Signore», mormorai baciando la tempia di Eleonore, «avete avuto un attacco di shopping compulsivo?», chiesi notando che erano state anche dal parrucchiere.

Mia moglie aveva sempre la messa in piega, ma sua sorella di solito sembrava avere un nido in testa, invece in quel momento i suoi capelli rilucevano al sole e sembravano anche più corti.

Le stavano bene, anche se non gliel'avrei mai detto.

«Skyler aveva bisogno di qualche vestito nuovo», mi ragguagliò brevemente la mia consorte, rilassata e raggiante.

Perché la stessa persona ci provocava reazioni tanto differenti, non riuscivo proprio a capirlo.

Lei sembrava rinascere in sua presenza mentre io mi sentivo corrodere da dentro.

«Fortuna che i mobili sono già arrivati, allora».

«Mi spiace che ti abbiano svegliato, tesoro. Non sapevo che sarebbero arrivati stamattina».

Scossi le spalle. Ormai non importava.

Eleonore si alzò e afferrò un paio di buste, rivolgendomi un sorriso angelico. «Mentre che c'ero ho preso due cose anche io…», disse portandole in camera da letto.

Non volevo restare da solo con sua sorella, ma non potevo nemmeno andarmene. Eleonore sarebbe tornata subito e dovevo ricordarle che quella sera avevamo un invito a cena.

Mi appoggiai all'isola della cucina e aspettai impaziente il suo ritorno.

Skyler fissava il fondo della sua tazza fingendo che non ci fossi e proprio in quel momento si sentì un riff di chitarra diffondersi sotto ai nostri piedi.

A lei si illuminarono gli occhi, a me si strinse la mascella.

«Ma non dorme mai?», borbottai sollevando la testa al soffitto. Di notte rompeva il cazzo, di giorno rompeva il cazzo.

Non si poteva dire che non fosse un tipo costante.

«Gli artisti sono così… devono seguire l'ispirazione», sospirò con aria sognante.

Erano giorni che provava a incontrarlo "casualmente" nell'atrio. La sua nuova occupazione ufficiale era stalkerare quel troglodita, aveva persino tentato di corrompere il portiere per conoscere i suoi orari e i suoi spostamenti.

Non voleva andargli a suonare al campanello per non

sembrare una delle sue tante fangirl ossessionate, anche se poteva benissimo esserne la presidentessa.

«Suonerei meglio io che non ho mai preso una chitarra in mano», affermai sicuro, sentendo le orecchie sanguinare a ogni strimpellata.

Eleonore tornò in cucina riportando il sole e l'allegria.

Svolazzò tra noi come una colomba.

Sembrò non vedere la gara di occhiatacce che ci lanciavamo io e sua sorella né udire il tremendo sottofondo musicale che le accompagnava.

«Sei troppo vecchio per capire la sua musica», mi rinfacciò quell'impertinente.

«E tu sei troppo...». Eleonore mi si parò davanti, appoggiando l'indice sulla mia bocca aperta.

Mi accigliai, ma prima che potessi rinfacciarle qualcosa, lei cercò di fare da mediatrice.

«Non credo sia un problema di età, Sky, ma di gusto. Ed è evidente che avete gusti differenti».

Appena abbassò la mano, borbottai. «Nel senso che io ho buon gusto e tu no!».

Mia moglie alzò gli occhi al cielo mentre Skyler mi rivolse un gestaccio.

«Sembrate due bambini dell'asilo», ci rimbrottò, aggirando l'isola per prendersi dell'acqua.

«Allora lui ha la stessa malattia di Benjamin Button», commentò Skyler, ridacchiando da sola alla sua stessa battuta. Mi voltai e vidi Eleonore trattenere il sorriso.

La trovava davvero divertente?

«Non riderei al tuo posto, visto che abbiamo la stessa età, Mrs Button», le ricordai offeso prima di andarmi a rifugiare nel mio studio.

Capitolo 8
Skyler

Le settimane successive al mio trasferimento furono frenetiche.

Feci altri controlli e iniziai a prendere delle vitamine e degli ormoni. A quanto pareva, essere giovane non era sempre indice di fertilità assicurata. Avevo dei valori un po' bassi, niente di ché, però andavano risollevati prima dell'impianto degli ovuli.

Il resto del tempo lo passavo prettamente a cercare di rivedere David. Lo sentivo suonare e cantare tutti i giorni, ma non riuscivo mai a incrociarlo.

Me ne rimanevo a parlare con il portiere per ore, oppure appena sentivo che la musica finiva, mi precipitavo in ascensore, sperando di intercettarlo.

Ero convinta che non mi avrebbe nemmeno riconosciuta, anche perché al nostro primo incontro ero ridotta piuttosto male. Per questo indossavo vestiti nuovi, avevo un appuntamento fisso dalla parrucchiera tutte le settimane e in generale ero sempre al top per evitare che mi scambiasse per una barbona.

Miles mi aveva raccontato di tutte le ragazze che erano state allontanate a forza dal palazzo beccandosi diffide e denunce.

Non volevo fare la loro stessa fine, ma riuscire a incontrare David casualmente si stava rivelando un'impresa.

A parte questo, passai un paio di serate nel mio vecchio appartamento e Tris venne a trovarmi nei weekend in cui i coniugi Button erano via. Avevano una vita mondana piuttosto movimentata. Di certo più della mia, il che era di per sé stupefacente.

Ma d'altronde mi era stato vietato di bere, di fumare e di mangiare male, quindi che senso aveva uscire?

Avevo scoperto che il palazzo offriva molte distrazioni, tra cui due ristoranti, una palestra, una spa e una piscina.

Tris sembrava una bambina a Disneyworld. Volle provare la famosa doccia di Eleonore e con mio sommo orrore la sentii venire dalla cucina. Immaginai Mason dietro la porta, i miei versi attutiti da una misera parete e mi sentii nuovamente in imbarazzo quando lo rividi il giorno dopo.

Io e la mia amica cenammo anche al ristorante più chic, sempre con la speranza di trovarci David, nuotammo nella piscina e ci spingemmo pure ad allenarci, una sera in cui in tv non c'era niente di interessante, poi ci facemmo il nostro primo e ultimo bagno turco.

Mi resi conto di quanto mi mancava non averla più attorno di continuo, anche se Eleonore stava facendo di tutto per diventare mia amica.

Nonostante le evidenti differenze tra noi, andavamo d'accordo.

Lei era sempre disponibile, gentile e sorridente, mi venne praticamente impossibile rinfacciarle tutti gli anni che avevamo perso per colpa sua.

Con Mason, invece, le cose non potevano andare peggio.

Lo trovavo indisponente, scontroso e superbo.

Aveva sempre quell'aria altezzosa e non perdeva mai l'occasione di sminuire me o qualsiasi cosa mi piacesse, in particolare David e la sua musica.

Mi faceva diventare dispettosa e petulante anche quando cercavo di comportarmi da persona matura.

Diciamo pure che lui era l'unica nota dolente della situazione, perché per il resto mi stavo abituando a quella nuova realtà.

Mi piaceva il servizio di lavanderia, che mi faceva recapitare la mia roba lavata e stirata.

Mi piaceva oziare sul divano davanti a una tv da sessanta pollici e andare a correre a Central Park, poi, era la ciliegina sulla torta. Ci andavo tutte le mattine, quando il sole era ancora nascosto dai palazzi.

Mi piaceva che mi sorprendesse tra le stradine deserte del parco mentre la città iniziava a riprendere il suo solito ritmo frenetico.

Spesso rientravo in casa e trovavo Mason che leggeva il giornale davanti a una tazza di caffè, vestito di tutto punto e con il suo solito cipiglio stampato in faccia, ed Eleonore in tailleur e tacchi alti che controllava di aver messo tutto nella sua ventiquattro ore. Lei era una contabile di tutto rispetto, lui lavorava nell'alta finanza.

Mi sentivo come una figlia un po' troppo cresciuta che viveva a scrocco dai genitori in carriera… e in effetti, un po' lo ero.

Quando loro uscivano, io rimanevo da sola, con il mio musicista al piano di sotto e niente di meglio da fare che cercare di intercettarlo in ascensore. Stavo diventando patetica, così decisi che dovevo trovarmi un hobby.

Considerando che gli sport estremi erano vietati a una futura mamma, che il giardinaggio prevedeva un giardino di cui non disponevo e che in linea di massima volevo comunque restare nei paraggi del mio nuovo vicino, provai a fare qualcosa di costruttivo in casa.

Mi resi conto che nella vita non avevo mai avuto molto tempo per coltivare delle passioni, troppo presa a lavorare per mangiare, ma ben presto mi accorsi di non essere portata praticamente per niente.

Disegnavo malissimo, non avevo abbastanza pazienza per darmi al cucito o al découpage, ero stonata come una campana, scoordinata come pochi… insomma, una causa persa.

Era demoralizzante prendere coscienza di essere così limitata e non mi restò altro da fare che uscire. Correvo, per lo più, per sfogare tutta la frustrazione che accompagnava le mie giornate, oppure andavo in giro, facendo la turista nella mia stessa città.

Fu così che mi imbattei nell'agenzia immobiliare che mi svoltò la vita. La vetrina era piena di annunci di case in vendita a prezzi davvero convenienti per essere a New York.

Entrai e chiesi informazioni. L'agente, Camilla, fu molto gentile ed entrammo subito in sintonia. Mi fece delle domande mirate per capire quali case potevano fare al caso mio e alla fine trovammo diverse potenziali abitazioni da comprare.

Ne vedemmo due nelle vicinanze.

Una grande ma completamente da ristrutturare, l'altra tutta nuova ma poco spaziosa. Passai i giorni successivi a visitare case in vendita, sentendomi stranamente eccitata all'idea di rimetterle a posto. Seguivo architettura al college, almeno finché non ero stata costretta ad abbandonare gli studi.

«Potresti iniziare da una piccola, sistemarla e rivenderla», mi suggerì la mia nuova amica, intuendo che forse, dopotutto, una passione l'avevo.

Capitolo 9
Skyler

Comprai una casa.

Minuscola, se paragonata a quella in cui vivevo in quel periodo. Un appartamento in quei palazzi alla *Friends*, con i mattoni rossi e le finestre alte, completamente da ristrutturare.

Poteva diventare la mia futura abitazione o un modo intelligente di investire i soldi che avevo ma, di fatto, era qualcosa con cui tenermi occupata.

Ero al settimo cielo e spinta dall'entusiasmo del momento acquistai tutte le riviste di arredamento e design che trovai in circolazione, ritagliando le idee che mi attiravano per appiccicarle sul quaderno dei progetti.

Ero così presa che per un po' mi dimenticai di David e non abboccai a nessuna delle provocazioni di Mason.

Sentivo che mi mancava qualcosa e quel qualcosa era un obiettivo. Ora che c'era, avevo un motivo per alzarmi presto tutte le mattine, avevo qualcosa con cui riempire la mia testa.

Trovai una ditta di ristrutturazioni e insieme a dei designer progettai gli interni. C'erano muri da buttare giù, impianti da rifare, stanze da arredare e piastrelle da scegliere.

Un paio di lunedì dopo, portai finalmente Tris a vederla.

I lavori non erano ancora iniziati, ma io riuscivo a visualizzare la casa già finita e le raccontai nel dettaglio come sarebbe diventata.

Lei non mi parve particolarmente entusiasta, ma mi assecondò lasciandomi parlare per ore del progetto.

«Magari potremmo andarci a vivere, una volta che il bambino sarà nato», accennai sulla metro, diretti verso l'appartamento di Eleonore.

«Per me sarebbe troppo lontano dal lavoro».

«Oh, non ci avevo pensato...», sospirai, sentendomi in colpa. «Allora l'affitterò o la venderò e ne compreremo un'altra che sia comoda per entrambe».

«Non dobbiamo per forza vivere insieme, lo sai, vero?».

Le sue parole erano caustiche, così come il suo tono.

«Ma io voglio vivere con te», replicai accigliata. «Tu no?».

Scendemmo dalla metro con lei che faceva spallucce e io che mi chiedevo che diavolo le stesse prendendo.

«Sto solo dicendo che non devi per forza includermi nei tuoi piani».

Raggiungemmo il palazzo in silenzio, avvolte da una tensione carica di cose non dette. Non capivo perché si stesse comportando in quel modo. Forse perché avevo comprato casa senza consultarla? O magari era gelosa di Camilla?

Stavo stilando un elenco mentale di tutte le possibili ragioni mentre varcavamo il portone prontamente aperto da Smith, quando la mia testa si svuotò di colpo, insieme ai miei polmoni.

David Foster, la mia rockstar preferita, era lì, in attesa che l'ascensore arrivasse.

Con lui c'era un uomo, che era troppo smilzo per essere una guardia del corpo e troppo giovane per essere il suo agente.

Non che avesse molta importanza. Afferrai il braccio di Tris e la trascinai verso di loro con tutta la forza che avevo.

Lei si lamentò durante il tragitto, poi lo vide e capì.

Le vere amiche mettono da parte i problemi se l'uomo dei sogni di una delle due si palesa all'improvviso.

E lei, che era la migliore amica che avessi mai avuto, non fu da meno.

Le porte dell'ascensore si aprirono ed entrammo seguendoli. Il moro con David schiacciò il tasto del ristorante e io decisi che avrei offerto il pranzo a Tris.

Lo sguardo di David trovò il mio nel riflesso dello specchio e un sorriso ferino gli piegò le labbra.

«Ragazza che sviene», mi apostrofò prima di voltarsi verso di noi.

«Non svengo poi tanto spesso», dissi con un filo di voce, anche se le ginocchia sembravano sul punto di abbandonarmi di nuovo.

Mi scoccò un sorriso vero prima di notare che non ero sola.

Squadrò Tris dalla testa ai piedi, partendo dagli stivali di vernice e la minigonna per perdersi un attimo nella sua scollatura. Lei non passava mai inosservata e riusciva a dividere a metà l'opinione pubblica. Per i puritani era un mostro, ma se ti piaceva il genere tatuata all'ottanta per cento e piena di piercing, era una figa pazzesca.

Lui non sembrava far parte della prima categoria.

Mi schiarii la voce e David mi ritrovò nella cabina.

«Avete impegni per pranzo?», chiese lanciando un'occhiata al suo amico, che sollevò le spalle.

Io e Tris rispondemmo praticamente all'unisono.

«Siamo libere come l'aria».

David aveva un tavolo riservato in un angolo appartato dove si poteva godere di una vista meravigliosa. Ci accomodammo insieme ai nostri accompagnatori sentendoci delle fottute star.

La gente ci osservava cercando di capire chi fossimo, cantanti magari? Modelle no di certo, non rispettavamo nessun canone di bellezza richiesto, a parte forse la magrezza che però non ci aveva mai aperto nessuna porta nel mondo dello show business.

Il bel moro dagli occhi scuri si presentò come Monty, senza spiegarci se era un soprannome o l'abbreviativo di qualcosa. Tris, che era abituata ai nickname, fece lo stesso e così mi accodai a loro.

«Sky... è da tanto che vivi qui?», chiese David, sfogliando distrattamente il menù.

«Oh, qualche settimana...», mormorai torturandomi le dita sotto al tavolo.

«Un mese», puntualizzò la mia amica.

«Ti vedo correre, ogni tanto», disse prima di puntare i suoi occhi nei miei, provocandomi una sequenza di reazioni a catena:

Scompenso cardiaco

Azzeramento della salivazione

Sudori freddi e caldi in parti diverse del corpo

Tremori improvvisi e tic nervosi

Senso di nausea

Afasia

«Oh...», ansimai, afferrando la mano di Tris sotto al tavolo in cerca di aiuto. Avevo fantasticato così tanto sul nostro incontro, su come l'avrei ammaliato con il mio spiccato senso dell'umorismo e la mia avvenenza, senza mettere in conto che sarei diventata una deficiente completa.

«Corri anche tu?», domandò Tris cercando di liberarsi dalla mia stretta ferrea.

«Dio, no», replicò lui con una smorfia.

Ovviamente immaginavo che non fosse un amante della corsa, ma sentirglielo dire in quel modo fu... deludente.

Be', non è che doveva per forza amare le stesse cose che amavo io. Il cameriere ci salvò da un silenzio imbarazzante e prese le nostre ordinazioni. Quando si defilò, Monty tempestò Tris di domande mentre io cercavo di reggere lo sguardo di David per almeno una manciata di secondi senza sentirmi morire.

A lui non serviva parlare molto, riusciva a incantarti semplicemente respirando nella tua direzione.

Qualcosa comunque provò a dirla, anche se io non ero molto collaborativa.

«Ti trovi bene qui?»

«Mmh, mmh». Non svenire, non svenire, non svenire.

«Io adoro la piscina. Ci sei mai stata?»

«Ah, ah».

Era come stare dietro uno schermo e vedersi fare la figura dell'imbecille senza poter intervenire.

Nel mio cervello urlavo di riprendermi, ma il mio corpo non mi dava retta.

Tris se la cavò decisamente meglio con Monty. Dopo un breve resoconto delle loro vite, in cui lei confessò di essere una tatuatrice single e lui un commercialista con la passione per i tatuaggi, si scambiarono i contatti su Tinder.

Per loro era facile, nessuno dei due aveva un'ossessione per l'altro. Io invece ero fottuta.

Quando il pranzo terminò, ero ormai certa di essermi giocata la possibilità di far breccia nel cuore di David.

Lui, che era abituato a fighe stratosferiche, a donne che probabilmente gli scrivevano poesie e lettere d'amore, non poteva essere interessato a una come me, che vestivo ancora nel reparto bambini e sembravo aver subito una lobotomia.

Invece mi sorprese, invitandomi a bere qualcosa da lui.

«Monty deve scappare, ma se non avete da fare ho della vodka in freezer…».

Io annuii con gli occhi spalancati e il cuore in gola, Tris si inventò una scusa per lasciarci soli.

«Il cane mi aspetta per pisciare… divertitevi».

Non ce l'aveva il cane, ovviamente.

Attendemmo che i due scendessero e poi io e David salimmo in ascensore, diretti nel suo appartamento. Mi appoggiai allo specchio per restare in piedi e mi concentrai per mantenere i nervi saldi.

Lui, rilassato come non mai, si accese uno spinello ignorando i divieti e con la bocca piena di fumo accostò le labbra alle mie.

Le schiusi e ingoiai il fumo insieme al suo respiro, completamente rapita dalla sicurezza che emanava.

«Ci divertiremo un sacco insieme, bambolina», assicurò, e io non avevo alcun dubbio a riguardo.

Capitolo 10
Mason

Tornai a casa più tardi del solito, quella sera.

Ero stato incastrato in una conference call per salvare il culo a un mio collega e non avevo neanche avuto il tempo di sfogare un po' di energie represse in palestra prima di cena.

Mi chiusi la porta alle spalle e raggiunsi mia moglie, che stava scaldando qualcosa al microonde mentre ascoltava attentamente un servizio della CNN.

«Ciao tesoro, tutto bene?», chiese distratta dal notiziario.

Le baciai una guancia sfilandomi la giacca di dosso.

«Ho avuto una giornata del cazzo», replicai, pronto a raccontarle che ogni cosa era andata storta da quando avevo messo piede in ufficio quella mattina, ma a mia volta fui distratto dal numero di coperti sul tavolo.

«Tua sorella ci ha fatto la grazia di tornarsene a casa sua?», domandai ironico, notando quanto silenzio ci circondasse.

Di solito era un caos se c'era Skyler nei paraggi.

Eleonore scosse la testa come se la mia ironia non la divertisse affatto. «Ti piacerebbe che fosse così lontana, vero? E invece è solo al piano di sotto, ma se ti può consolare dubito che rientrerà tanto presto».

«Al piano di sotto?». Ero troppo stanco per riflettere sulla cosa.

Mi sedetti a tavola davanti a un piatto di lasagne scongelate e mi versai un bicchiere d'acqua.

«Sì», confermò entusiasta, «pare che la nostra Skyler abbia finalmente fatto colpo sul suo cantante preferito».

L'acqua mi andò di traverso e per poco non la sputai nel piatto.

La sua ironia era molto meno divertente della mia.

Eleonore sollevò un sopracciglio. «Tutto okay?»

«No, dannazione! Perché l'hai lasciata andare?»

«Prima di tutto, non mi ha chiesto il permesso. Mi ha mandato un messaggio dicendomi di non aspettarla per cena perché era a casa sua, ma comunque, qual è il problema?».

Già, Mason, qual è il problema?

Non sapevo neanche cosa mi desse più fastidio, che lei fosse con quello psicopatico o che mia moglie lo trovasse giusto... Era tutto così assurdo da sembrarmi surreale dover dare spiegazioni.

«Be'», gesticolai nervoso, «tanto per cominciare, sappiamo entrambi chi è quel Foster!».

«Una rockstar?»

«Un donnaiolo», la corressi con un'occhiata severa, ma lei non sembrò preoccupata della cosa quanto me.

«Skyler è grande e vaccinata, sa quello che fa e con chi».

Una risata di scherno mi risalì dalla gola come un ringhio.

«Ti prego... Tua sorella è a malapena in grado di vestirsi da sola e te lo dico già adesso, Eleonore, io non crescerò il figlio di quel bastardo se per sbaglio si fa mettere incinta!».

Era quello che mi dava noia. Il fatto che potesse interferire con la nostra gravidanza, che potesse beccarsi qualche malattia venerea o farmi passare il resto dei miei giorni a dubitare della mia paternità. Nient'altro, davvero.

«Mason!», mi ammonì indispettita.

«Mason, cosa? Non dovrebbe avere rapporti proprio a un passo dalla fecondazione e lo sai anche tu!».

Lei sospirò, abbassando le spalle con rassegnazione.

«È il suo idolo... è come un sogno che si avvera, capisci? Come faccio a dirle di lasciarlo perdere?»

«C'è in ballo molto di più di una cottarella da quindicenne. Sono sicuro che capirà».

«Non posso farlo… le ho chiesto già troppe cose…».

«Bene», borbottai, alzandomi dalla sedia senza neanche aver toccato cibo, «allora lo farò io».

Eleonore mi pregò di essere gentile, di non usare parole forti e in linea di massima di non farla scappare a gambe levate.

Sapeva che potevo diventare uno stronzo di prima categoria se mi ci mettevo e, nonostante le assicurai che sarebbe andato tutto bene, temevo le mie reazioni tanto quanto quelle di Skyler.

Era ormai chiaro come il sole che avevamo delle difficoltà a interagire tra noi e sarebbe stato utopistico sperare che quella volta sarebbe stata un'eccezione. Alla fine, desistetti dallo scendere al piano di sotto.

Se fosse dipeso unicamente da me, avrei riportato sua sorella a casa in quel preciso istante, trascinandola per i capelli se necessario, ma Eleonore mi convinse a lasciarle godere almeno quella sera, quell'unica occasione con il suo fottuto divo del rock, promettendomi che avrebbe rifatto tutti gli esami prima di procedere con l'inseminazione.

Fu stupido da parte mia accettare di buon grado, perché passai le ore successive ad accumulare rabbia come se fosse polvere da sparo.

Provammo a guardare un film, ma la musica che proveniva dal piano di sotto sovrastava anche il mio impianto dolby surround, così Eleonore a un certo punto si rassegnò, infilando le cuffie antirumore per andarsene a dormire mentre io mi rifugiai in palestra sperando di stancarmi abbastanza da non avere le forze necessarie per commettere un omicidio.

Diedi la colpa al mio rancore pregresso nei confronti di quel ragazzino tatuato se mi sentivo così furioso nell'immaginarli insieme, tra alcol e droghe varie, a scopare come ricci su un divano bianco.

Con il sangue che mi schizzava al cervello facendomi vedere tutto rosso, presi a pugni un sacco immaginando le sue manacce sul vitino sottile di Skyler mentre la fotteva da dietro.

Odiavo David Foster con ogni fibra del mio essere.

Lo odiavo per la sua musica di merda, per la sua aria strafottente, per quel ridicolo smalto sulle unghie e l'eyeliner sotto agli occhi. Ogni volta che lo vedevo mi chiedevo cosa diavolo ci potessero trovare tutte quelle ragazzine in un tizio del genere, che faceva tanto il duro e poi ti rubava i trucchi dalla pochette.

Ma più di tutto, lo odiavo perché a lei piaceva e io lei proprio non riuscivo a sopportarla.

O forse ero solo davvero troppo vecchio per tutte quelle stronzate.

Rientrai, sfinito e sudato, e invece di infilarmi sotto la doccia o tracannare due litri di acqua, mi attaccai a una bottiglia di veleno distillato. Lo sentivo intossicarmi, serpeggiarmi nelle vene senza riuscire minimamente a spegnere quella rabbia che mi bruciava dentro.

Cercavo qualcosa per calmarmi, ma ogni cosa sembrava amplificare quelle emozioni, ingigantendole.

Quando Skyler varcò la soglia di casa mia, per un attimo dimenticai per quale ragione la stessi aspettando sveglio.

Mi sentii attraversare da un lampo di sollievo, perché era viva e tutta intera, ma poi barcollò fino all'interruttore, gettando luce dove prima c'erano solo ombre, e la vidi per quello che era:

Una ragazzina con le labbra gonfie e gli occhi vacui.

Una stupida con la maglietta al rovescio e le calze strappate.

Non valeva la mia rabbia né il mio tempo.

L'unica cosa che doveva sapere era che aveva un accordo da rispettare. Avevo pagato per il suo tempo e per il suo corpo, e lei non poteva più disporre di nessuno dei due a suo piacimento. Per il resto, la volevo fuori dalla mia vita e dalla mia testa, perché erano due posti in cui non sarebbe mai dovuta entrare.

Capitolo 11
Skyler

Ancora non mi sembrava vero.

David Foster, il frontman più figo della storia della musica rock di tutti i tempi non solo mi aveva invitata a casa sua, facendomi morire di invidia per la sua collezione di chitarre e vinili, ma aveva cantato per me, nella penombra del suo soggiorno, facendomi sentire la ragazza più speciale del pianeta.

Non tutti riuscivano a percepirlo, ma nascondeva un animo fragile e sensibile sotto quella corazza da duro. E la sua voce riusciva a essere dolce come miele quando non urlava parolacce al microfono.

Okay, la sua non fu proprio una serenata. Il testo della canzone era un'ode al pompino, ma con quella voce rotta poteva dire qualsiasi cosa senza sembrare volgare.

Dopodiché, fu pazzesco muovermi tra le sue cose, vedere dove si svegliava tutte le mattine, sedermi sul divano in cui componeva i suoi brani, respirare l'aria densa del suo profumo che riempiva ogni anfratto di quel luogo.

Ero così sopraffatta dalla situazione che quando mi offrì da bere accettai senza pensarci un secondo. Mettemmo su una compilation con le canzoni migliori dei nostri tempi e ci ubriacammo di musica e scotch, come due ragazzini che non sanno come altro occupare il loro tempo.

David era più di quello che mostrava, lo notavo dal suo sguardo che ogni tanto si perdeva chissà dove, lo capivo dai suoi silenzi e dai suoi sospiri, intervalli di realtà in un mondo di finzione.

Si accese un altro spinello e si rimise la maschera da duro prima di afferrarmi per la vita e spingermi contro il muro, schiacciandomi con il suo corpo.

Anche se il suo sguardo sembrava passarmi attraverso, mi lasciai andare tra le sue braccia con aria sognante. La sua bellezza era atipica ma comunque spiazzante, e quando mi baciò, sentii un formicolio lungo la schiena che scatenò una serie di piccoli brividi che mi incresparono la pelle.

Se solo avessi potuto immortalare quel momento per poterlo mostrare ai nostri futuri nipotini…

Le nostre lingue si intrecciarono in modo piuttosto intenso, poi la musica ci trascinò sul suo letto king size, dove dal nulla partì una lotta di cuscini mentre saltavamo sul materasso come se fossimo a un pigiama party.

Risi così tanto da farmi venire male alle guance e allo stomaco. David era la mia anima gemella e me ne convincevo ogni minuto che passava.

Avevamo gli stessi gusti in fatto di musica e film, adoravamo i cibi piccanti e avevamo un debole per i marshmallow (ne mangiammo un sacco dopo una crisi di fame chimica). L'unica cosa che un po' mi frenava dall'incidere i nostri nomi uno accanto all'altra su un povero albero era che non ero proprio sicura che avrebbe voluto iniziare una relazione con una che stava per rimanere incinta di un altro.

Era leggermente complicato da spiegare e di certo non semplice da accettare, ma contavo di farlo innamorare prima che fosse troppo tardi.

A un certo punto della serata, quando l'alcol e la marijuana mi avevano resa completamente disinibita, lo raggiunsi sul divano e mi misi a cavalcioni sulle sue gambe, prendendo l'iniziativa per continuare quello che avevamo cominciato ore prima.

Le sue mani mi risalirono sui fianchi e la sua lingua si insinuò calda nella mia bocca mentre la maglietta si sollevava. Lo sentivo duro sotto di me ed ero pronta a dargli qualsiasi cosa volesse.

Il bacio si animò, la maglietta finì a terra e nella foga le sue dita si incastrarono tra le mie calze. Della gonna non rimaneva che una misera striscia di stoffa sull'addome, ma non importava più a quel punto.

La timidezza e la soggezione erano sparite da tempo e io volevo solo sentirlo muoversi dentro di me… ma non so cosa successe, se sbagliai qualcosa o semplicemente lui cambiò idea, ma sul punto di prendere fuoco, lui si fermò. Smise di toccarmi e di baciarmi e posò la fronte sulla mia.

«Sky, Sky, Sky…», mormorò, facendomi rabbrividire di nuovo, ma per un motivo completamente diverso. Sentivo il rifiuto implicito graffiarmi la pelle fino a scorticarmi le ossa.

«Ho fatto q-qualcosa?», chiesi con la voce spezzata. Non avevo intenzione di umiliarmi mettendomi a piangere, ma ero ancora a cavalcioni su di lui come una perfetta idiota.

«Dio, no. Rasenti la perfezione, bambolina… ed è proprio per questo che adesso ti accompagno su».

Si alzò sollevandomi come se non pesassi nulla e io gli scivolai addosso per rimettermi in piedi. La sua erezione era lì, evidente come l'attrazione che gli offuscava la vista, eppure mi stava rispedendo a casa con un due di picche stampato in fronte.

Se non fosse stato che l'alcol nel mio corpo era quasi del tutto evaporato a quel punto, probabilmente mi sarei inginocchiata e avrei reso omaggio alla sua canzone, ma ero troppo lucida per rischiare di venire rifiutata due volte di fila.

«Non ce n'è bisogno», dissi schiarendomi la voce, «conosco la strada».

Afferrai la maglietta da terra e la borsa dal tavolino all'ingresso. David mi accompagnò alla porta con l'aria di uno che voleva prendere a testate qualcosa e mi salutò con un bacio sulla tempia. «Buonanotte, Sky».

Restai qualche minuto a fissare la sua porta interdetta.

Poi, rassegnata e stanca, raggiunsi l'ascensore e me ne tornai nell'attico. Meditavo di infilarmi sotto la doccia anche se non ero sicura di riuscire ad arrivare a tanto.

Le porte si spalancarono, gettando luce nell'ingresso buio. Barcollai nella semioscurità in cerca dell'interruttore e quando il soggiorno si illuminò soffocai un urlo.

Mason era appoggiato con i gomiti all'isola della cucina, in canotta e pantaloncini, e stringeva una bottiglia di whiskey piena solo per metà. Il suo sguardo mi perforò da parte a parte. Mi portai la mano al petto per cercare di calmare il cuore che batteva impazzito.

«Volevi uccidermi senza lasciare tracce?», chiesi stridula appoggiandomi con l'altra mano al muro.

La mia domanda cadde nel vuoto e mi stupì che lui perdesse l'occasione di lanciarmi una delle sue frecciatine.

Ignorai i muscoli tonici che spuntavano come funghi dalla sua canottiera e raggiunsi il frigo per prendermi una bottiglietta d'acqua da portarmi in camera.

«Stai bene?», mi informai con un sospiro. Non che mi aspettassi che si aprisse con me o cose del genere, ma sembrava scortese far finta di niente e lasciarlo così.

«Non ti ho pagato per venire qui a scoparti la rockstar», sibilò con una voce che mi raggelò il sangue.

Assimilai le sue parole a bocca aperta. Era il secondo uomo che mi lasciava interdetta nel giro di cinque minuti, solo che lui suscitava in me reazioni completamente differenti, del tipo che era fortunato che in giro non ci fossero coltelli, perché avrei potuto tentare di sgozzarlo.

«Scusa?!», gracchiai limitandomi a sollevare un sopracciglio.

«Hai capito benissimo». Diede un altro sorso alla bottiglia prima di abbandonarla sul ripiano e avvicinarsi, sudato e minaccioso.

L'orologio alle sue spalle segnava le tre e quaranta del mattino ed era a dir poco insolito che lui fosse ancora in piedi, ancor di più in quello stato.

Il suo odore mascolino mi pizzicò le narici e si mescolò all'alcol, quello che entrambi avevamo in corpo.

Raddrizzai la schiena e lo affrontai a testa alta, piantando i miei occhi furibondi nei suoi, che erano due braci che ardevano nel riflesso delle lampade.

«Mi hai pagato, ma non mi hai comprato, signor pezzo di stronzo! E fino a prova contraria sono libera di fare quello che voglio!».

La tensione tra noi aumentò, rendendo ogni respiro più pesante, come se l'ossigeno nella stanza venisse risucchiato dal nostro astio.

«Se qualcosa va storto...», mormorò avanzando ancora, costringendomi a indietreggiare, «ti obbligherò a restituirmi ogni centesimo. Sarai costretta a lavorare venti ore al giorno per i prossimi vent'anni solo per la cifra che hai già speso per pagarti i debiti».

La schiena si scontrò con il frigo e sussultai per la sorpresa.

«Come diavolo fai a saperlo?!».

«Non è questo che ti deve preoccupare, Skyler, ma fin dove sono disposto a spingermi per ottenere quello che voglio».

Arrivò a un centimetro da me e per un attimo la mia attenzione deviò sulle sue labbra. Da quella distanza sembravano più carnose. Gliele avrei staccate volentieri a morsi.

«Non arriveresti a tanto... e comunque Eleonore non te lo perdonerebbe mai».

«Non tentare la sorte, non ti conviene. Tieniti addosso le mutandine finché non avrai partorito e poi potrai anche farti sbattere da tutta Manhattan».

«Sei uno stronzo!».

«E tu una fottuta groupie!».

Sollevai la mano con l'intento di stampargliela in faccia, ma lui riuscì a intercettarla e a chiudermi il polso nella sua presa.

«Non toccarmi», sibilai praticamente sulla sua bocca. Quella vicinanza, l'alcol, la tensione, il fatto che David mi avesse mandato su di giri e poi lasciata all'asciutto… fu strano, ma ci fu una parte di me che palpitò all'idea di sfogare quella rabbia in altro modo.

«Neanche tu», sbottò prima di lasciarmi andare come se scottassi. Con la stessa mano diede un colpo al frigo alle mie spalle, facendomi strillare per lo spavento. «Neanche tu, cazzo!», ripeté, prima di allontanarsi alla svelta.

«Mason ha un'altra».

Ero sveglia da tipo cinque minuti, quindi pensai di aver capito male. «Cosa?».

Eravamo in cucina, io su uno sgabello che cercavo di mandare giù dei cereali ed Eleonore davanti alla macchinetta del caffè. Si era presa la mattinata libera per accompagnarmi dal dottor Philips a rifare quei maledetti esami del sangue, nonostante le avessi assicurato che non correvamo alcun pericolo. David alle mie parti basse non si era neanche avvicinato. Purtroppo.

Erano passati un paio di giorni dalla nostra giornata insieme e lui per evitarmi aveva addirittura lasciato lo Stato.

Miles mi aveva detto che era partito con la band per lavoro, ma sulla loro fan page non c'erano notizie ufficiali di concerti o cose simili.

Chissà se David lo pagava per sbarazzarsi delle sue groupie.

Quella parola mi continuava a ronzare in testa da quando Mason me l'aveva sputata in faccia. Anche se non mi sentivo una groupie, non sopportavo che lui l'avesse insinuato.

Per la cronaca, anche lui da allora mi stava evitando

come la peste mentre io lo maledicevo silenziosamente ogni volta che mi passava davanti.

«Mason». Eleonore mi riportò al presente, piazzandosi davanti a me con un'espressione addolorata, «mi sta tradendo».

«Ma figurati», esclamai convinta, perché lo trovavo impossibile. Non perché fosse un brav'uomo, ma proprio per l'esatto contrario.

Se a prima vista poteva attrarre, bastava un secondo in sua compagnia per intravedere cosa nascondeva sotto l'aspetto gradevole. Un arrogante, manipolatore, narcisista figlio di puttana. Mi sembrava già abbastanza assurdo che una donna come mia sorella, che era l'esatto opposto, potesse amarlo, ma due? Era ridicolo.

«Non sto scherzando, Skyler. Ho le prove».

Con aria affranta tirò fuori un sacchettino trasparente dalla sua ventiquattrore e lo lanciò sull'isola. Io stavo mangiando e per poco non mi strozzai con i cereali.

C'erano un paio di mutandine nel sacchetto.

Mutandine dall'aria molto familiare.

«D-dove le hai trovate?», chiesi prima di confessare che fossero mie. Avevo la sensazione che se il dubbio non l'aveva neanche sfiorata, una ragione ci fosse.

«Nella tasca dei suoi pantaloni».

Buon Dio.

Lasciai cadere il cucchiaino nella tazza e il latte schizzò sul ripiano e sulle mie dita.

Ero talmente sconvolta da non riuscire a dire nulla. Continuavo a guardare quel sacchetto incapace di dare una spiegazione logica alla cosa. Ero sicura che ci fosse, perché Mason mi odiava con la stessa intensità con cui lo odiavo io, solo che in quel momento non ero capace di formulare una valida teoria che potesse spiegare perché se ne andasse in giro con le mie mutandine in tasca.

Eleonore interpretò male il mio silenzio e si accasciò sull'isola come se avessi appena confermato i suoi sospetti.

«Gesù, è tutta colpa mia», farfugliò nascondendo il volto tra le braccia conserte.

«Ma che stai dicendo, El?!», mi alterai, perché qualunque fosse la ragione del gesto di Mason, di certo non era colpa sua.

«A parte che secondo me questo non vuol dire niente», dissi indicando il sacchetto. Non potevo dirle che erano mie, ma non volevo nemmeno assecondare la teoria del tradimento. «E se anche volessero dire qualcosa, non è certo colpa tua se tuo marito è uno stronzo!». Era l'unica cosa di cui ero sicura. Mason era uno stronzo a prescindere.

Gli occhi di mia sorella fecero capolino dal loro nascondiglio e si fissarono nei miei. Erano lucidi e pieni di dolore.

«Noi non...», iniziò a dire, scuotendo la testa, «io ho dei problemi a...».

«A...», la incitai a proseguire.

«Noi non facciamo sesso, Skyler».

«Ah».

Quella rivelazione fu ancora più scioccante di tutto il resto.

Non erano affari miei e non credevo esistesse un argomento che potesse interessarmi di meno al mondo, eppure fui assalita da una curiosità morbosa.

«Non avete mai...?»

«Ma certo», replicò esasperata, per poi sospirare come se le costasse fatica ammetterlo, ma al contempo sentisse un disperato bisogno di farlo. «Quando ho scoperto di avere il cancro stavamo già cercando di avere un figlio, quindi diciamo che ogni scusa era buona per provarci, ma quando mi hanno detto che avrei dovuto subire un'isterectomia completa mi è crollato il mondo addosso e dopo, tra i dolori postoperatori e quelli emotivi, ho perso completamente interesse».

Le lacrime si trasformarono in pianto e mi spinsero verso di lei. Le misi un braccio sulla spalla per farle sapere che ero lì, che non potevo neanche immaginare come potesse sentirsi, ma che aveva tutto il mio sostegno. Si strinse a me singhiozzando.

«Io lo amo, Sky, ma non riesco più a sentirmi coinvolta in quel senso… e adesso lui sta cercando altrove quello che io non gli posso dare. È colpa mia. Lo sto perdendo ed è tutta colpa mia».

La strinsi più forte tra le braccia.

«Non lo stai perdendo, El. Anche lui ti ama, ne sono sicura».

Le mutandine sono mie. Magari le ha trovate in giro e… le ha messe in tasca. Perché? Be', non lo so, ma… Dio.

Provai il discorso mentalmente diverse volte ma non finiva mai bene, per cui alla fine rinunciai a dirle la verità e tentai di sminuire la faccenda finché non si tranquillizzò.

«Credo che tu debba parlargli prima di arrivare a conclusioni affrettate. Quando le hai trovate?».

Lei tirò su con il naso e sollevò le spalle. «Un paio di settimane fa, credo».

«E come cavolo hai fatto a far finta di niente fino adesso?». Io di sicuro non ci sarei riuscita.

«Non lo so… non voglio perderlo per una mia mancanza. Forse avrei dovuto semplicemente sforzarmi di più. Un uomo ha le sue esigenze, io lo capisco… Potrei anche accettarlo…».

«Non dire idiozie! Quello è tuo marito, cazzo, e devi rivendicarne il possesso!».

«Ma se non posso dargli…», provò a giustificarlo, ma la cosa ormai mi aveva fatto infuriare. Quella donna era splendida, più di quanto quell'idiota si meritasse, e non doveva neanche per sogno accettare niente di meno della sua totale devozione.

«Troverà un modo. Troverete un modo! Esistono le bambole gonfiabili e tante altre cazzate in cui può infilare l'uccello se necessario, ma non azzardarti a dargli il benestare per tradirti. Io non voglio mettere al mondo il figlio di un traditore, chiaro?».

Lei annuì, leggermente sorpresa della mia reazione e io la lasciai a rimuginare sulla nostra conversazione per andare a prepararmi.

Era il mio ultimo giorno libero e avevo mille cose da fare prima di essere artificialmente fecondata e l'ultima cosa di cui avevo bisogno era continuare a pensare alla loro vita sessuale.

Capitolo 12
Mason

C'era qualcosa di strano.

Lo percepivo nell'aria, come quando si sente odore di tempesta. Skyler quella tempesta ce l'aveva negli occhi, nel modo brusco con cui compiva ogni gesto, negli sguardi assassini che mi rivolgeva di sottecchi.

Quelli be', me li rivolgeva di frequente, quando non era troppo occupata a ignorarmi, ma anche Eleonore era diversa dal solito e forse fu quello a mettere i miei sensi in allerta, perché lei non lo era mai.

C'era un senso di inquietudine che la faceva agitare sulla sedia e non le permetteva di guardarmi dritto in faccia.

Non era così che mi ero aspettato di trovarla alla vigilia dell'inseminazione. Avevo preso dei fiori freschi e una tortina per festeggiare l'evento, e avevo portato a cena fuori lei e la sorella per dimostrarle che la cosa toccava anche me, ma la sua reazione, poco sorpresa e poco entusiasta, mi lasciava perplesso.

Il suo essere così scostante mi lasciava perplesso.

La sua incapacità di sorridere mi lasciava perplesso.

Cenammo senza riuscire ad avere una conversazione decente e dopo il dolce Skyler disse che avrebbe incontrato la sua amica a Times Square.

Le ricordai di non bere, di non fumare e di non accoppiarsi con nessun troglodita, e lei mi salutò sollevando il dito medio.

Quella, in sostanza, era stata la nostra conversazione più lunga da quando le avevo praticamente dato della poco di buono. Mi ero sentito vagamente in colpa per averlo fatto? Forse, ma di certo non mi ero preso la briga di scusarmi.

Fui sollevato quando ci lasciò soli e presi la mano di Eleonore sul tavolo in cerca di complicità.

«Sei agitata per domani?», chiesi comprensivo, accarezzandole il dorso con il pollice.

Lei sollevò le spalle. «Un po'».

«Andrà tutto bene», assicurai pratico, «vedrai».

Eleonore annuì, ma sembrava così distante, così pensierosa…

«C'è qualcosa che non va?», chiesi, per ricevere a mia volta una rassicurazione.

A quel punto i suoi occhi cercarono i miei e provarono a leggermi dentro. Li sentii scavare a fondo, in cerca di Dio solo sa cosa. Fu una sensazione spiacevole, come se all'improvviso fossi nudo in mezzo al locale.

«Mi ami ancora?». La sua domanda era dolorosa, da fare e da ascoltare.

«Come il primo giorno. Come non potrei amare nient'altro in questo fottuto mondo», dissi senza esitazione ed era la verità, cazzo. Quella donna era tutto per me.

Ne stava forse dubitando?

Il suo sguardo si fiondò sul tavolo, incapace di sostenere il mio un secondo di più.

«Eleonore», la chiamai, sollevandole il mento con l'indice.

«Anche se non facciamo più l'amore, Mason?», chiese con un filo di voce mentre una lacrima le solcava la guancia.

Deglutii e restai a contemplare il suo viso, sentendomi impotente di fronte al suo dolore.

Come potevo guardarla negli occhi e dirle che non importava?

Lo avevo fatto tante volte, ma in quel momento ero sicuro che un'altra bugia non avrebbe aiutato nessuno dei due.

«Cosa mi stai chiedendo? Se mi sta bene non farlo? Certo che non mi sta bene, Eleonore. Io ci vorrei invecchiare dentro di te, morirci perfino...». Un singhiozzo le scosse il petto e io mi interruppi per stringermela addosso. «Perché stai piangendo?»

«Perché mi dispiace così tanto, Mason... tu fai di tutto per rendermi felice e io invece...».

«Tu mi rendi felice anche solo respirando», ribattei prima che le sue paure prendessero forma in mezzo a noi. Non ero pronto ad affrontare quella conversazione, non lo ero mai stato.

Dopo quasi due anni, ancora non riuscivo a confessarle quanto mi facesse male il suo rifiuto perché sapevo che era indotto da un dolore più profondo, che non potevo comprendere né giudicare. Non era colpa sua se si sentiva in quel modo. *Che senso aveva farglielo pesare?*

Lei sarebbe potuta morire e invece era lì, a riempire di ossigeno la mia aria. Quello contava più di tutto, di certo più dei miei bisogni. «Non dovrai mai preoccuparti della mia felicità finché sarai con me».

«Voglio che tu sappia che capirei se tu avessi mai sentito il bisogno di andare con altre donne...».

Non feci in tempo a tapparle la bocca con la mano.

Quelle parole uscirono fuori come proiettili e mi colpirono tutte, in profondità che non sapevo nemmeno di avere.

La lasciai andare come se all'improvviso toccarla mi provocasse sofferenza. Ero indignato, profondamente offeso che lei mi ritenesse capace di farle una cosa del genere.

Lei, che era tutta la mia vita.

«Credi che ti abbia tradito?», domandai come se avessi appena mandato giù un bicchiere di ghiaia e mi fosse rimasta tutta in gola.

«No, cioè, non lo so, ma non impo...».

«Cristo, El!», sbottai, alzandomi talmente in fretta che

la sedia finì a terra con un tonfo. La gente si voltò a guardarci, ma non me ne poteva fregare di meno. Lanciai un paio di banconote da cento sul tavolo e mi avviai a passo svelto verso l'uscita. Lei mi seguì scusandosi con il cameriere.

«Mason, aspetta! Perché stai facendo così?».

Inchiodai di colpo e lei sussultò quando mi voltai per affrontarla. Eravamo su uno dei marciapiedi più trafficati di New York e la gente ci passava accanto e in mezzo ignara di quello che stava accadendo perché sanguinavo dall'interno.

«Perché io sto facendo così? Perché tu stai facendo così?! Ti rendi conto che mi hai appena ucciso?».

No, proprio non lo capiva. Il suo sguardo confuso vagava sul mio viso senza realmente vedere il danno che aveva causato.

«Ma... io».

Eliminai la distanza che ci separava e respirai con affanno sulle sue labbra. «Sai cosa faccio adesso? Adesso entro in un bar e ci provo con la prima donna che incontro, okay?».

I suoi occhi si spalancarono per lo shock.

«La porto in un bel motel e me la scopo a sangue, tanto per te non c'è nessun problema, giusto?».

Orrore e lacrime le rovinarono il trucco mentre rimpicciolіva sotto al mio sguardo furioso.

«Dimmelo, Eleonore. Dimmi ancora che a te sta bene, Cristo!».

Lei scosse la testa scoppiando in un pianto disperato.

«No, no, no», ripeté mentre l'afferravo nervoso e me la tiravo addosso.

«E allora non ti azzardare mai più a dirmi niente del genere. Mai più, cazzo».

«Mai più», farfugliò sul mio petto.

«Gesù, ma non lo vedi quanto ti amo? Come puoi anche solo pensare che potrei ferirti in questo modo?».

E fu allora che lei mi raccontò di aver trovato quelle stupide mutandine del cazzo. E fu allora che fui costretto a mentirle.

«C'è quel mio collega, Billy, che dice sempre che sono la puttana dell'ufficio perché mi faccio il culo più di tutti quanti messi insieme, ricordi?».

Lei annuì mentre passeggiavamo stretti l'uno all'altra.

«Un giorno per farmi uno scherzo mi ha fatto trovare quelle mutandine sulla scrivania. Mi sono dimenticato di raccontartelo e neanche mi ricordavo più di averle tenute, figurati».

«Dio, sono stata così stupida… Se solo te ne avessi parlato subito. Sono stata male per settimane».

«Mi dispiace, tesoro».

E quello era dannatamente vero.

Mi dispiaceva aver dimenticato di rimettere le mutandine al loro posto e che lei le avesse trovate.

Mi dispiaceva che avesse passato le ultime settimane convinta che la stessi tradendo.

Mi dispiaceva averle sentito dire che lo avrebbe accettato perché non si sentiva in grado di rendermi felice.

Mi dispiaceva aver fatto quella scenata e poi averle mentito.

Non c'era poi niente di così sconveniente nella verità, ma non ero riuscito a dirgliela.

Non volevo che avesse altre paranoie.

E a dirla tutta, non volevo averle neanche io.

Nonostante ciò, dormii poco quella notte. Ancora turbato dalla nostra discussione e agitato per quello che sarebbe successo il giorno dopo, all'alba mi alzai e mi rinchiusi in palestra, cercando di zittire ogni pensiero massacrandomi in sala pesi.

Mi infilai le cuffie bluetooth e misi una playlist di canzoni che picchiavano duro cercando di tenere il tempo.

Un'ora dopo, stavo facendo i dorsali quando mi accorsi di non essere più solo. Sollevai lo sguardo sentendomi osservato e trovai Skyler sulla porta, con i capelli legati in una coda alta e un asciugamano sulla spalla.

Non era la prima volta che la vedevo in tenuta sportiva, andava a correre quasi tutte le mattine, ma di solito evitavo il contatto visivo, concentrandomi su qualsiasi altra cosa.

In quel momento invece c'era solo lei e senza che potessi farci niente i miei occhi le scivolarono addosso, accarezzando un centimetro di pelle scoperta alla volta.

Indossava uno di quei reggiseni sportivi e dei pantaloncini che somigliavano a culotte, così aderenti da non lasciare spazio all'immaginazione. Come se a me mancasse, tra l'altro.

Sbattei le palpebre quando mi accorsi di essermi fermato, con le braccia sospese a mezz'aria e i muscoli in tensione.

Nelle orecchie Machine Gun Kelly stava cantando *Love Race* e io staccai lo sguardo dal suo ventre piatto e tonico per cercare i suoi occhi scuri. La tempesta era ancora lì e si abbatteva nelle sue iridi come sempre.

Lasciai andare la staffa e mi sfilai un auricolare visto che continuava a starsene lì impalata.

Immaginai che volesse qualcosa.

«Che c'è?», domandai brusco senza nessuna ragione apparente. Semplicemente sapevo di non potere avere a che fare con lei in nessun altro modo.

«Eleonore mi ha raccontato dello scherzo che ti ha fatto il tuo collega», disse mangiandosi lo spazio che ci divideva.

Me la trovai davanti con un sorrisino sprezzante.

«Divertente, se non fosse che quelle mutandine sono mie».

La tempesta nei suoi occhi mi travolse lasciandomi senza fiato.

Non pensavo che Eleonore gliene avesse parlato, non avevo proprio considerato la possibilità che potesse confidarsi con lei.

Mentre cercavo di rimanere a galla in quell'oceano agitato, mi chiesi quanto effettivamente Skyler sapesse della nostra vita privata.

«E come lo sai?», domandai cauto, asciugandomi il sudore sulla fronte.

«Perché le ho viste».

«Ne avranno prodotte più di un paio, non credi?».

Con lei di quella faccenda non volevo proprio parlare.

Non volevo parlarle di niente, ma mi sarei tagliato la lingua prima di ammettere di averle sottratte ai montatori.

Le mie azioni potevano essere male interpretate e io non volevo assolutamente che si facesse strane idee.

«Perché le hai prese?», domandò ignorando le mie parole.

Mi spazientii. «Me le ha date Billy», dissi alzandomi dalla panca. Volevo allontanarmi il più possibile, ma non ci riuscii.

Skyler voleva uno scontro, era chiaro. Mi fissava dall'alto del suo metro e cinquanta con un'espressione che ipotizzai avrebbe voluto incutere timore. Io abbassai lo sguardo su di lei senza nascondere il sorriso derisorio che mi piegò le labbra.

«E combinazione le mie sono sparite...».

«Per quanto ne so, potresti averle lasciate ovunque. Hai controllato a casa del tuo amichetto?», domandai sollevando un sopracciglio. Stavo di nuovo facendo delle insinuazioni e provavo un perverso piacere nel vedere le mie parole schiaffeggiarla.

«Devi finirla con questa storia! Non sono una groupie».

«Già», approfittai della sua distrazione e misi qualche attrezzo tra noi, «continua a ripeterlo e prima o poi sarà vero».

«Vai a farti fottere, Mason», sbottò tornandomi di fronte. «Ah, già! Non puoi... Ops!». Si mise una mano davanti alla bocca, ma gli occhi luccicavano di perfidia. Quindi Eleonore le aveva raccontato tutto. E lei stava usando le sue confidenze per ferirmi.

Non che non me lo meritassi, ma almeno sapevo che anche lei era disposta a sporcarsi le mani per avere la meglio.

Ci rendeva molto più simili e mi faceva sentire molto meno in colpa.

«Potrei se volessi», insinuai sostenendo il suo sguardo, «mi basterebbe mettermi al collo una chitarra e cadresti ai miei piedi». Rimanemmo entrambi sorpresi delle mie parole e mi chiesi se quell'immagine avesse preso forma anche nel suo cervello.

Era terrificante sentire il mio corpo reagire a quel pensiero sconveniente. Usai i due anni di astinenza per giustificarmi, ma avevo appena fatto un errore madornale e non c'era modo di tornare indietro.

«Ti piacerebbe», borbottò e il suo sguardo mi scivolò addosso come lava, trovò l'erezione che i pantaloncini non potevano nascondere e si fece una bella risata alla faccia mia, «ma a differenza tua, io posso scegliere, e non sceglierei mai te».

E senza nemmeno toccare un attrezzo, tornò da dov'era venuta, sculettando dentro quei maledetti pantaloncini che mi procurarono un doloroso spasmo all'uccello.

Picchiai la testa contro la prima superficie disponibile, sentendomi un essere spregevole.

Eleonore era l'amore della mia vita, non avevo mentito, ma ero fatto di carne, dannazione, e quella carne pulsava e vibrava per lei, ma non solo.

Sentivo il sangue pompare nelle vene e il desiderio scorrere come acido che corrodeva la mia lucidità. Non avevo toccato un'altra donna e mai l'avrei fatto, ma se mi avesse visto in quello stato, si sarebbe comunque sentita tradita?

Immaginai di sì. E non mi piacque per niente.

Sua sorella mi dava ai nervi, non c'era niente di sentimentale o profondo. Era una ragazzina irritante e sboccata, non aveva un briciolo di classe e decoro. Non l'avrei mai neanche degnata di un'occhiata, se non fossi stato costretto ad averla continuamente sotto al naso.

Eppure… tirava fuori una parte di me che tentavo con tutto me stesso di tenere a bada da praticamente tutta la vita. Una parte rude, violenta, carnale che Eleonore aveva ammansito con la sua dolcezza.

Skyler però non era dolce… e in momenti come quelli avrei tanto voluto mostrarle che non lo ero neanche io.

Capitolo 13
Skyler

Mi era presa una strana tremarella.

E sudavo.

Non in modo normale, sudavo e tremavo come se avessi la febbre alta. Forse era solo agitazione, in fondo stavo per farmi mettere incinta da un dottore che non mi aveva neanche offerto la cena… o forse era colpa di Mason.

Chi poteva dirlo?

Era una giornata importante ed era iniziata malissimo, con me che entravo in palestra e trovavo mio cognato tutto sudato, con i muscoli in tensione e uno sguardo assassino.

Volevo dirgliene quattro dopo le balle che aveva raccontato a mia sorella, ma soprattutto, volevo sapere cosa lo aveva spinto a prendere quelle maledette mutandine.

Quel pensiero mi ossessionava mio malgrado.

Ero uscita di casa carica come una molla ma una volta lì, per un attimo o due mi ero dimenticata il motivo per cui ero andata a cercarlo.

Mason era bello nell'accezione più devastante del termine.

Quando si infilava in quei completi di alta sartoria calamitava l'attenzione di chiunque, maschio o femmina che fosse, emanando fascino e potere, ma quella mattina… con la canotta scura e i capelli spettinati, con le gambe tornite in bella mostra e una patina di sudore sulla pelle che metteva in risalto ogni avvallamento e solco sembrava una creatura ultraterrena, tanto ammaliante quanto crudele nella sua perfezione.

Le mie intenzioni avevano vacillato e non ero riuscita ad aprire bocca finché non era stato lui il primo a farlo, con quel suo tono burbero carico di fastidio che mi aveva fatto rinsavire.

Ci eravamo accusati a vicenda, nonostante i nostri corpi si rifiutassero di collaborare. Lo avevo lasciato con la sua assurda erezione ed ero tornata di sopra con le palpitazioni e le mutandine bagnate.

Era insano, completamente fuori luogo, maledettamente sbagliato. Desiderare il marito di mia sorella era l'ultima cosa che volevo fare nella vita, eppure, nonostante provassi a contrastare quella pulsione e quasi sempre ci riuscivo, quel giorno mi era risultato impossibile.

Dopo una doccia lunga e appagante avevo sperato di arrivare in clinica un po' più rilassata, ma non avevo messo in conto che mi sarei ritrovata mezza nuda, a gambe all'aria, in mezzo a tutta quella gente.

In quel momento, Eleonore mi teneva la mano e mi sorrideva incoraggiante, Mason stava alle sue spalle e mi lanciava occhiate torve mentre il medico lavorava tra le mie gambe nascosto da un telo chirurgico blu e l'infermiera muoveva l'ecografo sulla pancia.

«Okay, Skyler, prendi un bel respiro».

Obbedii e sentii qualcosa di freddo scivolarmi dentro.

Sussultai, più per la sensazione inaspettata che per il dolore. Sollevai lo sguardo in automatico e trovai due occhi grigi e severi scrutarmi dall'alto. Persi un battito o due, smarrita in quelle due iridi che sembravano curiose e sconcertate allo stesso tempo. Avevo la bocca schiusa e sentii un gemito arrampicarsi su per la gola senza riuscire a fermarlo.

Mason deglutì e sbatté più volte le palpebre prima di voltarsi.

«Ti fa male?», chiese Eleonore mentre sentivo le guance andare a fuoco. Scossi la testa, certa che la mia voce sarebbe risultata roca.

Stavo provando cose che non avevano niente a che fare con il dolore ed era imbarazzante, per più di una ragione.
«Bene, ora inseriamo gli embrioni nell'utero».
Mentre il medico continuava a farci la telecronaca minuto per minuto, mia sorella strinse più forte la mia mano.
Era così felice che quando il dottore dichiarò conclusa la procedura, i suoi occhi erano lucidi per la commozione.
Abbracciò Mason mentre io andai a rivestirmi dietro a una tenda. Al mio ritorno strinse anche me, colma di gratitudine.
«Non ti ringrazierò mai abbastanza per questo, Sky».
«Figurati», minimizzai scacciando l'aria con la mano, «per così poco».
Ero appena stata ingravidata artificialmente, ma ancora non ne avevo preso coscienza. Sembrava tutto così surreale, così assurdo… il dottore mi prescrisse riposo assoluto per un paio di giorni e ci diede appuntamento per la settimana successiva. Solo allora avremmo saputo se l'inseminazione era andata a buon fine oppure no.
Mason non mi abbracciò né mi ringraziò. Si limitò a un cenno della testa e poi passò giorni a fingere che non esistessi.
Era una tattica che avevo utilizzato anche io in precedenza e ne ammiravo i vantaggi, peccato che ormai mi risultava sempre più difficile ignorarlo.
Era diventato il proverbiale cavolo di elefante nella cristalleria.
Ogni volta che si muoveva o parlava o respirava, il mio cervello captava la sua presenza come se avesse un campanaccio appeso al collo.
Mandava impulsi contrastanti al mio sistema nervoso e per quanto mi sforzassi, i miei occhi alla fine lo cercavano. Magari solo per un breve attimo, ma era sempre un attimo di troppo.

Passai molto tempo a letto, ammazzandomi di serie tv e dirigendo i lavori di ristrutturazione via Skype. Joy, il capocantiere, mi ragguagliava ogni giorno sugli avanzamenti. Gli impianti erano quasi ultimati ed eravamo in linea con la tabella di marcia.

Tris passò a trovarmi un paio di volte. Le chiesi se avesse avuto notizie di Monty e lei liquidò la faccenda con un "alla fine non se n'è fatto più niente, ma sono tornati in città".

Quel sono comprendeva anche David.

La notizia mi fece agitare, nonostante ormai pensassi a lui piuttosto raramente.

Mi aveva rifiutata e un po' me n'ero fatta una ragione, ma sapere che a dividerci c'era di nuovo solo un muro rianimò un paio di farfalle nel mio stomaco.

O forse era tutta quella verdura che Eleonore mi aveva obbligato a mangiare. O forse…

Corsi in bagno e rigettai la cena nel water. Tris mi raggiunse e mi tenne i capelli per tutti quegli interminabili secondi.

Quando i conati terminarono, mi sciacquai il viso e lavai i denti mentre lei mi osservava riflessa nello specchio.

«Dai, di' quello che devi dire», borbottai dopo aver sputato l'acqua nel lavandino. Mi passò l'asciugamano sollevando le spalle.

«Non ho nulla da dire».

«Bugiarda!», l'accusai, puntandole un dito contro. «Te lo leggo in faccia. Dai, spara».

A Tris avevo accennato qualcosa su Mason e lo strano rapporto che avevamo, ma non tutto, non ce n'era bisogno. Lei aveva la straordinaria quanto fastidiosa abilità di capirmi al volo. Spesso meglio di quanto sapessi fare io stessa.

Le era bastato vederci interagire un paio di volte per accusarmi di provare per lui qualcosa di decisamente diverso dall'odio.

«Te lo vuoi fare», aveva affermato una sera, dopo che eravamo uscite di casa.

«Di chi stai parlando?!», avevo domandato in ascensore, strabuzzando gli occhi.

«Dello stronzo in doppio petto», aveva chiarito facendomi avvampare.

«Ma non dire idiozie!».

«È chiaro come il sole», aveva ribadito convinta mentre io avevo iniziato a muovermi nervosa nella cabina.

«Hai preso un abbaglio, tesoro».

Avevo contato i piani impaziente di uscire da lì.

«Non mi succede mai».

Ed era vero, aveva naso per certe cose.

«C'è sempre una prima volta».

«Non per me».

Eravamo andate avanti così per una mezz'ora buona, con lei che insisteva e io che negavo categoricamente, ma poi, alla fine, cedetti in un certo qual modo.

Eravamo sulla metro e lei mi stava osservando come se fossi una cavia da laboratorio.

«Okay, non lo sopporti, ho capito, ma questo non vuol dire che non ti lasceresti sbattere come un tappeto polveroso… e cioè molto, molto forte». Aveva sollevato più volte le sopracciglia con un sorrisino idiota e io ero scoppiata a ridere.

«Smettila!», le avevo intimato tornando seria. «È il marito di El».

«Ma se non lo fosse?»

«Lo è», avevo ribadito spazientita.

«Ma se non lo fosse?!», aveva ripetuto calcando ogni parola.

Avevo sbuffato, ormai al limite della pazienza. «Forse», avevo acconsentito per pentirmene subito dopo.

«Ah! Lo sapevo!», aveva gongolato lei abbozzando un balletto della vittoria davanti agli altri passeggeri.

«No, non lo sai! Non provo niente per lui, è solo… una cosa fisica, che passerà».

«Certo». Non lo aveva detto con la mia stessa convinzione.

«Tris», l'avevo ammonita con uno sguardo solenne, «passerà e in ogni caso, non ne parleremo più, intesi? Niente battutine o doppi sensi, mai, mai più». Lei aveva annuito e io le avevo porto la mano per sancire la nostra promessa. Era già tutto complicato così, non volevo che buttasse benzina sul fuoco ogni volta che poteva. Me l'aveva stretta riluttante e da allora non ne avevamo più parlato.

Almeno non nelle tre settimane successive.

Quella sera, nei suoi occhi vedevo la malizia offuscarle la vista.

Voleva dire qualcosa. Qualcosa che mi avrebbe turbato.

E io insistetti perché ero una stronza masochista.

«Avanti, dillo o stanotte non dormirai».

«Grazie… Sei incinta dello stronzo in doppio petto senza neanche esserti tolta lo sfizio», disse trattenendo un sorrisino.

«Prego e vaffanculo», fu il mio modo sottile di replicare.

Poi un altro conato confermò che ero davvero incinta dello stronzo in doppio petto, ma almeno mise fine alla conversazione.

Eleonore non stava più in sé dalla gioia.

Il giorno stesso che il dottore confermò che l'inseminazione era andata a buon fine, trascinò me e Mason per negozi e la cosa le piacque talmente tanto che divenne un'abitudine settimanale.

C'erano così tante cose da comprare, a detta sua, che dovevamo cominciare il prima possibile.

Intanto dovevamo arredare la cameretta, la stanza che avevano tenuto vuota per lo scopo.

Visto che l'intenzione era di aspettare il parto per conoscerne il sesso, il colore che andò per la maggiore fu il bianco.

Pareti bianche, mobili bianchi, biancheria bianca…

«Il bambino rimarrà accecato appena ci vedrà qualcosa», borbottai all'ennesimo capo candido che lanciava nel carrello.

«Non dire sciocchezze», ridacchiò mia sorella che, a dire il vero, riusciva a essere abbagliante pure con il suo tailleur blu notte. Sprigionava luce da tutti i pori e ti scaldava il cuore con uno sguardo, tanto che sia io sia Mason ne fummo assoggettati. A parte la mia battuta infelice, non riuscii a dirle di no a niente e lui be', lui era l'incarnazione perfetta del marito devoto e innamorato.

Pendeva dalle sue labbra e aveva occhi solo per lei, e questo non mi aiutava certo a tenere a bada la nausea. Me ne andavo in giro con un sacchetto di plastica in borsa e una scorta di cibo con cui avrei potuto benissimo attraversare l'oceano.

Un minuto prima stavo vomitando anche l'anima e quello dopo mi stavo abbuffando di brezel. In sostanza, quella ormai era diventata la mia vita ed era un circolo vizioso difficile da fermare perché a quanto pareva la nocciolina che mi cresceva nella pancia era folle come suo padre.

Tornavamo sempre a casa carichi come muli e i giorni seguenti io e mia sorella li passavamo insieme a riempire la stanza spoglia, decidendo dove mettere cosa tra una chiacchierata e una risata, finché non fu piena zeppa e dovemmo usare un angolo della mia camera per metterci le ultime cose, che al bambino sarebbero servite più o meno un anno e mezzo dopo.

Anche se faticavo a dirglielo, mi piaceva passare del tempo con lei e quasi non ricordavo più come fosse la mia vita prima, quando non ne faceva parte.

Era un argomento che non toccavamo volentieri, ma ogni tanto la osservavo mentre era intenta a fare qualcosa e mi chiedevo come sarebbero state diverse le cose se i miei genitori mi avessero concepita anche solo un anno dopo. Forse lei mi avrebbe accettato e voluto bene da subito e io sarei cresciuta con una sorella maggiore che mi guardava le spalle, anziché voltarmele in continuazione.

Era un pensiero che mi causava reazioni emotive differenti in base ai giorni. C'erano volte in cui provavo tristezza, altre rancore. Eleonore era una persona speciale, si vedeva da un miglio di distanza che possedeva un cuore d'oro e una sensibilità immensa, eppure aveva passato quasi la sua intera esistenza a rinnegarmi e a incolparmi per errori che neanche avevo commesso.

Quando gli ormoni me lo permettevano, riuscivo a giustificarla perché in fondo erano sentimenti nati nella mente e nell'animo di una bambina che aveva perso la madre e che si sentiva defraudata dell'unico genitore rimastole, ma in altri momenti, specie se avevo fame o avevo da poco rimesso in pieno stile esorcista, mi veniva difficile essere così diplomatica.

Le volevo bene, come se fossi stata geneticamente predisposta ad amarla a prescindere, ma in quelle occasioni diventavo odiosa e le rispondevo male senza un'apparente ragione.

Mi accorgevo di ferirla da come cambiava di colpo espressione, ma proprio non riuscivo a tenere a freno la lingua.

Un altro cambiamento dovuto agli sbalzi ormonali, mi accorsi presto, riguardava la sfera sessuale, in cui fortunatamente lei non rientrava, ma purtroppo suo marito sì.

Anche quell'impulso esulava dalla mia capacità decisionale.

Cioè, non è che prima mi fosse proprio indifferente, però avevo delle attenuanti, come il fatto che fosse l'essere più intollerabile del pianeta. Ma alla mia libido questo dettaglio non interessava più. Avrebbe potuto fare di tutto e io l'avrei trovato arrapante.

Ecco, ecco cos'era Mason: arrapante.

Tipo all'ennesima potenza.

Prima, in alcune occasioni, quando ero poco lucida

soprattutto, avevo pensato a lui in un modo a dir poco sconveniente, ma dopo un paio di settimane di gravidanza mi trasformai in una specie di ninfomane con le allucinazioni.

Magari ero lì, tutta tranquilla a impinzarmi di carote (solo cibo salutare quando mia sorella era nei paraggi) davanti alla tv in sala da pranzo, pensando a tutto tranne che a lui o al sesso o al fare sesso con lui, ed ecco che spuntava come un fungo, passandosi la mano tra i capelli o litigando al telefono con quel suo tono autoritario che una volta mi dava ai nervi (bei tempi quelli), e nella mia testa partivano dei veri e propri film a luci a rosse, roba che avrebbe fatto impallidire anche la più scafata delle pornostar.

La mia già piuttosto fervida immaginazione aveva raggiunto un livello di perversione che manco pensavo potesse esistere. Nonostante ne fossi sconcertata, il mio corpo reagiva a quelle immagini violente accendendosi come un albero di Natale.

Se poi per sbaglio i nostri sguardi si incrociavano, ero finita.

Una volta, ci trovammo da soli in ascensore.

Lui stava andando a lavorare, io al cantiere per firmare delle carte.

Era maggio inoltrato, ma la mia temperatura corporea doveva essersi alzata di qualche grado perché avevo sempre un caldo devastante. Mason era in giacca e cravatta, io con un vestitino e le infradito, che gli regalavano altri dieci centimetri di vantaggio.

Il riflesso nello specchio mostrava per intero quanto i nostri mondi fossero distanti e lo trovai quasi comico, ma lui a un certo punto sollevò lo sguardo dal cellulare e trovò il mio.

Il respiro mi rimase incastrato in gola e potei vedere i capezzoli spuntarmi da sotto il vestito come due airbag che esplodono al primo impatto.

I suoi occhi ci scivolarono sopra come tizzoni ardenti e la sua mascella ebbe un guizzo prima che lui tornasse a ignorarmi. Annegai nell'imbarazzo e nel sordido desiderio che la sua mano si intrufolasse sotto la gonna per regalare un briciolo di sollievo alla mia carne pulsante.

Mi appoggiai alla parete e il contatto con il metallo freddo mi fece drizzare i peli sulle braccia. Era ironico, quel brivido, visto che il sangue mi stava ribollendo nelle vene.

Non mi sarei stupita se a un certo punto mi fosse uscito del fumo dalle orecchie. Avevo le guance in fiamme e mi sembrava di andare in giro con un vulcano attivo tra le gambe.

Mason probabilmente sentì puzza di bruciato perché si voltò di scatto verso di me e mi piantò addosso i suoi occhi azzurri.

«Ti senti bene?», domandò con la fronte aggrottata. La sua voce cavernosa rimbombò nell'abitacolo aggredendo il mio sistema nervoso già fortemente compromesso dalla gravidanza.

«Oh, una favola. Fa solo un caldo tremendo», ansimai approfittando dell'occasione per sventolarmi una mano davanti alla faccia.

Mason controllò lo schermo che aveva ancora in mano.

«Ci sono quattordici gradi», mi fece notare riportando tutta l'attenzione su di me. «Non è che hai la febbre?». E senza pensarci mi posò il dorso della mano sulla fronte.

Non c'era niente di personale, lo sapevo. Io portavo in grembo suo figlio e quella era la sua unica preoccupazione.

E non c'era neanche niente di sessuale, ma quel contatto al mio corpo sembrò davvero molto intimo.

«Stai sudando».

«Ma davvero?». Mi finsi sorpresa e quando colse l'ironia nel mio tono sollevò gli occhi al soffitto.

«Forse dovresti parlarne con il dottore. Non credo sia normale».

Sul fatto che non fosse normale eravamo d'accordo.

Anche il fatto che mi stesse ancora toccando non era normale.
O che fossimo così vicini. Ero sicura che riuscisse a sentire il mio cuore battere all'impazzata o quanto meno i miei polmoni incespicare nel tentativo di incamerare aria priva del suo profumo francese da millemila dollari. Soli, uno di fronte all'altra, occhi negli occhi, era davvero un azzardo.
Stavo per stramazzare al suolo per carenza d'ossigeno, ma questo non impedì alla mia mente malata di viaggiare per il poco tempo che mi rimaneva da vivere.
Non credevo di essere abbastanza in me da non saltargli addosso e, quando il suo sguardo si posò sulle mie labbra, pensai che se mi avesse baciata almeno sarei morta felice.
Invece le porte dell'ascensore si aprirono e qualunque cosa stesse succedendo lì dentro finì com'era cominciata.
Mason si schiarì la voce e mi liberò dal suo tocco mentre io ripresi finalmente a respirare.
Quando ci voltammo per uscire, però, ci trovammo davanti David. Ci fu un sussulto generale, poi la tachicardia tornò a rendere precaria la mia esistenza.
«Ehi», salutò lui regalandomi un sorriso in grado di sciogliere la calotta polare. Gli ormoni già in fermento reagirono alla sua presenza facendo la ola nel mio ventre.
«Ciao», mormorai ricambiando il sorriso.
«Come va?», chiese mentre noi uscivamo e lui entrava in ascensore. Sollevai le spalle, senza sapere bene come replicare.
«Al solito, tu?»
«Anche io. Magari se ti va...», cominciò a dire.
Il mio petto si riempì di speranza, ma durò una frazione di secondo. Mason, che era appollaiato alle mie spalle come un avvoltoio, mi strinse le braccia tra le sue grosse mani, facendomi provare un delizioso brivido lungo la spina dorsale.

Il suo tocco, qualsiasi fosse la circostanza, era piacevole quanto deplorevole.

«È incinta ed è mio», tagliò corto, lasciando me e David a bocca aperta.

Le porte dell'ascensore si chiusero mentre lui mi tirava verso l'uscita, incredula.

«C-come… Cos…».

Davvero non riuscivo a credere alle mie orecchie.

Non poteva averlo detto davvero.

Presi un respiro poi riprovai.

«Come cavolo hai osato?».

Lui finse di sistemarsi i polsini indifferente.

«Ho solo detto le cose come stanno. Qualcuno doveva pur farlo».

«Sì», confermai annuendo freneticamente. «Io. Io dovevo farlo. Dovevo dirglielo io, con i miei tempi e con il giusto tatto. Non così». Indicai l'ingresso da cui eravamo appena usciti con gli occhi sgranati. «Gli hai fatto credere che noi…». La mia faccia si accartocciò in una smorfia schifata, anche se, ormai era chiaro, l'idea non mi faceva proprio ribrezzo.

Mason sollevò le spalle. «Non m'interessa cosa crede quell'idiota, l'importante è che stia al suo posto, cioè molto lontano da te», borbottò prima di aggiustare il tiro, «e da mio figlio».

«Ma…». provai a ribattere, tuttavia Mason sollevò un dito e lo poggiò sulle mie labbra per zittirmi.

«Nessun ma, Skyler. È tutto nel contratto, rileggitelo».

L'avevo già fatto, più volte a dire il vero, da quando mi aveva costretta a firmarlo. Ero stata molto attenta a valutarne i termini, sebbene una parte di me fosse certa che alcune clausole le avesse inserite lui stesso, perché dubitavo fortemente che i contratti prestampati tra genitori e surrogate impedissero a queste ultime di avere una vita.

«Il contratto dice che non devo avere rapporti promiscui durante la gravidanza, non che non posso avere rapporti sessuali con nessuno».

«Non conosco nessuno più promiscuo di quel tipo», ribatté prontamente indicando il palazzo con il mento.

«Quindi lui non va bene», dissi in un rapido riassunto, annuendo pensierosa. «Ma perché non mi fai un elenco di chi posso scoparmi così facciamo prima?».

Ormoni maledetti. Nella mia immaginazione lui mi piantava addosso quelle pozze blu che aveva al posto degli occhi e diceva: «Me. Puoi scoparti solo me».

La realtà fu molto deludente, anche se mi provocò comunque una vampata bollente.

Mason si avvicinò al mio orecchio per non farsi sentire dai passanti e mormorò: «Puoi sbatterti la mia doccia quando vuoi, anzi, ti invito a farlo al più presto perché sembri averne un maledetto bisogno».

Sollevò la mano e un taxi accostò proprio accanto alla mia espressione scioccata.

«Non credere che questo discorso sia finito qui!», lo avvertii socchiudendo gli occhi per sembrare minacciosa mentre lui spalancava la portiera.

«Non ti agitare», consigliò premuroso, «non fa bene al bambino».

Il mio dito medio fu l'unico a prendersi la briga di salutarlo.

Capitolo 14
Mason

La cosa stava iniziando a sfuggirmi di mano, ma non volevo darci peso perché in fondo non stavo facendo niente di male. Non proprio, almeno.

La provocavo, come lei provocava me, e a volte pensavo a lei in modi e situazioni inopportune, ma non mi sarei mai permesso di rendere reali delle stupide fantasie.

Ecco cos'era diventata Skyler: una perversa e innocua fantasia. E sospettavo che la cosa fosse reciproca.

Trovavo divertente che all'improvviso non riuscisse più a guardarmi negli occhi senza avvampare o che il suo corpo si agitasse vistosamente se mi avvicinavo un po'.

Meno divertente era il mio che rispondeva nella stessa maniera…

Ma ero un uomo. Un uomo che non scopava da un millennio. Mi sentivo giustificato.

E non trovai troppo bizzarro masturbarmi pensando al suo corpo, che da emaciato e smunto stava fiorendo grazie alla gravidanza.

I suoi seni erano diventati pieni, sodi e fottutamente sensibili. Bastava un soffio di vento e i capezzoli si inturgidivano sotto gli strati ridicoli di tessuto con cui non si copriva, diventando bersagli per i miei occhi, che come frecce centravano sempre l'obiettivo.

La pancia era ancora piatta, le ossa si intravedevano ancora sottopelle, ma i suoi spigoli si stavano smussando lentamente rendendola morbida e burrosa. Vederla sbocciare giorno dopo giorno fu entusiasmante per Eleonore e devastante per me.

Non avevo idea che una persona potesse cambiare così tanto in così poco tempo, ma Skyler era un bruco che stava somigliando sempre di più a una farfalla.

E per quanto la cosa deliziasse il mio uccello, di certo non mi faceva sentire in pace con la mia coscienza.

Mi sentivo in colpa, tremendamente in colpa nei confronti di mia moglie, che era sempre splendida e meravigliosa, ma ai miei occhi fragile come un vaso di cristallo, irraggiungibile come un miraggio, delicata come il petalo di un fiore.

Mi sembrava sbagliato sfogare le mie pulsioni su di lei, che pulsioni non ne aveva più, e mi sembrava altrettanto sbagliato coinvolgerla nei miei pensieri.

Non era Eleonore che sognavo di vedere in ginocchio ai miei piedi, perché non potevo macchiarne l'immagine pura che avevo nella mia testa.

Con lei era amore, e l'amore non era mai stato sporco come invece lo erano le mie fantasie. E non avevo mai trovato sbagliato fantasticare, lo facevo da che avevo memoria, ma di solito immaginavo persone che non avrei mai incontrato in vita mia, come le modelle delle riviste o le attrici famose.

Skyler invece era una fantasia troppo raggiungibile.

Quello era il vero problema, che era anche il motivo che l'aveva resa una mezza ossessione.

Lei era lì, a un passo dalle mie mani, ed era la sorella di mia moglie.

Insomma, un cavolo di casino.

Una chiamata inaspettata mi portò al JFK a cercare sul cartellone un volo in arrivo da Miami.

Erano poche le persone che avevano il potere di farmi alzare dalla mia scrivania a metà giornata con una telefonata, talmente poche che si potevano contare sulle dita di una mano.

Mia moglie, i miei genitori e il cretino con i capelli color platino che uscì dagli arrivi con un sorriso beffardo.

Spencer Hastings, il mio migliore amico dai tempi del liceo, che era poi l'unico posto al mondo che avrebbe potuto unire due soggetti talmente diversi come noi.

Mentre avanzava baldanzoso in tutto il suo metro e novanta (novantacinque se si contavano i capelli sparati sulla testa) la sua camicia hawaiana e i pantaloncini cargo, la gente si voltava a guardarlo stranita.

Gli andai incontro trattenendo il sorriso.

«Non sei più in California, Hastings. Spero che tu abbia delle scarpe decenti in quel borsone», lo salutai, lanciando un'occhiata schifata alle sue ciabatte da spiaggia.

Lui mosse le dita dei piedi facendomi rabbrividire.

«Definisci decenti, amico. Perché ho solo delle espadrillas con me».

«Non voglio neanche sapere cosa siano».

Ridacchiammo e ci scambiammo un paio di pacche sulle spalle.

«Allora, qual buon vento ti ha portato da queste parti?», gli domandai dopo aver scambiato un paio di convenevoli mentre uscivamo dall'aeroporto.

Spencer sollevò le spalle. «L'agenzia mi ha mandato a caccia e a dirla tutta, un po' mi mancava la tua brutta faccia».

Lavorava per una grossa etichetta discografica che lo spediva sempre in giro in cerca di talenti da mettere sotto contratto.

«Sono felice che ti abbiano spedito qui. Ho proprio bisogno di una distrazione in questo periodo».

«Eleonore sta male?», fu la prima cosa a cui pensò e il suo sguardo allarmato mi fece sentire una carogna, perché lei aveva un ruolo quasi marginale nei miei problemi.

«No, no. Sta benone», mi affrettai a rassicurarlo, «presto avremo un bambino e non è mai stata più felice di così».

Lo shock lo paralizzò in mezzo alla strada e prima che il suo cervello esplodesse, mi spiegai meglio.

«Abbiamo una madre surrogata».

«Ah. Wow».

«Che poi è sua sorella», aggiunsi aggrottando la fronte mentre le sue sopracciglia schizzavano verso l'alto.

«Eleonore ha una sorella?!», chiese sconvolto.

«Già... Ti sei perso un paio di cosette».

«Pare di sì».

Lo aggiornai sui cambiamenti degli ultimi mesi, senza però entrare troppo nel dettaglio. Sebbene Spencer fosse un fratello per me, non volevo dire a voce alta quanto la situazione stesse diventando difficile da gestire, perché lo avrebbe reso solo più reale e io non volevo che lo fosse.

«Ho detto a Eleonore che ti saresti fermato a cena, ma prima devo fare ancora un paio di cose in ufficio. In che hotel hai prenotato?»

«Al Surrey», replicò ancora scosso dalle novità.

Dissi al tassista di portarci tra la ventesima e la settantaseiesima.

«Hai un paio d'ore per *newyorkizzarti* poi passo a riprenderti, okay?»

«Me ne basta una», disse mentre l'auto accostava, «ci vediamo da te».

Due ore dopo tornai a casa e lo trovai spaparanzato sul mio divano, con Eleonore che rideva da una parte e Skyler dall'altra.

Si era infilato una felpa dei Lakers, un paio di jeans usurati e degli anfibi slacciati nuovi di zecca. Salutai tutti e prima che potessi sedermi di fronte al mio migliore amico, mia moglie si era già precipitata al frigo e mi aveva preso una birra.

«Grazie, tesoro», dissi baciandole le labbra. Mi tolsi la giacca e allentai la cravatta prima di berne un sorso.

«Stai per diventare padre, cazzo», esordì Spencer con lo sguardo stralunato, «ancora non riesco a crederci».

«Neanche io», borbottai lanciando un'occhiata di sfuggita a Skyler, che aveva le gambe scoperte piegate sotto di sé e una felpa oversize con un grosso dito medio stampato sopra che mi strappò un sorriso divertito. Quella donna era proprio...

«Cheers». Spencer allungò la sua bottiglia verso la mia e le facemmo scontrare tra loro. Eleonore si unì al brindisi mentre sua sorella borbottava insulti nascosta dentro una tazza piena di tisana.

«Non ti abbattere, piccola Eleonore», disse lui mettendole un braccio attorno le spalle, «presto potrai riprendere tutte queste cattive abitudini anche tu».

«*Piccola Eleonore*?», ripetei accigliato.

«Non è tenero?», chiese la vera Eleonore sorridendo. «Dice che ci somigliamo tantissimo».

Per poco non sputai tutta la birra che avevo in bocca.

«Neanche da lontano e al buio», affermai con un tono che fece strabuzzare gli occhi di tutti. Skyler si affrettò a fulminarmi con un'occhiataccia mentre Eleonore cercava di giustificare la mia risposta.

«I colori sono diversi però i lineamenti, le espressioni...».

Che idiozie! Mi rifiutavo di ammettere che potessero avere anche solo una smorfia in comune, perché per me erano come l'acqua e l'olio. Non mescolabili.

E se già nella mia testa alcuni confini erano sempre meno nitidi, non potevo proprio permettermi di sovrapporre le loro immagini e trovarci delle somiglianze.

Spencer dovette intuire che la conversazione mi stava innervosendo, perché dopo lo sproloquio di mia moglie non mi diede modo di replicare e fece cadere l'argomento con un: «Muoio di fame!», che ci costrinse a ordinare la cena al ristorante di sotto.

Cercai di scollarmi la sensazione di fastidio che mi si era

attaccata addosso e mi accomodai a tavola tempestando il mio amico di domande sulla sua vita.

Negli ultimi tempi ci sentivamo di rado ed ero sicuro di essermi perso anche io qualcosa di lui strada facendo.

Ci raccontò di essere tornato single da un paio di mesi e di aver passato un mese in Canada per lavoro. Quando Skyler gli chiese che lavoro facesse e lui glielo spiegò, si persero a parlare di cantanti famosi e concerti per il resto della cena, lasciando me ed Eleonore ad ascoltarli in silenzio.

Skyler pendeva dalle sue labbra e, quando lui tirò fuori il cellulare per farle vedere la carrellata di selfie che si era fatto insieme a tutte quelle celebrità, lei iniziò a starnazzare come un'oca.

«Gr-groupie», tossii senza riuscire a trattenermi.

Eleonore era abbastanza lontana da non sentirlo, ma Spencer sollevò lo sguardo dal cellulare e mi guardò come se mi fosse spuntata un'altra testa mentre Skyler impallidì e smise di esultare.

«Mi è andata la saliva di traverso», farfugliai imbarazzato prendendo un bicchiere d'acqua. Spencer mi conosceva da tanto e sembrava non riuscire a credere alle sue orecchie.

Mi guardava come se mi vedesse per la prima volta.

«Dovresti fare più attenzione o un giorno di questi finirai per strozzarti», sibilò accigliata mia cognata, fingendo premura mentre la sua espressione palesava che sotto sotto quasi ci sperava.

«Di questo non devi preoccuparti».

«Oh, ma io non lo faccio».

Ci fissammo in cagnesco per una manciata di secondi, poi un riff di chitarra fece tremare i bicchieri sul tavolo.

«E questo chi è?», domandò curioso Spencer tendendo l'orecchio.

«Uno psicopatico con la chitarra».

«Il rocker più cazzuto del momento».

Le nostre risposte si sovrapposero e i nostri sguardi si cercarono di nuovo minacciosi.

Spencer ridacchiò, concentrandosi su quella che Skyler chiamava musica.

«Il nostro nuovo vicino di casa fa parte di una band locale che sta spopolando sui social». Eleonore tornò con il dolce e una spiegazione più imparziale, «dovresti averli sentiti, si chiamano i Killing David».

«Ah, sì! Quei ragazzi spaccano!», confermò il mio amico annuendo.

«Qualcosa lo spaccano di sicuro», borbottai nel mio bicchiere prima di mandare giù un generoso sorso di vino.

«Mason!», mi rimproverò mia moglie.

«Ma è la verità!», protestai con il tono di un moccioso.

«Mi piacerebbe farci due chiacchiere», disse Spencer ignorandoci completamente. Stava parlando con Skyler.

E a lei, ovviamente, parve un'ottima idea. O un'ottima scusa.

«Ci penso io!», disse con il cellulare già in mano e il sorriso più patetico del mondo stampato in faccia.

Scossi la testa, guardandola allontanarsi verso la sua stanza, e quando riportai lo sguardo davanti a me, trovai l'espressione curiosa di Spencer sondarmi con attenzione.

«Che c'è?», domandai brusco.

Aspettò che Eleonore non fosse a portata d'orecchio e si allungò verso di me.

«Niente... mi stavo solo chiedendo quanto ci vorrà prima che questa cosa ti scoppi in faccia».

«Non so di cosa parli», replicai prima di nascondermi dietro il bicchiere di vino.

E invece lo sapevo.

Eccome se lo sapevo.

Capitolo 15
Skyler

David non rispose alle mie cinque chiamate consecutive, costringendomi a lasciargli un messaggio in segreteria in cui gli spiegavo il motivo della mia insistenza.

A quanto pareva non voleva avere più niente a che fare con la donna incinta di suo cognato, ma l'amico che poteva rimediargli un contratto con una grossa etichetta discografica lo spinse a richiamarmi.

Chiesi a Spencer dove preferiva incontrarlo e lui propose casa di Eleonore per rendere l'incontro il più informale possibile.

Sembrava non aver colto il fastidio di Mason ogni volta che usciva fuori il suo nome, oppure sì e si divertiva a irritarlo.

Avevamo molte cose in comune, noi due.

Cercai di rendermi presentabile nascondendo le occhiaie e indossando qualcosa di carino per l'occasione.

Ero certa che il treno David fosse passato, ma niente mi impediva di ricordargli cosa si stesse perdendo.

Sentii delle voci mescolarsi attraverso le pareti della mia stanza e mi diedi un'ultima occhiata allo specchio prima di raggiungerle.

I miei passi riecheggiarono sul marmo annunciando il mio arrivo. Quando mi palesai, mi ritrovai tre paia d'occhi addosso. David e Spencer mi sorrisero.

Eleonore doveva ancora rientrare dal lavoro, Mason invece era già lì, in giacca e cravatta, in mezzo a jeans, pelle, borchie e capelli ossigenati. Dire che stonava sarebbe un eufemismo.

Io, per l'occasione, avevo tirato fuori dall'armadio i miei pezzi migliori. Una gonnellina scozzese con le bretelle e una canotta nera strappata che faceva pendant con le calze a rete e gli anfibi.

«Dove devi andare conciata così?», chiese con la sua solita gentilezza il padrone di casa, regalandomi il pacchetto completo della sua espressione peggiore: sopracciglio inarcato, smorfia contrariata e sguardo feroce. Incrociò pure le braccia al petto mentre Spencer mi accoglieva con un fischio di approvazione. David non lasciò trapelare nessun indizio di ciò che stava attraversando la sua mente, rimanendo impassibile anche se il suo sguardo era caldo e forse un po' triste.

Non risposi a Mason e imitai l'ospitalità di Eleonore, chiedendo ai presenti se potevo offrire loro qualcosa.

«Una birra grazie, baby El».

«Anche per me, grazie».

Mason era troppo impegnato a fulminare con lo sguardo il suo amico per replicare.

Si sedettero e cominciarono a parlare (Spencer e David) mentre io mi preoccupai delle bevande. Trovai anche un pacchetto di patatine e delle noccioline. Ero piegata a cercare dei recipienti in cui rovesciarli quando Mason si schiarì la voce alle mie spalle. Mi tirai su e, voltandomi, notai il suo sguardo sconcertato all'altezza del mio bacino.

«Mi stavi guardando il culo?», domandai con la pelle che già formicolava. Maledetti ormoni.

«Non che avessi molte alternative, me l'hai sbattuto in faccia!».

I nostri sguardi si trovarono, ma nessuno dei due riuscì a mantenere il contatto visivo per più di una manciata di secondi.

«Eri di là», mi giustificai tentando invano di abbassare la gonna.

«Sono venuto a prendermi una birra», borbottò lui in

risposta, ma invece di aprire il frigo, si diresse alla vetrinetta con gli alcolici tirando fuori del bourbon.

«Quella non è...».

«Taci», mi zittì perentorio e quell'ordine mi provocò una fitta al basso ventre. Sembrava più irritato e infastidito del solito.

La cosa mi rendeva elettrizzata.

Raggiunsi i ragazzi sui divani e mi sedetti accanto a Spencer per poter guardare meglio David. Stavano parlando di lavoro, ma non erano noiosi.

Spencer stava giocando a carte scoperte, prospettandogli un futuro fatto di dischi di platino e tournée internazionali.

David però non pareva molto entusiasta.

Lo ascoltava sorseggiando la sua birra e ogni tanto il suo sguardo mi scivolava addosso, caldo come una carezza.

Considerando che non ero propriamente in me in quel periodo, mi bastava molto poco per scaldarmi, in tutti i sensi.

Spencer si rilassò sul divano dopo una mezz'ora buona di monologo e allungò il braccio verso di me, iniziando a giocherellare con i miei capelli. Mason emise un verso dall'isola della cucina dove fingeva di farsi i fatti suoi.

Tutto quel testosterone avrebbe dato alla testa a chiunque, figurarsi a me. Iniziai seriamente a dubitare della mia integrità morale quando immaginai le loro mani dappertutto, agitandomi sul divano.

Le dita di Spencer si intrufolarono tra i miei capelli raggiungendo la base del collo per massaggiarmi con i polpastrelli e lì superai il limite.

Mi sfuggì un "oh" che catturò l'attenzione di tutti e tre e sentii un calore umido bagnarmi le mutandine.

Nel giro di un secondo, la figura alta e minacciosa di Mason incombette su di noi.

«Devo parlarti, adesso», mi disse con due braci al posto degli occhi. Spencer mi lasciò andare con un sorrisetto e lui mi trascinò in camera sua tirandomi per il polso.

Non protestai solo perché ero tramortita dalla sensazione della sua presa sulla pelle. Mi piaceva come mi stringeva, con determinazione e… possesso.

Spalancò la porta con rabbia ed entrammo prima che questa si richiudesse alle nostre spalle con un tonfo.

Mason aveva il respiro accelerato e le spalle tese, io mi sentivo un budino appena fatto.

Entrò in bagno e aprì l'acqua della doccia, poi prese un accappatoio pulito e me lo spinse contro il petto.

Capitolo 16
Mason

«Stai forse insinuando che puzzo?», chiese scioccata, incrociando il mio sguardo.

No, non puzzava affatto. Sapeva vagamente di panni stesi al sole con una nota di vaniglia, ma tutto veniva soffocato dall'odore di sesso che sprigionava da ogni poro.

Era un odore selvaggio che aveva invaso il soggiorno, mettendo tutti sull'attenti come bestie in calore e lei se l'era portato dietro, lo stavo respirando a pieni polmoni, mi stava avvelenando i pensieri.

Credo che se ne accorse anche lei, perché all'improvviso la tensione riempì la stanza più in fretta del vapore.

Ero a un passo dal perdere il controllo, sentivo le mani prudere dal desiderio e il suo sguardo innocente unito al look da scolaretta impertinente mi faceva girare la testa.

Infilai le mani in tasca per tenerle buone e mi sfiorai accidentalmente il cazzo, che era duro e sensibile in modo quasi doloroso.

«È un modo sottile per dirti che si vede che…», mi fermai, meditando sulle prossime parole da dire. Presi un profondo respiro e sbattei le palpebre più volte per scacciare tutte le immagini folli che mi riempivano la testa.

«Cos'è che si vede?», si accigliò.

«Fatti una cavolo di doccia, Skyler», borbottai esasperato «una di quelle che ti rimette a posto i sensi, perché sei palesemente…», *arrapata,* «…emotiva».

Il rossore che apparve violentemente sulle sue guance mi fece sospirare. Era una tortura. Quella ragazza, in giro per casa e nella mia fottuta vita, era una tortura costante.

Si morse il labbro inferiore e io la imitai immaginando la sensazione di affondare i denti nella sua carne.

«Anche tu sei piuttosto emotivo», mormorò accarezzando la mia erezione con lo sguardo.

«Già», ammisi buttando fuori un respiro pesante.

Lo spazio tra noi sembrò diminuire, così come l'ossigeno nella stanza. Sentivo il sangue abbandonare il cervello per fluire più in basso, pulsando sotto pelle, rispondendo a un richiamo primitivo e animalesco.

Se non fossi stato sposato, mi sarei schiantato su quelle labbra lucide di saliva e l'avrei stretta così forte da lasciarle i segni sulla pelle.

Se non avessi amato Eleonore con ogni briciolo del mio cuore, l'avrei trascinata sotto quella doccia e l'avrei presa da dietro mentre l'acqua le regalava un orgasmo dietro l'altro.

Se...

«Conosco l'astinenza», gracchiai facendo un passo indietro per lasciarle libero accesso alla doccia «e so quanto in basso può trascinare...».

Lei era il fondo del mio proverbiale pozzo e sapevo che dipendeva solo da quello il desiderio morboso nei suoi confronti. Doveva essere così, non c'era altra spiegazione.

E doveva essere così anche per lei, che in quel momento probabilmente si sarebbe fatta scopare da chiunque.

Fu quella convinzione a riportarmi alla lucidità.

Non stavo rinunciando a nient'altro che a del sesso occasionale e sporco, che entrambi avremmo potuto soddisfare altrove.

Cioè, lei avrebbe potuto... io ero condannato a quel limbo infernale fatto di desiderio represso per il resto dei miei giorni o finché anche io come Eleonore avessi smesso di sentirne il bisogno.

«Spencer sta giocando con te», la informai prima che si facesse strane illusioni. Lo stronzo stava provocando me.

«E se avessi voglia di giocare?», domandò con una voce

che non ricordava neanche la sua. Le indicai la doccia, categorico.

Con un sospirò mi sorpassò. «Torni di là?»

«Tra un attimo». Non potevo farlo in quello stato.

«P-puoi restare», farfugliò rossa come una mela matura, «se ti va».

Le sue dita si agganciarono alle bretelle e io mi affrettai a uscire e a chiudere la porta, appoggiandomici sopra.

Abbassai le palpebre e visualizzai ogni rumore che proveniva dall'interno. I vestiti che scivolavano a terra, le scarpe scalciate via, i suoi passi leggeri fino alla doccia e poi l'acqua che le picchiettava addosso, inzuppandole i capelli e la pelle.

Al primo gemito mi tirai fuori l'uccello dolorante e lo strinsi forte nel pugno. Ne bastarono quattro per farmi venire in mano come un ragazzino alle prime armi. Il piacere fu così intenso che sentii le ginocchia cedere e le tempie pulsare.

Il fondo non l'avevo toccato, ma comunque ci ero andato vicino. Troppo vicino.

Capitolo 17
Skyler

David firmò il contratto alla fine di un lungo tira e molla che obbligò Spencer a fermarsi in città più tempo del previsto.

Mi piaceva Spencer, non era bacchettone come Mason, sapeva farti ridere e ascoltarti quando ne avevi bisogno.

Si propose di accompagnarmi alla casa in ristrutturazione, curioso di vedere come avessi investito il mio denaro.

I lavori stavano andando avanti senza intoppi e gli operai stavano finendo di applicare le piastrelle in bagno quando ci presentammo lì a sorpresa. Spencer rimase talmente affascinato dal quartiere che ipotizzò di poterlo acquistare come *pied-à-terre*.

«Quel cavolo di Foster non vuole trasferirsi in California quindi incideremo qui il primo album. Mi servirà un posto a cui potermi appoggiare e questo mi sembra perfetto, Sky».

«Sky, eh?», ripetei con il tono di chi non se l'era mai bevuta. «Quindi tutta quella storia della piccola Eleonore...».

«Era solo per far imbestialire Mason, sì», terminò la frase al posto mio facendo spallucce. «Cosa posso dire in mia difesa a parte che mi annoio facilmente e poi...», il suo tono si fece decisamente più serio, «devo ammettere che questa è la prima volta da quando lo conosco che lo vedo così in crisi. La seconda, se contiamo il cancro di tua sorella».

Appena si rese conto di essersi sbilanciato troppo,

sbiancò e cercò di raddrizzare il tiro. «Non voglio dire che tu... o che voi...».

«Non c'è nessun noi», sottolineai subito.

«Appunto!», mi venne dietro lui con lo stesso tono. «È solo...».

«Una situazione un po' strana?», tentai di aiutarlo.

«Ecco, strana, sì. Tu incinta del loro bambino, che vivete sotto lo stesso tetto, credo sia destabilizzante per tutti, no?».

Destabilizzante non rendeva neanche vagamente l'idea.

Mi sentivo un cumulo di macerie da quando avevo quasi cercato di sedurre mio cognato. Perché guardando in faccia la realtà, era proprio quello che avevo fatto.

Non importava quanti ormoni mi stessero ballando la samba in corpo in quel momento, o quanto mi sentissi iper stimolata da settimane... non c'erano giustificazioni per il mio comportamento. E non sapevo se lui fosse rimasto dietro quella porta o no, ma io ero venuta immaginandolo davanti al vetro della doccia, con l'uccello in mano e gli occhi incollati a me.

Quando avevo incrociato lo sguardo di Eleonore, quella sera, le lacrime mi erano salite agli occhi e avevo provato il desiderio di inginocchiarmi ai suoi piedi per supplicare il suo perdono.

Lei, che ignara di tutto continuava a riempire entrambi di amore e attenzioni che non meritavamo.

Lei, che premurosa mi aveva seguito nella mia stanza per tranquillizzarmi, continuando a incolpare i miei maledetti ormoni.

Ma non era colpa loro se ero una pessima sorella.

Quella era tutta colpa mia.

Sbattei le palpebre e il ricordo di quella sera svanì, anche se il senso di colpa rimase.

«Destabilizzante, sì», confermai scalciando sassolini immaginari, «ma tornerà tutto al suo posto, quando il bambino sarà nato», aggiunsi camminandogli accanto.

Quando io tornerò alla mia vita, cioè molto lontano da loro, era quello che intendevo davvero e credo che fu chiaro anche a lui.

«Suppongo di sì».

La notifica di un messaggio sul telefono mi ricordò che avevo appuntamento con Tris al negozio di tatuaggi dove lavorava.

Informai Spencer che si autoinvitò. Era chiaramente solo e annoiato, ma a me non dispiaceva portarmelo dietro. Capivo come si sentiva, visto che eravamo entrambi costretti a starcene con le mani in mano.

Adoravo il posto in cui lavorava la mia amica.

Tanto per cominciare era il più grande studio di tatuaggi di tutta Manhattan: occupava l'intero piano di un palazzo, con pareti nere tappezzate di disegni e foto dei lavori migliori e bacheche lunghissime piene di piercing di ogni tipo.

Avevano decine di artisti sul loro libro paga e, nonostante questo, i tempi d'attesa erano quasi sempre sopra l'anno.

Tris aveva iniziato a lavorarci tempo prima per pagarsi gli studi.

Aveva un dono e lo sfruttava come poteva, disegnando i progetti per i tatuatori e pulendo le loro postazioni tra un cliente e l'altro. Con il tempo si era appassionata e, dopo essersi tatuata in tutti i posti in cui riusciva per fare pratica, aveva iniziato a cercare cavie.

E io ero stata la prima a immolarsi per la causa.

Non che i miei tatuaggi fossero brutti, ma negli anni era diventata bravissima e la differenza con i suoi primi lavori era lampante.

Lasciai Spencer ad ammirare le pareti e andai a caccia della mia amica. La trovai alla sua postazione, piegata tra le cosce aperte di un tizio dall'aria sofferente.

«Ops, scusate».

«Tranquilla, ho praticamente finito».

Diedi loro le spalle e aspettai che il rumore della macchinetta cessasse. Qualche minuto dopo il tipo uscì dal cubicolo camminando a fatica.

Mi voltai verso Tris con la mano sulla bocca.

«Gli hai tatuato l'uccello?», domandai ridacchiando come una verginella.

«L'interno coscia», mi corresse lei accennando un sorriso, «ma ho qualche uccello in lista d'attesa», aggiunse strizzandomi l'occhio.

Feci una smorfia scuotendo la testa. Già non è che fossero proprio bellissimi, tatuarli mi sembrava un accanimento non necessario.

«Abbiamo un ospite a pranzo», la informai tornando all'ingresso e i suoi occhi lo trovarono subito in mezzo a tutto quel nero. Spencer era di spalle e si vedevano solo i suoi capelli ossigenati sparati ovunque, gli anfibi slacciati sotto i jeans sformati e una felpa rosa shocking.

Tris strabuzzò gli occhi e lo indicò come se fosse un alieno.

Annuii per rispondere implicitamente alla sua domanda.

«Spencer», lo chiamai facendolo voltare. I suoi occhi azzurri mi trovarono e sorrise avvicinandosi per squadrare la mia amica.

«Spencer Hastings», si presentò porgendole la mano.

«Tris», replicò lei facendogli una radiografia, ma senza imitare il suo gesto.

Con la mano sospesa per aria Spencer si spettinò i capelli.

«Non ti sta bene Tris», decise leccandosi le labbra, «credo che ti chiamerò Trixie, se non ti dispiace».

Lei sbatté le palpebre come Bambi. «Puoi chiamarmi come ti pare».

Uscirono dallo studio uno a fianco all'altra e io gli andai dietro leggermente accigliata.

«Per caso sei su Tinder?», le sentii chiedere dopo un paio di passi e già sapevo come sarebbe andata a finire.

«Mi piace Spencer», dichiarò ore dopo con la bocca piena di patatine. Eravamo sul mio divano letto, quello sgangherato nel nostro appartamento, perché erano settimane che cercavo di evitare Mason ed Eleonore il più possibile.

«L'ho notato. Mi avete ignorato per tutto il pranzo».

«Anche se non capisco come faccia a essere amico di Mason. Sono così diversi».

«Mi ha detto che andavano a scuola insieme», affermai facendo spallucce.

Una risatina le scosse il petto. «Non riesco proprio a immaginarmelo lo stronzo in doppio petto al liceo!».

«Neanche io». Bugia. Io riuscivo a immaginarmelo in qualsiasi contesto senza nessuna fatica... *Mannaggia!*

Tris captò i miei pensieri come al suo solito.

«Smettila di autoflagellarti. Non te lo sei mica scopato!».

«Ma avrei voluto farlo. L'avrei fatto, se lui...».

«Non è successo niente. Mettici una pietra sopra, Sky».

«Okay», mormorai poco convinta.

«Domani hai l'ecografia, giusto?»

«Non me lo ricordare», piagnucolai schiacciandomi il cuscino peloso di Shrek sulla faccia. «Non ho nessuna voglia di ritrovarmi in quella stanza con tutti e due».

«Secondo me il vero problema è che sei andata in astinenza. Da quand'è che non ti fai dare una bella ripassata?»

«Trump era ancora presidente», borbottai mangiandomi i pelucchi del cuscino.

«La miseria», commentò lei sconvolta.

«Già...».

«Senti», disse recuperando entusiasmo. Sollevai il cuscino e la vidi sbloccare il cellulare. «Ne ho un paio che valgono davvero la pena. Te ne presto uno».

Mi resi conto di cosa stesse dicendo quando mi mostrò la foto di un tipo nudo che faticava a coprirsi il membro con le mani.

«Gesù, Tris! Non voglio andare a letto con uno dei tuoi toy boy!».

«Perché no? È testato e pulito. Vai sul sicuro».

«A parte che per contratto...», iniziai a dire, ma lei mi sventolò la mano davanti.

«Fanculo il contratto! Non lo verranno mai a sapere. Non lo devi mica frequentare. Bastano uno o due incontri e sarai a posto per il resto della gravidanza».

«Scordatelo», rifiutai categorica.

«Preferisci andare a letto con il marito di tua sorella?», mi domandò con un sopracciglio sollevato.

«No», replicai con uno sbuffo. «Però c'è sempre David».

Quel nome la fece raddrizzare sul divano.

«David la rockstar che ha appena firmato un contratto da millemila dollari e che sa che sei incinta? Quel David?»

«Proprio lui».

«Per me dovresti mettere una pietra anche sopra a lui», fu il suo responso, ma a me non interessava.

Se davvero bastava un po' di ginnastica da camera a farmi passare l'ossessione per mio cognato, avrei calpestato la mia dignità e sarei tornata strisciando dalla mia prima scelta.

Alla peggio, Tris aveva un elenco di sostituti.

Capitolo 18
Mason

Skyler mi stava evitando e io non potevo esserne più contento. La vita era decisamente più semplice così, sembrava quasi come prima del suo arrivo. Io ed Eleonore cenavamo tranquilli parlando di lavoro, terminando la serata stretti sul divano davanti a un buon film.

Mi piaceva quella vita, senza sbalzi improvvisi di temperatura o di umore. Era quella che mi ero scelto, quella in cui mi sentivo a mio agio, quella in cui bastava la mia presenza o poco più.

Avrei voluto congelare il tempo per fare in modo che tutto rimanesse invariato, ma le cose erano già cambiate da un po', solo che non volevo prenderne coscienza.

A riscuotermi bruscamente dalle mie riflessioni fu il battito forte e incessante amplificato dall'ecografo. Skyler ed Eleonore guardavano quella pallina fluttuare sullo schermo scuro vedendoci già un essere umano, ma a me sembrava solo una macchia, almeno finché quel suono non riempì la stanza.

Il cuore iniziò a martellarmi nel petto neanche volesse provare a sincronizzarsi a quei battiti folli. Eleonore scoppiò a piangere e per la prima volta mi emozionai anche io. L'abbracciai e mi lasciai calmare dal suo profumo dolce e familiare.

Stavo per diventare padre.

E non ero affatto pronto.

Quella consapevolezza mi stritolò il petto, lasciandomi senza fiato. Cosa avrei dovuto fare? Cosa avrei dovuto provare?

Non ne avevo la più pallida idea. Avevo trentasette anni e non mi ero mai posto domande del genere prima. In quel momento, mi piombarono tutte addosso schiacciandomi con il loro peso.

Il mio lato pragmatico era sicuro che esisteva un qualche manuale da consultare o un corso da frequentare per imparare a fare il genitore, ma la parte irrazionale che pilotava i miei pensieri e le mie emozioni in quel momento mi serrò lo stomaco in una morsa, ricordandomi che non tutte le cose si possono risolvere tirando semplicemente fuori il portafoglio.

Quando il dottore ripulì la pancia di Skyler, Eleonore ci appoggiò sopra la mano. «Ciao piccolino», mormorò sorridendo tra le lacrime, «non vedo l'ora di conoscerti, sai? Staremo così bene insieme…».

Come poteva affermare una cosa del genere con certezza?

Sembrava sentire già un legame con lui, sebbene non stesse nemmeno crescendo nel suo grembo.

Io non avvertivo altro che una crescente sensazione di panico.

Mia moglie girò la testa nella mia direzione.

«Vieni, tesoro. Saluta il bambino».

Riuscii a percepire il corpo di Skyler irrigidirsi sul lettino, proprio come il mio.

Le andava bene che la toccassi?

«Passo». Scossi la testa, percependo la gola chiudersi.

«Dai, prima inizia a sentirci, meglio è».

Prese la mia mano e la guidò dove prima c'era la sua, poco sopra al fiore di loto che spariva sotto la tuta scura di sua sorella.

Provai a dissuaderla e a tirarmi indietro, ma lei non desistette. Il mio palmo aperto ricoprì il ventre sottile e teso di Skyler che schiuse le labbra al contatto.

«Devi dirgli qualcosa adesso…».

Eleonore mi parlava come se avessi cinque anni, per cui immaginai di apparire piuttosto turbato.

E lo ero, *dannazione!* Turbato dalla sensazione di calore che emanava quel corpo sotto le dita, dalla vicinanza di queste ultime al pizzo delle sue mutandine.

Mi sarebbe bastato allargare la mano per raggiungere il monte di Venere dove supposi si trovasse il resto del tatuaggio.

Ero a un passo dalla sua…

Quel pensiero mi mandò in pappa il cervello.

La sentii agitarsi sotto il mio tocco e, quando sollevai lo sguardo e mi specchiai nelle sue pupille dilatate dal mio stesso terrore e dal mio stesso desiderio, ritrassi la mano di scatto.

«Mason!», protestò Eleonore.

Possibile che non percepisse la tensione?

Che non vedesse il disagio di entrambi?

«Non so cosa dire, mi dispiace», borbottai uscendo dalla stanza. Mi precipitai in ascensore e poi per strada in cerca d'aria.

«Si può sapere che ti è preso?», chiese mia moglie apparendo trafelata alle mie spalle.

«Niente».

«Senti, lo so cosa provi per Skyler», disse e i miei occhi saettarono sorpresi nei suoi, «ma il bambino è nella sua pancia, non vorrai mica passare tutta la gravidanza senza interagire con lui solo perché lei non ti piace?».

Ah!

Era rimasta indietro di qualche capitolo.

Ora il problema è che mi piace, tesoro. Mi piace talmente tanto che vorrei affondare dentro di lei con ogni centimetro del mio…

«È importante stabilire un contatto, Mason», aggiunse interrompendo la vocina malefica nella mia testa.

«Lo so», sospirai lasciando che si intrufolasse dentro il mio cappotto, avvolgendomi i fianchi con le braccia. Abbassai la testa e trovai il suo sguardo dolce e premuroso ad accogliermi.

Sentii un dolore al petto molto simile a una pugnalata.

Ero un bastardo della peggior specie e mi stupiva che lei non lo vedesse perché a me sembrava di andare in giro con un cartello appeso al collo.

La strinsi e affondai il naso tra i suoi capelli.

Sapeva sempre di buono. Sapeva sempre di casa.

«Ti amo così tanto», farfugliai prima di sollevare lo sguardo e vedere Skyler ferma sulla porta, a osservarci con la stessa infelicità che albergava nel mio petto.

Capitolo 19
Skyler

Era stranamente silenzioso nell'appartamento, il che non fece altro che accrescere l'agitazione nel mio petto.

Non era in casa o se c'era magari era occupato in faccende in cui non avrei di certo voluto vederlo impegnato.

Presi un bel respiro, pronta a fare dietro front. Avevo suonato al campanello già da cinque secondi buoni e di lui neanche l'ombra. Forse, dopotutto, doveva andare così.

Nemmeno ero sicura di sapere cosa ci facessi davvero lì.

Non era lui la mia ossessione, non più almeno.

E cosa avevo da offrirgli, poi?

Ero incinta e più incasinata che mai.

Non aveva senso.

Mi voltai verso l'ascensore nel momento in cui la porta si aprì alle mie spalle. Mi paralizzai sentendo il suo sguardo scivolarmi lungo la spina dorsale.

«Sky?», domandò sorpreso.

Abbozzai un sorriso imbarazzato prima di voltarmi ad affrontarlo. «David, ciao! Spero di non disturbarti…».

Il suo petto nudo fu la prima cosa che i miei occhi trovarono. Un piercing al capezzolo e una quantità discreta di tatuaggi ricoprivano la sua pelle chiara. Sollevai lo sguardo e trovai il suo, che era intrigato e perplesso allo stesso tempo.

Con una mano ero aggrappata alla borsa, con l'altra sostenevo il piccolo cocomero che aveva preso dimora nel mio ventre.

Era un gesto istintivo che da settimane facevo senza

rendermene conto, come se la mia mano potesse proteggerlo dal mondo esterno.

«No», disse schiarendosi la voce. Il mio gesto non era passato inosservato. L'imbarazzo mi scaldò le guance mentre lasciai cadere il braccio lungo il fianco.

«Non ho mai avuto l'occasione di spiegarti come stanno le cose», dissi in ritardo di settimane.

«Mi pare che siano piuttosto chiare», replicò sollevando un sopracciglio in direzione della mia pancia. Tornai a proteggerla con la mano.

«Sto facendo da madre surrogata per mia sorella».

«Spencer me l'ha detto».

«Ah, okay...», farfugliai. Mi ero preparata tutto un discorso che si stava rivelando completamente inutile. David sapeva come stavano le cose e si era comunque tenuto a distanza.

Questo poteva significare solo una cosa.

«Be', scusa se ti ho disturbato. Volevo solo assicurarmi che non ti fossi fatto un'idea sbagliata di me...».

Indietreggiai di un passo per togliere entrambi dall'impaccio, ma lui spalancò la porta con una spinta.

«Ti va di ascoltare un po' di musica?», propose lasciandomi di stucco. Sollevai le spalle come se non fosse importante e lo sorpassai avvertendo il calore e il profumo che il suo corpo rilasciava a ondate come un profumatore per ambiente.

L'open space era più ordinato e pulito dell'ultima volta. L'odore del detersivo per pavimenti impregnava ancora l'aria.

Sì, ero diventata una specie di segugio.

Mi accomodai sul divano mentre David spariva dietro l'anta del frigo per uscirne con delle bibite analcoliche e una confezione di donuts. Lasciò tutto sul tavolino davanti a me e disse di non fare complimenti.

Ero anche diventata una fan dei dolci di qualunque genere e forma, per cui non me lo feci ripetere due volte.

«Spencer mi ha detto che avete cominciato a lavorare all'album», buttai lì tra un boccone e l'altro per rompere il ghiaccio. David confermò sedendosi accanto a me.

«Quando nascerà?», chiese, indicando la mia pancia.

«Tra cinque mesi». Non era il mio argomento preferito e non volevo di certo parlarne con lui. «Hai degli inediti che vorresti condividere con la tua fan numero uno?», proposi con un sorriso tutto denti.

«Hai una relazione con tuo cognato?».

Sputai la bibita che avevo appena provato a bere sul suo divano immacolato. «Cosa?!», domandai con una voce stridula prima di scusarmi del disastro che avevo combinato.

«Mi pare che tu abbia sentito bene», constatò alzandosi per prendere qualcosa per pulire.

Lo seguii impacciata.

«Il mio era più tipo un "cosa diavolo ti salta in mente" che un "cosa hai detto"», dissi quando lui si fermò. Afferrò uno straccio e si voltò per tornare indietro, sorpassandomi. Feci inversione e ripercorsi i miei passi iniziando a sentirmi ridicola.

«David», provai a riavere la sua attenzione mentre strofinava la pelle del divano con stizza. «Non ho una relazione con nessuno».

«Ma forse la vorresti», insinuò senza guardarmi.

«Sì», ammisi, «con te», aggiunsi inghiottendo qualcosa di vagamente simile a un rospo.

Lui si raddrizzò, gettò lo straccio sul divano e avanzò fino a trovarsi a un palmo dal mio naso.

«Davvero?», chiese riempiendo il mio campo visivo con il verde intenso dei suoi occhi. Deglutii e annuii come se stessi per gettarmi giù da un aereo senza paracadute.

Le sue mani mi scivolarono sui fianchi e sentii tutti i miei nervi tendersi. Con i palmi aperti ricoprì il mio ventre e il bambino scalciò per protesta.

«L'ho sentito», mormorò senza sembrare entusiasta della cosa. Più impressionato, forse.

«La situazione è strana, lo so», dissi prendendogli le mani tra le mie. Non sopportavo che mi toccasse proprio lì ma non potevo dirglielo.

«Molto strana», confermò con un cenno della testa.

«Troppo strana?», domandai pregustando il suo rifiuto sulla punta della lingua.

«Forse», sospirò accarezzandomi le braccia, «ma d'altro canto, neanche la mia situazione è proprio normale».

«Stai per diventare famoso», ricordai a entrambi con un sorriso.

«Vedremo», replicò facendo spallucce, «ma non intendevo quello».

«E cosa?»

«Non sono il tipo da relazione fissa», ammise giocherellando con i miei capelli, «se è quello che cerchi da me».

«Non posso dire che non me l'aspettavo...». Seguendolo fin dagli albori della sua carriera sapevo che non se n'era fatta scappare neanche una, «ma le cose magari potrebbero cambiare...».

"Se devi sognare, fallo in grande", pensai. Dovevo averlo letto su qualche cartellone pubblicitario, ma calzava a pennello in quel momento.

«Magari sì», convenne, «ma magari no».

«C'è solo un modo per scoprirlo».

David ci pensò su qualche istante cercando la risposta nei miei occhi. Sentii le farfalle ronzarmi nello stomaco insieme ai due donuts che avevo ingurgitato. Sperai che non decidessero di voler tornare fuori. Avrebbero rovinato l'atmosfera.

Chinò la testa e si protese verso le mie labbra inumidendo le sue. Ci avvicinammo finché la sua pancia non si scontrò con la mia. Guardammo in basso, nell'unico punto in cui i nostri corpi si toccavano. Il bambino. Quasi me n'ero dimenticata.

«Troppo strano», borbottò con un'espressione sconcertata.

«Già...». Dov'erano i miei ormoni quando servivano? Sembravano essersi dileguati perché il pensiero di fare sesso non mi allettava più un granché. Potevamo fare male al bambino, schiacciarlo o che ne so. Era un rischio che non potevo correre, visto che non era neppure mio.

«Quanto hai detto che manca al...». Non riusciva nemmeno a pronunciare la parola "parto".

«Cinque mesi, su per giù».

«Wow... sono tanti».

«Se conti che in totale sono nove, sono quasi a metà strada», provai a convincerlo accompagnando le mie parole con una risatina nervosa, ma cinque mesi erano un'eternità, soprattutto per due che si conoscevano a malapena e avevano pomiciato solo una volta per caso.

Lo sapevo io e lo sapeva anche lui, eppure sembravamo entrambi decisi a farcela andare bene lo stesso.

«Sarò impegnato con l'album, quindi avrò poco tempo libero».

«Vedi? Non ce ne renderemo neanche conto!».

«Potremmo uscire, fare cose insieme, conoscerci meglio».

«Come si faceva una volta», sorrisi, trovando l'idea più romantica di quella che era.

«Non ti prometto niente, però. Cinque mesi sono davvero un sacco di tempo senza...».

«Capisco». Molto più romantica di quella che era.

Stavo accettando di avere una relazione platonica con una rockstar che si sarebbe scopata la qualunque finché non avessi partorito solo per sentirmi mentalmente impegnata con qualcuno e impedire al mio cervello di fantasticare su Mason.

Era forse la cosa più stupida che potessi fare.

«Allora proviamoci».

«Proviamoci».

Ma la feci comunque.

Capitolo 20
Mason

Il tempo mi scorreva addosso come una cascata di acqua gelida, a volte così violento e feroce da stordirmi, altre così pacato e lento da sembrare un lavandino che perde e che ti logora goccia dopo goccia.

Una parte di me non vedeva l'ora che tutto finisse, che il bambino nascesse e che Skyler se ne tornasse a casa sua, in modo da poter ricominciare a respirare senza un macigno sul petto.

Ma c'era anche quell'altra parte, quella subdola e meschina che mi faceva raddrizzare la schiena quando era nei paraggi, quella che mi teneva più a lungo del dovuto davanti allo specchio per sistemarmi i capelli o mi faceva pompare più forte in palestra per definire meglio i solchi su cui i suoi occhi cadevano sempre.

Mi detestavo quando facevo quelle cose, ma non le riuscivo più a controllare, insieme al mio battito cardiaco, ai miei pensieri e alle reazioni del mio corpo.

Era come se tutti i sistemi andassero in tilt e io non avessi più alcun potere decisionale. Era terribile, ma allo stesso tempo mi sentivo svuotato quando arrivavo e non la trovavo.

Non volevo farlo, ma mi ritrovavo a chiedere dove fosse a mia moglie e a innervosirmi quando lo scoprivo.

Passava molto tempo con Spencer, cosa che non mi faceva impazzire, e ancora più tempo con David, cosa che mi mandava proprio al manicomio. Nel mezzo c'era la sua amica strana che andava e veniva a suo piacimento e mi guardava come se fossi un fenomeno da baraccone.

E maledizione, spesso era proprio così che mi sentivo.

Una specie di topo da laboratorio buttato in una gabbia e torturato da tutti quelli che lo circondavano solo per vedere in quanto tempo sarei esploso.

La mia era una tortura continua. Mi capitava di rientrare e trovare mia moglie e sua sorella che facevano yoga in sala, con quei completi sportivi che non nascondevano niente, come se fossi finito per sbaglio sul set di un porno molto promettente, oppure di dover toccare la pancia a Skyler per sentire il bambino scalciare, con Eleonore che mi incitava a farlo mentre io cercavo di non pensare, di non guardare, di non provare nulla.

C'erano le serate romantiche sul divano a coccolarci mentre Skyler era in giro con quella rockstar da strapazzo e crisi notturne quando provavo a spingermi oltre al muro che mia moglie aveva eretto tra noi.

C'era Spencer che mi pungolava come una bambola vodoo, c'erano le docce fredde, gli sguardi che si incrociavano colpevoli, le nevrosi che si scontravano con la gioia di sapere che presto il bambino sarebbe nato e tutto si sarebbe risolto per il meglio.

C'era il senso di colpa e il desiderio di mandare tutto all'aria solo per provare un briciolo di sollievo.

Poi c'era l'amore, quello che mi riportava al mio posto, che mi faceva distogliere lo sguardo, che mi ricordava che nessun prurito poteva mettermi nella condizione di ferire la sola donna che avevo amato nella vita.

«Le avevi già quelle rughe lì quando sono arrivato?», chiese Spencer indicando la mia faccia. «Sembri dieci anni più vecchio del giorno in cui sei venuto a prendermi in aeroporto».

«Sarà colpa tua, allora», fu la mia risposta, mentre pagavo i due caffè da portar via presi al chiosco. Gli passai il suo e riprendemmo a camminare. Si era presentato fuori dal mio ufficio, insistendo per portarmi a fare un giro, costringendomi a prendere la metro e a camminare per decine di isolati.

Ci trovavamo in una zona piuttosto tranquilla, con più case che negozi, con più scuole che locali, il che era piuttosto insolito.

«Colpa mia, certo». Spencer ridacchiò prima di incollare le labbra al bicchiere di carta.

«Mi spieghi che diavolo siamo venuti a fare qui?», domandai spazientito.

«È una sorpresa».

«Io detesto le sorprese», replicai contrariato, «e questo caffè fa schifo», sentenziai prima di lanciarlo nel cestino dell'immondizia dopo un sorso.

«Hai le tue cose, per caso?»

«Mi hai sballato la routine, dovrei essere in palestra adesso. Mi piacerebbe almeno sapere perché sto rinunciando al mio unico sfogo quotidiano per camminare con te in mezzo al nulla».

«Camminare è comunque un'attività fisica», mi fece notare, guadagnandosi un'occhiataccia. Sollevò le mani in segno di resa e mi assicurò che ci eravamo quasi. Svoltammo l'angolo e dopo pochi passi il mio amico si fermò sul marciapiede, voltandosi verso un palazzo di mattoni rossi.

«Ta-daa!», esclamò euforico, allargando le braccia.

Mi guardai attorno scettico, senza trovare niente che valesse quell'entusiasmo.

«Non c'è un bordello lì dentro, vero? Perché te l'ho già detto, non ho intenzione…».

«Frena, frena», m'interruppe ridendo, «capisco che il pensiero ti perseguiti ormai, ma non c'è nessun bordello! Solo la mia nuova casa», disse con un sorriso divertito.

«Una casa?», domandai voltandomi verso l'edificio.

«Già, e scommetto che non indovinerai mai da chi l'ho comprata!».

Attraversai l'ingresso del palazzo con Spencer che mi raccontava tutto. Di Skyler che aveva investito i miei soldi in quell'appartamento, che aveva ristrutturato insieme a un'impresa edile e che alla fine aveva venduto al mio migliore amico.

I lavori erano appena terminati e si sentiva ancora l'odore di vernice nell'aria. Era un discreto open space in stile industriale, con i mattoni a vista su alcune pareti e un palchetto di legno vero probabilmente riciclato.

Il mio amico continuava a snocciolare informazioni inutili sul complesso, sui materiali di prima qualità e su altre boiate di cui non me ne fregava nulla.

L'unica cosa a cui riuscivo a pensare era a Skyler che comprava un appartamento qualsiasi, in un posto qualsiasi, e che lo rimetteva a nuovo per rivenderlo al doppio.

Tolto il fatto che ci aveva tenuti all'oscuro dei suoi traffici, ero assurdamente orgoglioso di lei.

Invece di sperperare tutti i soldi che le avevo dato, li aveva reinvestiti per trarne profitto e, da quanto diceva Spencer, avrebbe continuato a farlo.

Era un bel business, se fatto con criterio.

Stavo annuendo da solo come un deficiente, con gli occhi fissi su un punto a caso della stanza, perso nei miei pensieri, quando il mio migliore amico mi assestò una pacca sulla spalla che per poco non mi fece perdere l'equilibrio.

«Allora? Non sei felice di sapere che vivrò qui?»

«E per quanto? Hai più case che orologi», gli ricordai, alzando gli occhi al cielo, «quindi perdonami se la cosa non mi sconvolge più di tanto».

«Be', mi sei sembrato piuttosto colpito, in realtà».

«Già, ma non da te», ammisi. Errore da principiante, lo so.

«La piccola Eleonore è una sorpresa continua, eh?»

«Giuro su Dio che se non la smetti di chiamarla così ti muro vivo proprio lì», dissi, indicando la parete più vicina.

«Quanto è grave?»
«Cosa?»
«La tua cotta».
Esplosi in una risata nervosa. «Ma quale cotta? Smettila di travisare! Sono solo stupito che sia riuscita a portare a termine qualcosa. L'hai vista, no?»
«L'ho vista, sì, e ho visto anche te. A me puoi dirlo, amico. Sai che non ti giudicherei mai. E se proprio devo essere onesto, due colpi glieli darei pure io a quel cul…».
La sua gola si ritrovò stretta tra le mie dita prima che riuscisse a terminare la frase e io non me ne resi conto finché non lo vidi diventare paonazzo. Avevo la mascella serrata e la mano ricoperta di vene gonfie.
Mollai la presa e lo osservai massaggiarsi il collo con aria stranita. Era come vivere un'esperienza extracorporea.
Era stata la mia mano, ma non ricordavo il momento in cui avevo deciso di aggredirlo in quel modo.
«Io… non volevo, scusami», farfugliai strofinandomi la faccia.
«Colpa mia», borbottò scuotendo la testa. «Credevo che te la volessi solo scopare, invece tu sei oltre, cazzo».
«Non…».
«Non dire di no! Ti sei innamorato di lei!».
«Io amo Eleonore», replicai categorico, lanciandogli un'occhiata che non ammetteva repliche, ma Spencer non era famoso per essere uno che dava peso a certi dettagli.
«Ma sei geloso di sua sorella», replicò con un sopracciglio alzato. «Te la mangi con gli occhi e sei incazzato con il mondo intero solo perché non puoi averla».
«Non è vero!», urlai spingendomi contro di lui fino ad addossarlo alla parete.
Non sopportavo le parole che gli uscivano di bocca, erano come pugni allo stomaco capaci di strapparmi l'aria dai polmoni.
«Ce l'hai tanto con David perché vorresti essere al suo

posto, libero di infilargli la lingua in bocca e le mani dappertutto! Ammettilo, cazzo. Ti manda fuori di testa!».

Caricai il pugno e lo scagliai contro il muro, sfondando il cartongesso. Avevo gli occhi fuori dalle orbite e respiravo a fatica. Le immagini che mi aveva ficcato in testa mi stavano facendo ribollire il sangue nelle vene.

«Con il prossimo ti spacco la faccia», lo avvisai serio come la morte prima di tirare fuori la mano dall'intercapedine.

Spencer mi guardò con una compassione che non volevo ricevere e che di certo non mi faceva sentire meglio.

Mi voltai in cerca dell'uscita, dovevo andarmene prima di fargli male sul serio.

La sua voce mi colpì alle spalle prima che potessi raggiungere la porta d'ingresso.

«Se è amore non è sbagliato e non puoi farci niente».

Era sbagliato sotto tutti i punti di vista, non avevo dubbi a riguardo.

Quindi, secondo la sua logica, non poteva essere amore.

Io non sapevo cosa fosse, ma mi stava divorando dall'interno come un tarlo e dovevo trovare un rimedio, prima che mi annientasse completamente.

Capitolo 21
Skyler

Le cose sembravano procedere per il meglio, avevo venduto l'appartamento e con Camilla giravo spesso per la città in cerca del prossimo investimento, sorpresa ed entusiasta di quanto fosse stato facile e redditizio il primo.

Qualche sera a settimana uscivo con David, andavamo al cinema oppure a mangiare qualcosa, ascoltavamo musica sul divano di casa sua e parlavamo di tutto, in particolare di come sarebbero cambiate le cose quando il cocomero sarebbe sparito, di cosa sarebbe successo dopo.

Facevamo progetti, parlavamo di viaggi.

David voleva portarmi in tour, magari a Las Vegas o in Europa, se l'album avesse davvero sfondato. L'idea mi faceva impazzire, anche se nella mia testa sentivo una voce burbera darmi della groupie ogni volta che esultavo.

Eravamo in sintonia, ridevamo tanto, ma era preoccupante quanto fosse platonico il nostro rapporto.

Certo, io non ero più così sexy nella mia nuova forma arrotondata e sembrava assurdo, ma la mia rockstar preferita era molto più rispettosa di quanto volesse sembrare.

Nei locali in cui l'avevo visto suonare sputava a terra e lanciava occhiate lascive a tutte le ragazze che urlavano il suo nome, poi nel privato si trasformava in un'altra persona.

Una persona che mi baciava sulla fronte e che non allungava mai le mani quando mi abbracciava. Insomma, più che un fidanzato sembrava un amico.

E non sarebbe stato un problema se al piano di sopra non avessi avuto un "amico" che invece si atteggiava a fidanzato.

Okay, io e Mason non potevamo neanche lontanamente considerarci amici, ma era chiaro, no?

Lui doveva essere l'ultimo uomo sulla Terra a guardarmi in quel modo, a farmi sentire in quel modo, eppure…

C'era un tira e molla continuo tra noi.

Uno snervante e sfibrante tira e molla, dove si alternavano sguardi che facevano tremare ogni singolo nervo del mio corpo a giorni in cui mi evitava come la peste. Io ce la mettevo tutta per ignorarlo, ma ero diventata emotivamente incontinente.

Se era nella stanza, mi pisciavo metaforicamente addosso dall'emozione, con tanto di scodinzolamento.

Fingere che non esistesse o che non provassi niente per lui non mi era più possibile. La gravidanza mi aveva resa fragile e trasparente come un vetro e potevo scommettere che ogni volta che mi guardava, lui vedeva tutto… Il cuore gonfiarsi nel petto, i muscoli contrarsi e il sangue scorrere più veloce nelle vene. Vedeva i polmoni aumentare il loro ritmo e i quattro neuroni nella mia testa iniziare ad azzuffarsi tra di loro, innescando una vera e propria guerra civile nel mio cervello.

C'erano schieramenti a favore di Mason che mandavano segnali ambigui al resto del mio corpo e poi c'era la resistenza, un piccolo ma agguerrito gruppo di patrioti che lottava fino allo stremo per farmi desistere. E fino a quel momento i ragazzi erano riusciti a tenermi lontana dai guai, il che era di per sé un'impresa eroica.

Stavo giusto dando loro un'immaginaria medaglia al valore mentre, spaparanzata sul divano, guardavo una replica di *New Girl*, quando le porte dell'ascensore si aprirono sul soggiorno.

Dopo mesi ancora faticavo a sopportare la mancanza di una porta e il cuore mi singhiozzò nel petto per lo spavento, poi i battiti si accavallarono tra loro quando Mason fece irruzione come un treno prossimo a deragliare.

Viaggiava veloce ma instabile e neanche si accorse di me.

Si diresse al frigo e tracannò del latte dal cartone, poi raggiunse la vetrina con le bottiglie e l'aprì per prenderne una di scotch già a metà.

La voce acuta di Jess usciva dal televisore ma lui sembrava sordo e cieco. Fissava un punto in lontananza senza vederlo mentre l'alcol gli scendeva in gola spingendo su e giù il suo pomo d'Adamo.

Aveva i primi bottoni della camicia sbottonati, nessuna traccia della cravatta e in generale aveva un'aria trasandata che non gli si addiceva.

Mason era sempre perfetto, anche quando si allenava.

In quel momento però, sembrava essere stato strizzato da una lavatrice e poi sputato fuori senza gentilezza.

I capelli umidi di pioggia, la giacca stropicciata e gli occhi iniettati di sangue lo rendevano troppo umano... troppo raggiungibile.

Mason imprecò, sbattendo la bottiglia sul ripiano della cucina e io trasalii in silenzio, con il cuore che colpiva la cassa toracica come un pazzo.

Non osai fiatare per un tempo che mi parve lunghissimo.

Sperai che a un certo punto se ne andasse senza notarmi, ma dal nulla i suoi occhi trovarono i miei e un brivido mi percorse la spina dorsale.

L'istinto di conservazione mi spinse a mettermi in piedi.

Affrontarlo in quello stato comportava ferite mortali a danno del mio sistema nervoso che non avevo nessuna voglia di ricevere in quel momento.

Lasciarlo solo mi sembrò la scelta migliore, perciò accennai un sorriso imbarazzato e mi diressi verso le camere da letto. Riuscii a fare due o tre passi, poi la sua mano si chiuse sul mio polso, tirandomi indietro.

Feci una mezza piroetta e mi ritrovai a un soffio dal suo viso. La stanchezza e la luce alle sue spalle aggiungevano spigoli ai suoi lineamenti affilati, rendendolo più pericoloso e inquietante che mai.

Osservai la sua mano sulla mia pelle, sentendo il sangue

scaldarmi le guance e abbandonare il cervello, dove stava per esplodere la terza guerra mondiale.

Allarme rosso! Ci stanno attaccando!

«S-stai b-bene?», balbettai incapace di guardarlo negli occhi. Mi concentrai sulla vena del collo che pulsava allo stesso ritmo furioso dei miei pensieri.

Mason scosse la testa, obbligandomi a sollevare lo sguardo.

Due magneti dello stesso colore del cielo attirarono i miei occhi, ormai grandi come due piattini.

"Che stai facendo, Mason?" chiedevo terrorizzata senza emettere una sola sillaba, osservando le sue pupille dilatarsi.

Le sue dita si distesero sulla mia pelle mentre con l'altra mano mi intrappolava in una bolla tutta nostra, fatta di carezze che non avevano niente di amichevole, che bruciavano come le fiamme dell'inferno.

Vedevo solo il suo sguardo di brace, sentivo solo il suo tocco scaldarmi dappertutto.

Non c'erano più le luci di Manhattan sullo sfondo né il brusio della televisione accesa.

Non c'era David. Non c'era Eleonore…

Eleonore, cazzo!

In un lampo di lucidità provai a sottrarmi, indietreggiai sperando che le sue mani mi lasciassero andare, ma Mason mi agguantò per le spalle, eliminando del tutto la distanza.

Il suo addome si appiccicò al mio, schiacciando cocomero che si ribellò con un doppio carpiato che mi rimescolò le budella.

«M-mason, no», soffiai un debole tentativo di protesta prima che il suo fiato caldo mi sfiorasse le labbra.

Sapeva di scotch e peccato, di paradiso e dannazione eterna.

Era il frutto proibito, l'unico che non avrei potuto cogliere, ma che mi faceva tremare tutta per il bisogno di afferrarlo.

Sospirai, sentendo qualcosa esplodermi nel petto.

Una detonazione silenziosa ma potente che mi fece cedere le ginocchia. Baciarlo era forse la cosa che desideravo di più al mondo, ma era anche l'ultima che avrei dovuto fare nella vita.

Non era giusto, il modo in cui mi stavo arrendendo al suo tocco.

Le scintille che rendevano i nostri corpi bollenti e i nostri sguardi languidi erano sbagliate.

«Un assaggio. Ho solo bisogno di un assaggio». La sua voce roca che mi soffiava in bocca parole che non avrebbe mai dovuto pronunciare era maledettamente ingiusta e il gemito che mi scappò prima che la sua lingua scivolasse sulla mia era il suono più disonesto che mi fosse mai uscito di bocca.

Mi sciolsi mentre le sue dita si incastravano nei miei capelli afferrandomi la nuca con decisione.

Mason era un vulcano e lo sentivo ribollire tutto attorno, respirando con affanno, divorandomi come se fossi il suo ultimo pasto. Nessuno mi aveva baciato in quel modo, come se fosse una necessità, un bisogno di cui non poteva più fare a meno.

Avrei voluto avere la forza di smettere di ricambiarlo, di spingerlo via indignata ricordandogli che era sposato, per giunta con mia sorella, ma era così bello da sembrare quasi giusto e l'assaggio si stava per trasformare in un banchetto, lo sentivo dalla frenesia che stava avviluppando entrambi.

Eravamo sul punto di strapparci i vestiti di dosso e forse l'avremmo anche fatto, se il suono inconfondibile dell'ascensore non ci avesse spinto via l'uno dall'altra alla velocità della luce. Mi addossai alla parete trattenendo il respiro e Mason raggiunse la vetrata dandomi le spalle.

Il ticchettio delle décolleté di Eleonore riecheggiò nella stanza e a ogni passo sentivo il cuore sprofondare nello stomaco.

Cosa avevamo fatto?

L'avevamo appena pugnalata alle spalle, ecco cosa.

«Lo so», disse lei con un sospiro pesante, facendomi quasi temere che potesse leggermi la mente. Invece era al telefono e come Mason, anche lei attraversò l'open space senza accorgersi di noi.

«Glielo dirò, ma non adesso. Ne abbiamo già parlato, Mason...». Smise di parlare e di camminare nello stesso istante. «Mason!», esclamò, questa volta rivolgendosi proprio a lui che continuava a fissare il mondo fuori dal vetro.

Quando si voltò, sul suo viso vidi passare mille emozioni, una più dolorosa dell'altra. C'era il senso di colpa, il dispiacere e il raccapriccio per quello che aveva appena fatto.

C'era tutto, tranne il desiderio bruciante che l'aveva reso folle un attimo prima.

Sembrò sul punto di confessarle tutto, oppure di vomitare sul pavimento. Costeggiai il muro in punta di piedi con il fiato incastrato nei polmoni fino a raggiungere la mia camera da letto.

Mi ci chiusi dentro e un peso invisibile mi schiacciò a terra spingendomi dalle spalle.

Come avrei mai potuto guardare nuovamente in faccia mia sorella o suo marito? Proprio non lo sapevo.

Come avrei potuto continuare a vivere sotto al loro tetto? Non potevo.

Capitolo 22
Skyler

Dicono che la notte porti consiglio, specialmente se la passi sveglia a fare le valigie.

Non ero neanche riuscita a raggiungere Eleonore e Mason per cena, figurarsi stendermi sul letto o pensare di passare un altro giorno in quel girone infernale che si affacciava su Central Park.

Dire che fossi turbata sarebbe riduttivo.

Ero sconvolta.

Sconvolta dal fatto che Mason mi avesse baciato, ma ancora più sconvolta da quanto mi fosse piaciuto. Se non mi fosse rimasto un briciolo di coscienza a impedirmi di farlo, sicuramente l'avrei inserito al primo posto nella classifica dei migliori baci mai ricevuti.

Quel bacio era *il bacio*.

Quello di cui parlano i poeti nelle loro poesie, o di cui scrivono i cantanti mentre si struggono per un amore impossibile…

Mason era il mio amore impossibile.

E io non potevo fare altro che prenderne atto e levare le tende prima che la situazione degenerasse in modo irreversibile.

Mia sorella aveva già perso così tanto e Mason era tutto quello che le era rimasto, insieme al bambino che presto sarebbe arrivato, coronando il loro sogno di diventare finalmente genitori.

In quel quadretto romantico non c'era posto per me.

Non ci sarebbe mai dovuto essere.

Erano le otto di un sabato mattina e io speravo di sgattaiolare fuori dal loro appartamento prima che si svegliassero.

Avevo riempito il set di valigie che Eleonore mi aveva regalato poco dopo il mio arrivo e cercai di trascinarlo fino all'ascensore senza sbattere da nessuna parte.

Accarezzai con lo sguardo il divano letto super comodo e la tv a schermo piatto, il bagno grande quanto il mio appartamento e ogni agio e comodità a cui mi ero abituata, compreso il robottino da cucina che mi dava il buongiorno tutte le mattine.

Stavo lasciando un pezzo del mio cuore in quelle quattro mura arredate con cura e quella consapevolezza faceva dolere quel poco che mi era rimasto nel petto, che batteva lento e stanco scandendo ogni secondo in cui mi allontanavo da una vita che non era mai stata mia.

Quando riuscii a radunare tutto all'ingresso, chiamai l'ascensore e aspettai che risalisse tutti e trenta i piani del palazzo fissando il vuoto. Avevo avvisato Tris la sera prima e la immaginai già fuori ad aspettarmi nella sua utilitaria tutta ammaccata.

«Skyler!». La voce stridula di mia sorella mi aggredì alle spalle facendomi sussultare. Eleonore si strinse nella vestaglia di raso, osservando tutte le mie cose accigliata.

«Che succede? Dove stai andando?»

«Oh, be' io… torno a casa», farfugliai grattandomi il collo, guardando ovunque fuorché nella sua direzione. «Tris è in crisi», inventai su due piedi.

Non immaginavo di doverle dare spiegazioni subito. Speravo di avere un paio d'ore per imbastire una scusa plausibile e soprattutto, una volta fuori, sarebbe stato più semplice non cadere vittima del suo incantesimo. Perché se c'era una cosa in cui era davvero insuperabile, era convincermi a fare qualsiasi cosa.

E il vestitino premaman con i fiorellini rosa che indossavo in quel momento ne era una prova concreta.

Non sapevo dirle di no ed ero una pessima giocatrice di poker, ma non potevo restare e sperai di apparire convincente quanto bastava a entrare in ascensore con le mie cose prima di farmi incatenare lì dalle sue parole.

Le porte si aprirono mentre io riempivo la stanza di cazzate.

«Ha sofferto di depressione in passato», sparai infilando due valigie dentro. Intravidi di sfuggita il suo sguardo preoccupato e mi augurai di averla in pugno, «e sai, lei ha solo me. Sono la sua famiglia...». Lanciai il borsone sopra la valigia facendo traballare la cabina.

«Ma non ha due sorelle?», chiese perplessa.

Come facesse a saperlo era un mistero per me.

«Sì, ma vivono dall'altra parte del Paese».

«Io so che stanno a Chelsea, qui a New York prima che dici Massachusetts, e che vivono ancora con la madre».

Il sopracciglio alzato e le braccia conserte mi rivelarono che aveva scoperto il mio bluff.

«Mi dici quand'è che vi siete raccontate tutti i fatti vostri?!», sbuffai esasperata allargando le braccia.

«Me l'ha detto Spencer», rivelò lasciando cadere le sue lungo i fianchi. «Ora puoi dirmi perché avevi intenzione di andartene così senza neanche avvisare?»

«Perché non volevo che mi convincessi a restare».

E quella fu forse l'unica cosa vera che mi uscì di bocca quel giorno.

Eleonore mi raggiunse e invase il mio spazio vitale afferrandomi le mani. Le mie erano gelide e tremanti mentre le sue erano lisce, calde e ferme.

Mi chiesi se anche Mason avesse sentito la differenza la sera prima, mi chiesi come riuscisse a trovarmi attraente nonostante avesse sposato una dea con i capelli sempre lucenti e la pelle di porcellana.

«Cosa c'è che non va, Sky? A me puoi dire tutto, lo sai».

Lei ci credeva davvero, lo potevo leggere nei suoi occhi gentili e rassicuranti, ma io dubitavo fortemente che sarebbe stata altrettanto comprensiva e affettuosa se le avessi confessato la verità.

No, la verità non potevo dirgliela, anche se mi gravava sul petto come un macigno. Sputarla fuori forse mi avrebbe fatto sentire più leggera, ma avrebbe schiacciato lei fino a ridurla in poltiglia. Le avrebbe cancellato il sorriso dal volto e la dolcezza dal cuore. Non potevo rovinarle la vita per uno stupido bacio che non significava niente.

Mason era ubriaco e forse nemmeno lo ricordava.

Io... io non avevo neanche un'attenuante.

«El, Tris ha davvero bisogno di me», riprovai sforzandomi di non distogliere lo sguardo.

«Ma non c'è bisogno che torni nel tuo vecchio appartamento per starle vicino! Perché non le proponi di venire a stare con noi finché non si sente meglio? Sono sicura che le farebbe piacere».

Ero pronta a obiettare, con la bocca aperta e le parole tutte in fila sulla punta della lingua, quando diresse le nostre mani intrecciate sulla mia pancia, seguendone la curva piena con carezze che fecero scalciare il bambino.

«Ho bisogno di sapervi al sicuro, lo capisci?».

Lo capivo, certo, e capivo anche che le scuse non avrebbero funzionato. Lei avrebbe sempre trovato una soluzione, un modo per tenermi accanto a sé, quindi presi un respiro profondo e mi preparai a farle più male possibile, strizzando gli occhi.

«Sono attratta da Mason», confessai aspettando che le sue mani si stringessero fino a stritolare le mie. Lei però non lo fece, non mi prese neanche a schiaffi, quindi sollevai con cautela le palpebre e trovai l'ombra di un sorriso divertito sulle sue labbra. «Lo trovi divertente?».

Eleonore sollevò le spalle. «Mason è un uomo attraente e ne sono sempre stata consapevole, sai? Quando usciamo non c'è una donna che non si giri a guardarlo! Onestamente sarei rimasta più stupita se ti fosse stato del tutto indifferente».

Forse avevo sminuito troppo la cosa.

«El, io sono *molto* attratta da Mason. Troppo per viverci insieme! Tu sei mia sorella e mi odio per questo, non avrei mai voluto, te lo giuro…».

Eleonore smise di sorridere, ma continuò a tenermi le mani, strattonandole per farmi smettere di blaterare.

«Skyler, smettila. Non è successo nulla».

«E invece sì!», gridai sentendo le lacrime riempirmi gli occhi.

Le mie parole la schiaffeggiarono, lasciandola stordita.

Fece un passo indietro, abbandonando finalmente le mie mani.

Nello stesso tempo Mason fece irruzione nell'open space, attirato probabilmente dalle mie urla. Si paralizzò alle spalle di Eleonore e i nostri sguardi si incrociarono provocandomi una fitta al petto. Afferrai le valigie rimaste a terra tirando su con il naso con pochissima eleganza.

«Mi dispiace», dissi a entrambi indietreggiando fino a salire in ascensore. «Mi dispiace tanto».

Poi lasciai che le porte si chiudessero sulle loro facce stravolte.

Capitolo 23
Mason

Eleonore continuò a darmi le spalle anche quando Skyler sparì dietro le porte dell'ascensore.

Un silenzio pesante riempì la stanza mentre i battiti del mio cuore mi rimbombavano nelle orecchie.

Sbattei le palpebre appesantite dalla notte insonne che aveva preceduto quel risveglio tremendo, aspettando la reazione di mia moglie.

Avevo dormito forse un'ora e non ero sicuro di essere ancora abbastanza sobrio da affrontare la situazione, ma a quel punto non è che avessi altra scelta.

Mai bere quando sei confuso, arrabbiato o triste…

Avrebbero dovuto inciderlo a fuoco su ogni bottiglia di alcol.

Se fossi stato del tutto in me non mi sarei mai spinto sull'orlo del precipizio, tantomeno mi sarei gettato.

Invece, annebbiato e indebolito dalla discussione con Spencer, l'avevo fatto. Mi ero buttato a braccia aperte, senza neanche pensare a quanto doloroso per tutti sarebbe stato l'impatto. E non contava niente quanto leggero e vivo mi fossi sentito mentre cadevo, quanto morbido e accogliente fosse stato stringermi a lei mentre sprofondavo nelle viscere dell'inferno…

Ormai ci ero dentro e non c'era più modo di uscirne.

Osservai i capelli di mia moglie raccolti in una coda disordinata, la vestaglia sottile che la copriva come un bozzolo e il muro invisibile che si stava sollevando tra noi, provando una tristezza che non meritavo.

Quando Eleonore finalmente si voltò, vide le mie spalle curve, i miei occhi cerchiati e la mia resa completa.
Ci guardammo in faccia, consapevoli che non ci sarebbe stata nessuna sfuriata, perché noi non eravamo così.
Non l'avrei coperta di scuse inutili né lei avrebbe posto domande stupide.
Io stavo ammettendo le mie colpe e lei ne stava prendendo atto.
Settimane prima le avevo detto che non l'avrei mai tradita.
Settimane prima mi aveva detto che non mi avrebbe biasimato.
Evidentemente ci eravamo entrambi sopravvalutati.
Mi sorpassò senza dire una parola e fu peggio di tutti gli insulti con cui chiunque altro mi avrebbe investito.
Quando sentii la porta della camera chiudersi, sospirai affranto, e a ogni respiro successivo provai un dolore acuto, come se al posto dell'aria mandassi giù schegge di vetro che mi facevano a brandelli dall'interno.
Non potevo perderla.
La sola idea mi gettava nello sconforto più totale.
Le diedi qualche minuto prima di seguirla.
Aprii la porta e la trovai rannicchiata sotto le coperte, accarezzata dalle prime luci del mattino che riempivano d'oro i suoi capelli e rendevano brillanti le lacrime che le rigavano il viso.
Mi chinai accanto a lei, appoggiando i gomiti sul materasso per poi tenermi la testa tra le mani.
Lei non mi chiese niente, ma io le raccontai comunque tutto.
Se la sua intenzione era quella di lasciarmi, doveva sapere quanto avevo resistito prima di cedere a quell'impulso, quanto avevo lottato contro me stesso per rimanere fedele a tutte le mie promesse, quanto amore provavo per lei nonostante ormai fossimo poco più che due compagni di stanza.

C'era stato solo un bacio, mi sentii dire, quando i suoi occhi mi guardarono con più compassione che astio. Un attimo di cedimento contro quindici anni di devozione assoluta. Suonava quasi smielato, ma fondamentalmente era la verità.

Avevo avuto milioni di occasioni per tradirla, prima e dopo il matrimonio, e non le avevo mai colte. Nessuna donna al mondo avrebbe potuto mai farmela smettere di amare neanche per un secondo, neppure Skyler.

Incolpai un sacco di fattori, senza mai prendere in considerazione il fatto che potessi provare qualcosa per quella ragazzina, perché in ogni caso non era paragonabile a quello che legava noi due. Niente lo era.

Lei mi ascoltò senza fiatare e i suoi occhi si asciugarono mentre i miei si riempirono di tristezza.

«È stato solo uno stupido bacio».

Ogni volta che lo ripetevo suonava sempre peggio, alle mie orecchie perlomeno. Non potevo permettermi di pensarci più di un secondo senza ritrovarmi in quel momento, senza sentire la sua bocca schiudersi contro la mia, le nostre lingue scivolare con una sincronia perfetta e il mio corpo prendere fuoco al pensiero di spingermi dentro di lei.

Solo un assaggio avevo chiesto e solo un assaggio avevo ottenuto. Quello che non potevo prevedere era che non mi sarebbe mai bastato.

Non mi aveva tolto la fame, neanche un po'.

Ma non potevo cedere. Non volevo.

O meglio, non potevo volerlo.

Non dovevo volerlo.

Dopo un lasso di tempo che mi parve infinito, Eleonore si mise a sedere sul letto, abbracciandosi le ginocchia, usandole come scudo.

«Lei prova qualcosa per te».

Non era una domanda per cui non risposi anche se non ero sicuro che fosse la verità. Skyler voleva stare con David e da quello che sapevo ci stava. Si era semplicemente lasciata baciare, il motivo per cui l'aveva fatto non avevo avuto il tempo di chiedermelo.

Ci guardammo in silenzio per qualche istante.

«Tu provi qualcosa per lei?».

Scossi la testa affondando i denti nel labbro inferiore.

Non farmelo dire, Eleonore, ti prego.

«Mason...».

«Provo qualcosa per te», replicai. Era l'unica cosa certa.

«E qualcosa per lei», aggiunse cercando di strapparmi una confessione che non avevo ancora nemmeno fatto a me stesso.

Sentii una smorfia prendere forma sul mio viso.

Ero sconcertato da quella conversazione e dalla tranquillità che sembrava averla invasa all'improvviso.

Era triste ma non arrabbiata. Non quanto avrebbe dovuto.

Era ferita ma non sconvolta. Non quanto lo eravamo noi per averla tradita.

«Niente di importante, comunque», borbottai, sminuendo come mi sentivo nei confronti di quell'ammasso di emozioni che mi toglieva il sonno.

«Mi stai dicendo che è solo una questione di sesso?»

«Quale delle due ti farebbe sentire meglio? Amore o sesso?», domandai esasperato.

Mi sembrava di camminare sul filo di un rasoio e non era proprio una sensazione piacevole.

«Forse la prima», dichiarò seria.

«Okay!», allargai le braccia con un sospiro, «Allora forse provo qualcosa per lei... ma comunque amo te».

Era la conversazione più assurda che avessimo mai avuto.

Lei annuì. «Questo l'hai già detto quindici volte».

«Perché è la dannata verità».

«Okay», sospirò.

«Okay cosa?», domandai confuso.

«Okay tutto, Mason. Accetto quello che è successo e che c'è tra voi».

«Non c'è nulla tra noi, El. Non ci sarà mai più nulla, te lo giuro».

«Bene, allora riportala qui».

«Skyler?», chiesi sollevando le sopracciglia.

Lei annuì ancora.

«Vuoi che torni a stare con noi?».

Forse stavo ancora dormendo. Non sembrava per niente reale.

«Certo, lei e il bambino devono stare qui, con noi».

«Dopo quello che ti ho detto, tu vuoi che lei torni con noi. Me, te e lei…».

«Vuoi un disegnino, forse?».

C'era una nota di divertimento nel suo tono che mi scioccò più di tutto quanto. Cioè, ma che diavolo le era preso?

Mi tirai su un po' offeso, spolverandomi i pantaloni.

Forse era davvero rassegnata all'idea che dovesse per forza condividermi con qualcun'altra per rendermi felice, e la cosa non mi rendeva felice per niente.

Ero sempre stato un monogamo praticante e volevo continuare a esserlo, ma con Skyler che girava per casa mia a piedi nudi non era così semplice.

«Io penso che dovrebbe restare dov'è. Non serve che stia qui».

«A me serve, Mason. Io voglio che stia qui. La cosa ti disturba, adesso?»

«Mi ha sempre disturbato», le ricordai aggrottando la fronte, «però, se è questo quello che vuoi, manderò un'auto a prenderla».

«La tua auto», specificò categorica, «con te dentro».

La guardai come se non riuscissi più a riconoscerla.

«Solo tu puoi convincerla», le dissi mentre si alzava dal letto.

«Veramente io l'ho fatta scappare», replicò indicando il muro che ci separava dall'ingresso, «dille che abbiamo chiarito e riportala indietro. Devo muovermi o farò tardi», farfugliò sparendo in bagno.

Restai a fissare la porta per un po', pensando che a quel punto mi sarei svegliato con la bava sul cuscino e un terribile mal di testa. Ma i minuti continuarono a scorrere insieme all'acqua nella doccia, così alla fine mi vestii e uscii, diretto verso casa di Skyler.

Capitolo 24
Skyler

Tris mi vide uscire dell'ascensore in una valle di lacrime e non osò chiedermi niente, limitandosi a raccogliere le mie cose per caricarle in macchina con l'aiuto del portiere.

Non avevo detto nulla a David e per un attimo il pensiero di scrivergli mi sfiorò la mente, ma cosa avrei risposto quando mi avrebbe chiesto il perché del mio impellente trasferimento?

Non potevo dirgli la verità e non avevo voglia di aggiungere un'altra bugia al mucchio, perciò lasciai perdere.

Mi sedetti accanto alla mia migliore amica e dopo poche miglia ci trovammo imbottigliate nel traffico. Le casse dello stereo gracchiavano una canzone degli Stones e Tris picchiettava le dita sul volante guardandomi di sottecchi.

L'avevo trascurata in quel periodo, troppo presa dai miei drammi per pensare anche ai suoi, ma la conversazione con Eleonore continuava a vorticarmi in testa senza sosta, così quando riuscii a calmarmi, mi voltai nella sua direzione.

«Ti stai vedendo con Spencer?»

«Mi sto facendo Spencer», specificò accennando un sorriso. «È forse un problema?»

«No, anche se parlate molto per essere due che vanno solo a letto insieme». Sospirai, tornando a fissare fuori dal finestrino.

C'era un giocoliere all'angolo della strada che intratteneva gli automobilisti e i passanti con i suoi numeri. Un birillo gli cadde di mano e rotolò sotto le gomme di un'auto appena partita sul lato opposto della carreggiata. Osservai la macchina passargli sopra dinnanzi allo sguardo sconvolto del proprietario.

La sua espressione era molto simile a quella che aveva mia sorella dopo la mia confessione e quella scena era una metafora piuttosto calzante di quello che era accaduto poco prima.

Io ero l'auto che aveva investito il nostro rapporto appena nato e il suo matrimonio lasciandoli in poltiglia sull'asfalto.

Per fortuna del giocoliere, il birillo era decisamente più robusto e ne uscì praticamente indenne.

«È una sua perversione», mi confidò infilandosi tra due auto, «parlare del più e del meno mentre scopiamo, intendo».

Non riuscii a trattenere una smorfia mentre le dicevo che non avevo nessun bisogno di conoscere certi dettagli.

Tris si fece una grossa risata prima di tornare seria.

«C'entra qualcosa con il fatto che sei scesa in quello stato?».

Sollevai le spalle. «Ho provato a usarti come scusa, ma a quanto pare a Spencer piace parlare anche quando non scopa perché aveva raccontato a mia sorella un sacco di cose sul tuo conto che mi si sono rivoltate contro».

«Oh, mi spiace. Quindi ti ha sgamato?»

«Sì... e alla fine le ho detto la verità».

«Sky!», mi ammonì con un tono stridulo. «Non si dice mai la verità in questi casi!». Si schiaffeggiò la fronte come se non fosse riuscita a insegnarmi niente. Lei era un'esperta di situazioni amorose ambigue.

Io invece ero appena stata rimandata.

«Non potevo continuare a mentire, non a lei, non dopo quello che abbiamo condiviso in questi mesi».

«Ma così non hai rovinato solo il vostro rapporto, ma anche il loro».

«Lo so», piagnucolai nascondendo il viso tra le mani.

Avevo combinato un disastro di proporzioni epiche e come se non bastasse, portavo in grembo il loro bambino.

«Oddio!», esclamai nel panico. «E se si lasciano e decidono di non volere più il bambino?»

«Non l'hanno mica preso su Amazon. Non possono chiedere il reso».

«Non scherzare! Potrebbe succedere. Lei sarà fuori di testa, merda».

«C'è un contratto, Sky. Il bambino una volta nato non sarà più un problema tuo».

Osservai in basso, dove sotto a un terribile vestito a fiori si nascondeva la mia pancia, e d'istinto ci passai il palmo aperto sopra per rassicurare il piccolo essere umano che cresceva dentro di me, nel caso avesse già le orecchie e stesse ascoltando tutto.

Non era un mio problema, ma lo consideravo comunque una mia responsabilità visto che ero stata io a mandare tutto all'aria e visto che ero l'unica che se lo portava dietro ovunque andasse.

Le possibili situazioni future mi balenarono in testa aggiungendo ansia alla mia ansia, così cercai di non pensarci più e cambiai discorso.

«Hai voglia di fare una piccola deviazione?»

«Certo, dove andiamo?»

«Da Camilla», affermai prendendo un bel respiro.

Tris cambiò subito espressione. Non sopportava proprio che fossimo diventate amiche, per questo doveva conoscerla.

«Non fare quella faccia! Vedrai, ti piacerà».

Attraversammo Manhattan e Tris accostò davanti al suo ufficio brontolando insieme al motore della sua macchina.

Una volta dentro, Camilla ci accolse con il suo sorriso caloroso mentre lei la osservava a occhi stretti, studiando i suoi movimenti neanche fosse una bestia feroce pronta ad azzannarla da un momento all'altro.

Spostai l'appuntamento che avevamo preso per quel pomeriggio: avrei dovuto incontrare il proprietario di un immobile a Soho che m'interessava molto.

Dovevo svuotare le valigie e rimettere tutto al suo posto, in più, non ero proprio dell'umore. Avevo bisogno di rannicchiarmi sotto le coperte e pentirmi di ogni mio sbaglio.

Poco dopo la salutammo e risalimmo in auto.

«Allora?», domandai speranzosa.

«Simpatica...». disse svoltando l'angolo. Iniziai a distendere le labbra prima che la sua voce congelasse il mio sorriso a metà, «...come un attacco di diarrea».

Durante il tragitto, che durò una ventina di minuti abbondanti, Tris fu troppo impegnata a elencarmi tutte le cose che odiava di Camilla per riprendere fiato.

Non sopportava che fosse alta, bionda, elegante, gentile e definì i suoi denti esageratamente abbaglianti, la sua pelle troppo arancione e sosteneva che non poteva essere nata con quel naso così all'insù.

Io, mezza collassata sul sedile del passeggero, con una notte insonne alle spalle e gli occhi gonfi per aver pianto, a metà strada iniziai ad avvertire le tempie pulsare.

Quando finalmente parcheggiammo sotto casa, avevo un mal di testa pazzesco.

Scesi dalla macchina con gli occhi socchiusi, infastiditi dalla luce, e barcollai verso il bagagliaio con il pancione che rendeva il mio equilibrio ancora più precario.

Davanti alla mole di valigie che avremmo dovuto trascinare su per svariate rampe di scale, visto che l'ascensore era fuori servizio, io e Tris ci scambiammo uno sguardo complice.

«Partiamo da quello a cui tieni di più», suggerì lei, tenendo conto che c'era il cinquanta per cento di possibilità che le aprissero la macchina per rubare il resto delle cose che non avremmo portato subito su.

Cercai di ricordarmi cosa avevo messo dove, quando un brivido improvviso mi corse giù per la schiena.

Sollevai lo sguardo e incrociai quello di Mason che mi fissava appoggiato al muro. Aveva l'aria stravolta e i capelli spettinati, ma ero troppo agitata per intuire se fosse venuto a uccidermi o solo a insultarmi.

«Cazzo!», mormorai sentendo i nervi tendersi e lo stomaco chiudersi.

«Hai un cazzo in valigia?», domandò sorpresa Tris, guardandomi con ammirazione. «Plastica o silicone?»

«No! Mason è qui!», bisbigliai per non farlo sentire pure a lui. Lei si accorse di lui, che si staccò dal muro per avvicinarsi mentre io diventavo rigida come una statua.

«Ho una mazza da baseball sotto al sedile. Se fa lo stronzo la tiro fuori», m'informò seria come un infarto mettendosi al mio fianco.

Deglutii un macigno e trattenni il fiato appena fu abbastanza vicino da distinguere le pagliuzze argentate nelle sue iridi.

Mason guardò Tris, poi me, poi di nuovo lei.

«Ti dispiace?»

«A dire il vero, sì», replicò lei accigliata.

«Tris», l'ammonii, accarezzandole la schiena per calmarla. Lei sbuffò, poi risalì in macchina, sbattendo la portiera e sistemando lo specchietto retrovisore per poterci tenere sotto controllo. Mason sollevò il braccio, agganciò lo sportello del bagagliaio e lo tirò giù con più forza del necessario.

Il tonfo mi provocò un vuoto allo stomaco.

Forse la mazza sarebbe servita, alla fine.

Restammo a guardarci senza dire una parola per qualche istante. Volevo chiedergli scusa per aver spifferato tutto a Eleonore senza avergli dato neanche l'occasione di farlo per primo, ma pensandoci bene, forse lui non glielo avrebbe mai detto. Perché avrebbe dovuto?

Per mandare all'aria il suo matrimonio?

Scossi la testa e abbassai lo sguardo sulla lingua di asfalto che ci divideva.

«Che ci fai qui?»

«Sono venuto a dirti che mi dispiace».

Cercai i suoi occhi stupita e confusa. «Per cosa?»

«Per averti baciato», mormorò accarezzando le mie labbra con lo sguardo prima di passarsi una mano sugli occhi per strofinare via quell'immagine. «Ero ubriaco e confuso, non che sia una giustificazione, ma in altre circostanze...».

Non lo avrebbe mai fatto.

Non era necessario che lo ammettesse, era chiaro.

Certo, lui era sposato e io lo sapevo bene, ma sentirglielo dire, avvertire tutto quel rammarico fu comunque doloroso.

«Oh. Okay».

C'era dello smarrimento nei suoi gesti nervosi, nella sua voce incerta. Non capivo se dipendesse da me e dalla delusione che mi prendeva a morsi lo stomaco rendendo la mia espressione sofferente o dal fatto che mia sorella lo avesse sbattuto fuori di casa e non sapesse come chiedermi di ospitarlo.

Aprì bocca, ma lo interruppi parlando per prima.

«Non volevo dirle niente, ma sotto pressione reagisco d'impulso».

«Hai fatto quello che dovevi, quello che non ho avuto il coraggio di fare io...».

«Sono sicura che ti perdonerà, prima o poi», dissi per consolarlo, anche se non ne ero proprio convinta.

Io, ad esempio, non credo che ci sarei mai riuscita.

«L'ha già fatto», rivelò incredulo quasi quanto me, «o almeno, ha intenzione di farlo, di perdonare entrambi. Mi ha chiesto di riportarti a casa».

«Cosa?!», strillò Tris da dentro la macchina, dando voce e intonazione alla mia espressione sbalordita.

«Tris!», mi lamentai dando una manata sul tettuccio.

«Stai scherzando?», chiesi a Mason.

«Ti pare un argomento su cui mi verrebbe mai voglia di scherzare?».

No, in effetti no, anche se non aveva senso.

Okay, magari lui le aveva detto che tra noi non c'era nulla, che era stato solo un momento di debolezza, che non era lucido e qualche altra cavolata simile e lei se l'era bevuta perché in fondo che Mason la amasse era chiaro come il sole, ma io?

Io avevo confessato di essere attratta da lui.

Io ero incinta e quindi completamente sobria.

Io avevo risposto al bacio nel pieno delle mie facoltà mentali. Non poteva non volermi morta.

Era contronatura.

Sì, magari il fatto che portassi in grembo il suo bambino poteva renderla più indulgente, ma io non volevo rischiare di servirmi su un piatto d'argento come un agnello sacrificale.

E poi, c'era quel piccolo, insignificante dettaglio e cioè che io, a differenza di Mason, provavo dei sentimenti che andavano oltre qualsiasi ruolo ci fosse concesso di interpretare.

«Non posso farlo», sussurrai sorpassandolo.

Pochi passi mi dividevano dal portone, ma non riuscii a farne due che la sua mano tornò a stringermi il polso, proprio come la sera prima.

Provai una sorta di déjà vu che riempì la mia pelle di brividi mentre lui mi obbligava ad affrontarlo. Sussultammo entrambi, occhi negli occhi, per quella vicinanza improvvisa e inappropriata.

Avevo il cuore che sembrava scalciare nel petto e poco più sotto due gambine che lo facevano davvero.

Mason lasciò la presa e abbassò le palpebre, ma io la vidi lo stesso, la tempesta che si stava abbattendo nei suoi occhi.

Assomigliava alla battaglia navale che era in corso nella mia testa.

«Se può passarci sopra lei, possiamo farlo anche noi», disse riaprendo gli occhi, mostrandomi una landa desolata.

Lo scetticismo mi fece inarcare il sopracciglio.

«Dovremmo almeno provarci, per dimostrarle che noi…».

«Che noi?», lo incalzai quando esitò.

«Che non c'è nessun noi», affermò raddrizzando la schiena.

Be', quello era… vero. Non c'era e non ci sarebbe mai stato.

Lo sapevo, cioè, certo che lo sapevo!

Ma diavolo, che male faceva sentirglielo dire.

«Questo è poco ma sicuro», sibilai con un nodo in gola. «Senti, per me potete fare come volete, ma io non voglio più saperne niente!». Iniziai a maneggiare le chiavi in mano senza riuscire a infilarle nella toppa. «Porterò a termine la gravidanza nel mio monolocale e il bambino vi amerà anche se non parlerete alla mia pancia tutti i giorni».

«Eleonore non ti lascerà in questo tugurio con il bambino», borbottò, innervosendosi per osmosi.

«Se ci tiene così tanto perché non è venuta a dirmelo di persona? Perché ha mandato te?»

«Non lo so!», sbottò allargando le braccia. «Per quel che mi riguarda sarebbe meglio per tutti se restassi qui, ma lei ti vuole vicino e io sto solo cercando di rimediare, cazzo».

«Be', dille che non ci sei riuscito», replicai seccata girando la chiave nella toppa. Il portone si spalancò quando lo spinsi con la spalla ed entrai. Con la sua mano gigante impedì che si richiudesse sulla sua faccia tosta.

«Non puoi farle questo», rimproverò piazzandosi davanti alle scale per sbarrarmi la strada.

«Pensa a quello che le hai fatto tu!», replicai cercando di ricavarmi uno spazio tra lui e il muro per salire.

«Io ho sbagliato e ho chiesto scusa a entrambe. È così

che si comportano gli adulti, sai? Affrontano le conseguenze delle proprie azioni, non scappano come conigli».

«Io non sono scappata come un coniglio!».

«No, hai ragione. L'hai fatto come una ladra!».

«Se tu non mi avessi baciato…».

«Ti ho chiesto scusa!», mi interruppe facendo rimbombare la sua voce per tutto l'androne. «Cos'altro devo fare?!».

«A parte tornartene da tua moglie e lasciarmi in pace? Niente!».

«Te lo giuro, non capisco quale sia il tuo problema!».

«Il problema è che mi sono innamorata di te, brutto idiota!». La mia confessione, strillata a pieni polmoni, lasciò di stucco entrambi. Rimanemmo pietrificati, con le labbra schiuse e gli occhi sbarrati, senza neanche muovere un muscolo per almeno un minuto.

Poi le braccia di Mason smisero di sbarrarmi la strada, ricadendogli lungo i fianchi.

«Mi dispiace, Skyler», disse, come se mi avesse infettato con una malattia, senza averne la cura.

«Figurati a me», mormorai tirando su con il naso mentre tra le lacrime lo guardavo andare via.

Capitolo 25
Skyler

Una morte rapida e indolore mi avrebbe dovuto sorprendere un attimo prima di pronunciare quelle parole.

E invece no…

Ero sopravvissuta solo per dissanguarmi, agonizzando nell'androne.

Tris mi raggiunse con la mazza sotto al braccio e due valigie, continuando a voltarsi accigliata nella direzione che aveva preso Mason. Cioè quella opposta alla mia.

Io fissavo il punto in cui era rimasta la sua ombra.

Era scappato talmente di corsa da averla dimenticata davanti al primo gradino. C'era ancora il suo profumo nell'aria insieme all'elettricità scaturita dalla nostra discussione.

Era rimasto tutto lì, compreso il mio cuore calpestato dalle sue suole. Mancava solo lui, che era tornato dall'amore della sua vita, dall'unica donna che poteva reclamarlo.

«Tattica vincente, la tua. Dovrò tenerla a mente per il futuro».

Il sarcasmo della mia amica mi strappò una risata tra le lacrime.

«Hai sentito tutto?», domandai aggrappandomi al corrimano per salire un gradino alla volta come un'anziana con l'artrosi.

«Ero dietro alla porta, pronta a intervenire, ma tu l'hai fatto correre anche senza il mio aiuto».

«Già», confermai, adottando il suo abituale modo di affrontare la vita: prendendola per il culo. «Ha lasciato la scia come Beep Beep».

L'immagine del cartone animato con le sembianze di Mason ci fece ridacchiare per mezza rampa, poi, quei disgraziati dei miei ormoni tornarono alla carica strappandomi un singhiozzo.

«Ehi...». Tris mollò tutto a terra e mi strinse tra le sue braccia, colmando parte del vuoto che sentivo allargarsi nel petto.

«Come ho fatto a incasinare tutto fino a questo punto?», domandai imbrattando la sua felpa di lacrime e saliva.

«Non l'hai fatto da sola, tesoro. Lui era con te, in ogni dannata occasione. Solo che il suo cuore era già occupato, mentre il tuo era libero e l'hai lasciato entrare. Ci vorrà un po', ma vedrai che riuscirai a cacciarlo fuori a pedate».

Mi aggrappai alla sua schiena, stringendo la stoffa tra le dita, ringraziando la mia buona stella per averla messa sul mio cammino.

«Camilla non può prendere il tuo posto», la informai, sapendo che era quello a metterla sempre sulla difensiva, «nessuno potrà mai farlo».

Lei mi lasciò andare con un sorrisino vittorioso sulle labbra.

«Lo so, io sono la tua anima gemella», affermò ricominciando a salire.

«Puoi dirlo forte».

Ci fermammo davanti alla nostra porta con il fiato corto e, una volta dentro, mi lasciai cadere sulla sedia più vicina.

«Credo che non uscirò più di casa finché non sarò obbligata ad andare in ospedale», affermai mentre il bambino iniziava a ballare la samba sulla mia vescica. Mi alzai con un lamento e mi diressi verso il bagno.

Un urlo mi scappò di bocca quando all'interno ci trovai un ragazzo che era appena uscito dalla doccia.

Richiusi la porta di scatto sulla sua faccia terrorizzata.

«Perché c'è un tizio tutto nudo nel nostro bagno?»,

domandai alla mia amica con voce stridula, che lì per lì sembrò sorpresa quanto me.

«È cinese?»

«Non gliel'ho chiesto, ma sì, credo sia asiatico», borbottai perplessa.

«Ah, è solo Chen», minimizzò con un cenno della mano.

«Chen! Certo!», esclamai come se fosse logico prima di cambiare tono. «Chi è Chen, Tris? E soprattutto, perché è qui?»

«Chen è un mio nuovo amico. L'ho conosciuto in un posto, qualche settimana fa. Poveretto, vive in un appartamento con altre dieci persone e non riesce mai a farsi una doccia in santa pace, così ogni tanto viene a farsela da noi», riassunse con nonchalance prima di allargare le braccia, «ecco tutto».

«Tu hai lasciato le chiavi di casa a un perfetto sconosciuto per fargli usare a piacimento il nostro bagno?»

«Ma se ti ho detto che siamo amici!».

«Amici di letto, vuoi dire?», domandai, perché non credevo avesse amici maschi di altro tipo, in realtà.

«Ma non scherzare, l'hai visto?»

«Fin troppo bene», mugugnai con una smorfia.

«Ma non capisco… Che cos'hai in comune con quel ragazzo per esserci diventata tanto amica?»

«Niente», replicò con un'alzata di spalle, «ma sai, questo monolocale è diventato tremendamente vuoto da quando te ne sei andata e be'… Chen non si ferma mai a lungo e parla poco perché sta ancora imparando l'inglese, però mi piace che ogni tanto venga a trovarmi, mi fa sentire meno…».

«Sola», conclusi al suo posto, sentendomi davvero un'amica tremenda.

Il suo sorriso incerto aprì un'altra crepa nel mio cuore.

Mi precipitai da lei goffamente e l'abbracciai, il bambino stretto tra noi. «Mi dispiace tanto. Sono un disastro da qualsiasi parte la si guardi».

«Non è vero», farfugliò tra i miei capelli.

Poco dopo Chen aprì la porta del bagno, fortunatamente vestito e imbarazzato quanto me e noi provammo a ricomporci.

«Ehi, Chen, lei è Sky, la mia migliore amica. È appena tornata a vivere qui, quindi bussa d'ora in poi perché ha deciso di barricarsi in casa per i prossimi mesi».

Chen abbozzò un sorriso nella mia direzione e un mezzo inchino che per non sembrare maleducata ricambiai.

«Grazie della doccia, Tris. Ora vado». disse in un inglese impacciato.

«Ciao, ciao bello», lo salutò lei con un sorriso e io mi accodai, prima di correre in bagno.

Al mio ritorno, Tris aveva aperto il divano letto e ci aveva sparpagliato sopra tutte le schifezze che c'erano in dispensa. Patatine fritte, due vaschette di gelato, una scatola già aperta di biscotti al caramello salato e due cherry coke.

Con la schiena appoggiata al muro e il telecomando in mano, indicò il posto vuoto al suo fianco invitandomi a raggiungerla e lo feci con il cuore gonfio di affetto.

Scegliemmo una commedia dal catalogo multimediale e passammo la mattinata a ridere e a ingolfarci di cibo spazzatura, facendo attenzione a non tirare in ballo nessuno dei problemi da cui ero appena scappata.

Fu bello, per un po', non pensare a tutto il resto.

Almeno finché il resto non mi venne a cercare.

Due giorni dopo, per l'esattezza, quando ormai credevo che lei e Mason si fossero abituati all'idea di vivere tranquilli e beati senza di me, Eleonore si presentò alla mia porta senza preavviso, con lo stesso atteggiamento guardingo con cui aveva fatto irruzione nella mia vita mesi prima. La lasciai entrare nonostante non avessi nessuna voglia di affrontarla.

Preparai del tè e ci sedemmo una di fronte all'altra in un rigoroso e imbarazzante silenzio.

«Come stai?», mi chiese dopo un tempo interminabile.

«Il bambino sta bene», replicai soffiando sulla tazza bollente.

«Non è quello che ti ho chiesto».

«Ma è il motivo per cui sei qui, no?»

«Sono qui per tutti e due, Skyler», ribadì con uno sguardo ferito che mi fece sentire una stronza patentata.

«Mi dispiace», mormorai con un sospiro, «ce la caviamo».

Il motore del frigo rimase l'unico rumore nella stanza per un po'.

«Tu?», mi azzardai a chiedere, «Stai bene?».

Un sorriso amaro le sfiorò le labbra, accentuando le ombre scure che le marcavano gli occhi. «Starei meglio se tornassi a stare da noi».

«Non puoi volerlo davvero», borbottai da dentro la tazza mezza vuota.

«Lo voglio con tutto il mio cuore», affermò senza esitare un attimo.

«Eleonore...», supplicai.

«Skyler, guardami», ordinò e i miei occhi si posarono sui suoi. C'era un fondo di malinconia che ristagnava nelle sue iridi e mi provocò un tuffo al cuore. «Abbiamo passato gran parte delle nostre esistenze separate per sbagli che neanche avevamo commesso noi stesse. Ti ho tenuta a distanza di sicurezza perché affezionarmi a te voleva dire accettare il tradimento di mio padre e disonorare il nome di mia madre. Sono stata una sciocca e me ne sono pentita abbastanza da bastarmi per le prossime due vite. Non voglio perderti di nuovo».

«Non mi stai perdendo, ma non posso tornare. Non adesso. Ho bisogno di tempo».

«È l'unica cosa che non ti posso concedere», replicò abbassando lo sguardo, «perché non ne rimane molto».

«Puoi venire a parlare al bambino ogni volta che vuoi, El. Non voglio toglierti niente. *Niente*», sottolineai, riferendomi a Mason. Era per quello che non volevo tornare, perché senza volere mi ero appropriata di sguardi e attenzioni che non mi appartenevano e quel bacio, quel bacio era la linea di confine che non avrei mai dovuto superare.

«Skyler…».

Provò a fermarmi, ma ero un fiume in piena.

«Io non volevo, El. Non ho mai voluto provare questi stupidi sentimenti per lui. Neanche lo sopportavo, ricordi? Ma è successo e ora non so come riavvolgere il nastro e tornare indietro. Immagino non si possa e tu non puoi accettare una cosa del genere solo per il bambino. Non è giusto e non te lo lascerò fare».

«Credo che certe cose accadano per un motivo e io ho imparato ad accettarlo. Abbiamo il libero arbitrio, ma non tutto quello che ci succede dipende da noi».

«Non è vero. Avremmo potuto evitarlo, ma non lo abbiamo fatto. Possibile che la cosa non ti disturbi neanche un po'?»

«Di certo non ne sono contenta», ammise con un sospiro, «ma a cosa servirebbe prendermela? Odiarvi non cambierebbe la situazione e l'unica cosa che otterrei sarebbe allontanare le uniche persone a cui tengo».

«Io davvero non capisco come fai. Dovresti essere infuriata invece ne parli come se la cosa non ti riguardasse nemmeno».

«Forse perché non mi riguarderà ancora per molto», borbottò allontanando la tazza da sé con due dita.

«Che significa?»

Scosse la testa. «Niente».

«Eleonore!», la richiamai, pretendendo la sua attenzione. «Hai intenzione di lasciarlo?», chiesi nervosa, alzandomi dalla sedia. «Non farlo! Tienigli il muso per un po', fallo strisciare finché non sarai soddisfatta, ma non lasciarlo. Presto ci sarà il bambino e lui ti ama. Ama te, El, lo sai. Lo uccideresti».

I suoi occhi si riempirono di lacrime. «Lo so, ma…».

«Ma niente, El! Sei venuta per chiedermi di tornare, hai detto che non vuoi odiarci, allora che senso ha tutto questo?».

Si alzò anche lei asciugandosi le guance con stizza. «Ho anche detto che certe cose non dipendono da noi», mi ricordò aggirandosi per la stanza come un leone in gabbia.

La osservavo senza capire, mentre lei mi lanciava occhiate supplichevoli che mi lasciavano interdetta.

«Lui non ti lascerebbe mai, quindi dipende solo da te», affermai con la fronte aggrottata, ignorando il mio cuore che ogni volta veniva strozzato dalle mie stesse parole.

«Proprio non capisci», si lamentò massaggiandosi le tempie.

«No, cazzo. Non capisco...».

«Sto morendo, maledizione!», esplose e la sua voce rimbombò tra le pareti colpendomi da ogni direzione come un centinaio di schegge affilate. Un attimo dopo si coprì la bocca con le mani e scoppiò in lacrime.

La raggiunsi e la strinsi tra le mie braccia con tutta la forza che avevo, tenendo insieme i pezzi di entrambe. Aspettai pazientemente che si calmasse, ingoiando dolore e domande in attesa che fosse pronta a parlarne.

«Non volevo dirtelo così, mi dispiace», disse dopo minuti che sembrarono ore. La accompagnai fino alla sedia e mi sedetti di fronte, tenendole le mani tra le mie.

La guardavo attraverso le lacrime che rendevano acquosi i contorni del suo viso.

«S-stai...», *morendo?*

Non riuscivo neanche a ripeterlo, ma lei capì e annuì.

«C-come? Perché?»

«Il cancro è tornato», confessò tirando su con il naso. Testa bassa e spalle curve, quella non era la Eleonore che conoscevo.

Guardandola bene per la prima volta dopo tempo, notai cose che mi erano sfuggite perché troppo concentrata a nasconderle i miei sentimenti per Mason.

Eleonore era dimagrita molto, i suoi lineamenti erano più marcati, i capelli meno lucenti del solito. Nascondeva tutto con un'abbondante dose di trucco e vestiti costosi, ma uno sguardo attento l'avrebbe notato che c'era qualcosa che non andava.

Io invece, non mi ero accorta di nulla.

«Che significa che è tornato? Ti hanno tolto tutto proprio per evitare che succedesse, giusto? E poi non fai degli esami per tenere le cose sotto controllo?».

Non ne sapevo quasi nulla sull'argomento, ma mi sembrava assurdo che non avessero potuto fare niente per evitare che tornasse.

«E comunque ci sono dei trattamenti, la chemio e quell'altra...». Non riuscivo neanche a ricordarmi come si chiamasse.

«Non servirebbero a nulla, Sky. Questo cancro è al pancreas ed è più aggressivo dell'altro. In realtà, è uno dei più aggressivi in generale. Il tempo di accorgersene e si era già esteso...».

Continuavo a piangere senza rendermene conto. Il cuore non sapeva a che ritmo andare e iniziai a iperventilare.

«Stai dicendo che non c'è nulla da fare?», domandai prima che un singhiozzo mi facesse sussultare sulla sedia.

Lei scosse la testa e con calma mi asciugò le lacrime.

«Non avrei proprio dovuto dirtelo nel tuo stato», considerò, accarezzandomi la pancia, «mi dispiace».

«Non è mica colpa tua se stai male», farfugliai sentendo la disperazione stringermi le viscere. «E Mason che dice? Starà chiamando tutti i medici del Paese! Sicuramente troverà qualcuno in grado di fare qualcosa».

Lei distolse lo sguardo. «Lui non lo sa e per ora non lo deve sapere».

«Che stai dicendo? Non puoi mica tenerglielo nascosto!».

Si alzò dalla sedia, ricominciando a camminare per la stanza nervosa. «Non posso dirglielo adesso», dichiarò sicura, «andrebbe in crisi e mi serve lucido. Deve prendersi cura di voi e…».

Sgranai gli occhi. «Oddio, il bambino, tu…». scossi la testa, completamente sotto shock. «Quanto tempo ti rimane? Te l'hanno detto?»

«Erano più o meno sei mesi, quando l'ho saputo…».

«Cioè, quando?», la incalzai.

«Fine maggio», ammise lasciandomi a bocca aperta.

«Cristo, El! Siamo al venti di luglio! Te lo sei tenuto per te per tutto questo tempo?!», la sgridai sconvolta prima di fare i conti. Erano già passati tre mesi e questo voleva dire che il suo tempo era quasi scaduto. «Gesù», esalai, perdendo ogni speranza.

Stava morendo davvero.

Poteva succedere da un momento all'altro?

Non ne avevo idea, l'unica cosa che sapevo è che non avrei più avuto molte occasioni di stare con lei e la cosa mi spezzava il cuore.

«Ora possiamo tornare a casa, per favore?», chiese con la voce rotta, porgendomi la mano.

Le nostre dita si intrecciarono mentre annuivo tra le lacrime.

L'avrei seguita anche all'inferno, se avessi potuto.

Capitolo 26
Mason

Smith portò su le valigie di Skyler avvertendomi del suo ritorno prima del suo effettivo arrivo.

Dopo quello che era successo sulle scale del suo palazzo ero sicuro che Eleonore non l'avrebbe mai convinta a tornare, ma chiaramente mi sbagliavo. In quel periodo mi capitava spesso.

Mi vantavo di saper capire le persone, di intuire i loro stati d'animo e desideri con un solo sguardo, ma non riuscivo più a farlo nemmeno con mia moglie.

Il suo atteggiamento distaccato mi mandava in crisi.

Avevo baciato sua sorella, per Dio, e qual era stata la sua reazione? Due lacrime e un paio di occhiate deluse, poi tutto come prima, come non fosse mai successo nulla.

Non lo ritenevo normale, ma allo stesso tempo non me la sentivo di smuovere le acque perché il rischio di rimanerci impantanato era inevitabile, quindi erano due giorni che camminavo sulle uova cercando di capire cosa spingesse Eleonore a fingere che andasse tutto bene quando chiaramente non era così.

La sensazione che mi stesse nascondendo qualcosa si insinuò come un tarlo dentro di me, rendendomi paranoico.

Iniziai a fare mente locale, a pensare a tutte le volte che mi era sembrata strana, ma non le avevo dato il giusto peso.

Era capitato, in più di un'occasione, che cambiasse tono o addirittura interrompesse la telefonata che aveva in corso quando mi vedeva sopraggiungere. Oppure che tornasse più tardi del solito e non avesse appetito, come se avesse già cenato. O che mi chiedesse di ripeterle cose che avevo appena detto, come se con la testa fosse da un'altra parte.

Non avevo mai dubitato dei suoi sentimenti né della sua lealtà, ma ero anche certo dei miei e avevo comunque fatto un casino, quindi era plausibile che lei avesse maturato interesse per un altro?

Magari un collega o un cliente?

L'idea mi mandava su tutte le furie, nonostante non avessi il diritto di prendermela visto che non ero stato da meno.

Ma lei aveva provato a resistere a quelle tentazioni come avevo provato a fare io? Non ne ero convinto.

Io ero stato costretto a vivere sotto lo stesso tetto, con la mia tentazione, a interagire con lei e la sua pancia giornalmente, a vederla sculettare per casa con quei suoi vestiti da ragazzaccia.

Senza contare che mia moglie non riusciva più a vivere l'intimità per tutta una serie di motivi che non dipendevano da me, ma era davvero così? O era con me che non voleva viverla?

Come dicevo, ero andato in paranoia, e vederla attraversare l'ingresso accanto a Skyler non fece altro che rendere più realistiche le mie paure.

Come faceva a sorridere a Skyler e a volerle stare vicino sapendo che tra noi c'era stato qualcosa?

Io stesso facevo fatica a guardarla negli occhi senza ripensare a quello che avevamo condiviso, che seppure poco, era sempre più di quello che avremmo mai dovuto.

Invece Eleonore non aveva nessun problema a stare vicino a nessuno dei due. Mi salutò con un bacio sulla guancia e ci lasciò soli in cucina senza preoccuparsi di noi.

Skyler tirò su il manico di un trolley e poi dell'altro per riportarli nella sua stanza e d'istinto mi avvicinai, afferrando un borsone lì accanto.

«Lascia, faccio io», mormorai acchiappando più cose possibili per evitare che lo facesse da sola.

I suoi occhi mi punzecchiarono la schiena per tutto il tragitto, ma non disse niente. Né ciao, grazie o crepa.

Le ultime parole che mi aveva rivolto erano state testualmente "Perché sono innamorata di te, brutto idiota!" e mi risuonarono in testa quando i nostri sguardi si incrociarono per un attimo.

L'imbarazzo e la tensione impregnavano l'aria rendendola irrespirabile. Eravamo a due passi dal muro su cui l'avevo schiacciata con il mio corpo appena tre sere prima, a due passi dalla donna che avevamo tradito. Era una tortura.

Mi infilai le mani nelle tasche dei pantaloni e mi allontanai per toglierci dall'impaccio. Il mio corpo si diresse in automatico davanti alla vetrina dei superalcolici, ma visto che erano stati dei pessimi alleati l'ultima volta, tornai verso il frigo e tirai fuori una birra, rimanendo rigido come un palo finché non sentii la porta della sua stanza chiudersi in lontananza.

A quel punto lasciai andare un respiro pesante e le spalle si afflosciarono sotto al peso della situazione, che più pesante non poteva essere.

Forse era questo il metodo contorto che Eleonore aveva deciso di adottare per vendicarsi di noi: farci sentire costantemente delle merde.

Stava funzionando alla grande.

Capitolo 27
Skyler

Come ci ero finita incastrata in quella matassa di bugie impossibile da districare senza fare danno?

Eleonore mi aveva fatto promettere di mantenere il segreto sulla sua condizione, ma il problema era che non ero per niente brava a tenere la bocca chiusa: se messa alle strette io cantavo come un usignolo. Ancora di più se ero turbata, il che sarebbe stato un termine riduttivo per definirmi in quel periodo. Ero devastata.

In realtà, immaginai che le interessasse solo che Mason non lo venisse a sapere e tutto sommato era facile, perché noi non parlavamo più, di niente. Per noi, la frase "lontano dagli occhi, lontano dal cuore" calzava a pennello e facevamo il possibile per mantenere quanta più distanza possibile.

Altra storia invece era Tris, che era un segugio di cazzate.

Me ne ero andata lasciandole un biglietto sul tavolo a cui erano seguite una sequela di chiamate a notte fonda a cui non avevo risposto perché dormivo. Il mattino seguente aprii gli occhi e me la ritrovai accanto, con gli anfibi sul piumone e le narici dilatate con cui fiutava l'aria.

«Tris», mi lamentai appena mi ripresi dallo spavento. «Che diavolo ci fai qui?»

«Stavo per chiederti la stessa cosa», replicò con un sopracciglio alzato. «Come ti hanno convinta a tornare? Ti hanno stordita e infilata di peso nel bagagliaio? Perché non riesco a trovare un'altra spiegazione plausibile».

Sbuffando provai a sottrarmi al suo interrogatorio nascondendomi sotto al cuscino, ma lei me lo strappò via dalla testa e lo lanciò in fondo alla stanza.

«Ehi!». Mi tirai su imbronciata.

«Sputa il rospo», mi intimò seria.

«Non c'è niente da dire», affermai distogliendo lo sguardo, «Eleonore è venuta e abbiamo chiarito».

«Perdonami, ma cosa c'era da chiarire? Hai infilato la lingua in bocca a suo marito, hai confessato di provare qualcosa per lui e sei scappata. Mi sorprende che non ti abbia rincorso con un'accetta, in effetti».

«Non sono tutti degli psicopatici, a quanto pare», commentai a mezza bocca guardandola di traverso.

«Certo, come no».

«È stata una stupidaggine e ci abbiamo tutti messo una pietra sopra, non puoi farlo anche tu?».

Si toccò la punta del naso con l'indice ripetutamente.

«Questa storia non ha senso», ribadì sconcertata. «È come se io ti dicessi di essere stata con David», affermò, cercando i miei occhi. «Non lo ami ed è successo prima che lo conoscessi, eppure non credo che ti farebbe lo stesso piacere, giusto?»

«Be', no», ammisi con la fronte aggrottata.

«Ecco! Ora pensa se fosse tuo marito e lo amassi alla follia!».

Non faceva una piega, anche se...

«Tris, sei stata con David?»

«Non è questo il punto!».

«Ma che cazzo!», sbottai alzandomi di scatto dal letto.

«Vedi? A conferma che ho ragione io e che la verità non è mai la scelta giusta», constatò alzandosi a sua volta.

«Quando?»

«Non lo so, un anno e mezzo fa più o meno», borbottò lisciandosi la gonna.

«Tinder?», tirai a indovinare e lei annuì a testa bassa. «Non avevo idea che fosse il tuo famoso David, anche perché sull'app aveva messo uno stupido nomignolo che neanche ricordo».

«E quando hai capito di averci fatto sesso?»

«Quando me l'ha ricordato».

«Cioè? Quando?», la incalzai spazientita.

«Non lo so, non ho mica segnato la data sul calendario! Ci siamo trovati insieme in ascensore e lui mi ha detto di esserci rimasto piuttosto male quando non l'ho riconosciuto quel giorno a pranzo, anche se be', in realtà l'avevo riconosciuto ma non sapevo come l'avresti presa e allora...».

«Magnifico!», la interruppi allargando le braccia. «Questo deve essere il karma che mi si rivolta contro, immagino!».

«È stata una stupidaggine e io ci ho messo una pietra sopra, non puoi farlo anche tu?», mi scimmiottò con un'espressione da cane bastonato.

Sbuffai e alzai gli occhi al cielo.

«Potevi dirmelo prima, comunque», la rimbrottai con un'occhiataccia.

«Non volevo metterti i bastoni tra le ruote. Eri presa così bene e poteva anche essere quello giusto, ma ormai abbiamo chiarito che non lo è, quindi...».

«È assurdo», bofonchiai coprendomi la faccia con le mani, «quand'è che la mia vita è diventata una brutta telenovela?»

«Direi quando hai accettato di fare l'incubatrice, più o meno», commentò lei con il suo solito sarcasmo.

«Non è divertente, Tris. Non fa ridere neanche un po'», ammisi ributtandomi di peso sul letto, nascondendomi sotto a un cuscino.

Me la ritrovai accanto, a darmi pacche rassicuranti sulla schiena.

«Dai, ora non fare la melodrammatica. Vedrai che le cose si risolveranno».

«E invece non lo faranno», borbottai, sentendo la tristezza solcarmi un buco nel petto. Iniziai a tremare, poi a piangere e il suo tono si adeguò al momento, diventando dolce e comprensivo.

«Vuoi dirmi che sta succedendo?», chiese piano, sdraiandosi al mio fianco e senza neanche rendermene conto iniziai a parlare tra i singhiozzi, vuotando il sacco.

Nel pomeriggio scesi al piano di sotto, da quella sottospecie di fidanzato con cui non avevo mai fatto sesso a differenza della mia migliore amica. Ancora mi sembrava surreale che quei due fossero stati a letto insieme. Magari non ne sarei dovuta rimanere troppo sorpresa, considerando che Tris praticava quell'attività a livello agonistico.

Non la giudicavo, d'altro canto non faceva del male a nessuno, tranne forse che a sé stessa…

David era preso dalle registrazioni dell'album, ma aveva trovato il tempo di scrivermi un messaggio dopo una settimana di silenzio per chiedermi di passare a salutarlo.

Mi sorprese non provare nessun tipo di emozione negativa quando ci ritrovammo uno di fronte all'altra sulla porta.

Avevo appena saputo che mi aveva nascosto una cosa importante eppure ero solo contenta di vederlo.

Ci abbracciammo e mi diressi verso il suo divano come se fosse il mio.

«Allora, come stai?», chiese lasciandosi cadere al mio fianco.

«Non ho più un baricentro, le caviglie chiedono pietà e non riesco a dormire a pancia sotto, ma non posso lamentarmi», dissi, pensando che c'era chi stava peggio di me. Eleonore, per dirne una. Mi rabbuiai mentre lui sorrise ignaro della piega che avevano preso i miei pensieri. «Ma raccontami di te», continuai tentando di non farmi sopraffare dalle emozioni.

David sollevò le spalle come se non fosse nel bel mezzo di una svolta epocale per la sua carriera.

«Abbiamo inciso le prime canzoni ed è stato un delirio. Ripetere lo stesso brano all'infinito ti fa venire voglia di morire anche se l'hai scritto tu stesso», affermò ridacchiando. «Sto cominciando a detestare il suono della mia voce».

«Non si può detestare la voce più bella di tutta Manhattan», replicai tirando fuori la fan che c'era in me.

David se la rise di gusto. «Non alimentare il mio ego con queste eresie, per favore, potrei finire per convincermene e sarebbe dura poi fare i conti con la realtà».

«Allora considerala solo la mia umile opinione».

«La tua opinione vale molto per me», ammise, mettendomi un braccio sulle spalle per tirarmi più vicino.

A quel punto, in un altro giorno qualsiasi, mi sarei lasciata baciare senza troppi problemi, ma quando avvicinò il viso al mio mi irrigidii tutta.

«David», lo fermai a metà strada, sfiorandogli le labbra con la punta delle dita. I suoi occhi verdi sondarono i miei confusi. «Perché non mi hai detto di Tris?», domandai senza nessuna inflessione particolare. Non ero arrabbiata né altro, volevo solo parlarne, capire.

Lui sbatté le palpebre un paio di volte mentre io trascinavo la mano sulla sua guancia per andare a giocare con i suoi capelli. Presi una ciocca e me la rigirai tra le dita, in attesa.

«Alla fine te l'ha detto», constatò con un sospiro.

«Stamattina», confermai cercando qualche indizio sul suo viso che potesse rivelarmi il suo stato d'animo, ma non c'era granché. Un po' di sorpresa, forse, ma nient'altro.

«Ha minacciato di strapparmi le palle se te lo avessi detto e sembra una capace di farlo davvero e poi…». Prese una pausa accarezzandomi la guancia. «Era convinta che la notizia ti avrebbe ferito a morte e non volevo rischiare, anche se non mi sembri così colpita dalla cosa».

«Non ci conoscevamo neanche quando è successo», mi giustificai sentendone d'un tratto il bisogno.

«No», concordò aggrottando la fronte, «ma credo che a me darebbe in testa se te la fossi spassata con uno della mia band prima di stare con me».

«Davvero?».

Ci pensò su più tempo del dovuto prima di annuire.

Sospirai. «David, tu mi piaci tanto e sto davvero bene quando stiamo insieme, ma credo che dovremmo essere più onesti con noi stessi. Al nostro rapporto manca qualcosa…».

«Parli del sesso?»

«Parlo di quel senso di appartenenza che dovrebbe farci bruciare lo stomaco al pensiero di saperci con altre persone».

David borbottò qualcosa alzandosi in piedi.

«Dimmi che mi sbaglio», lo sfidai seguendolo verso la vetrata.

«Forse ci serve solo più tempo», tentò dopo un po' prima di voltarsi e affrontarmi. «Adesso le cose sono strane per ovvi motivi», aggiunse indicando con lo sguardo il mio pancione, «ma tu mi piaci, stiamo bene insieme, parliamo di tutto, ci divertiamo…».

«Come due buoni amici», provai a fargli notare, ma lui scosse la testa.

«Sembriamo buoni amici solo perché non facciamo sesso», replicò con una determinazione che non comprendevo.

«Se ci fosse stato di più non saremmo neanche stati in grado di resistere, invece non è una necessità. Stiamo bene anche senza perché siamo destinati a essere solo questo».

«Lo dici perché c'è qualcun altro da cui vorresti di più?», mi chiese cogliendomi alla sprovvista.

Spalancai gli occhi e fu il mio turno di esitare. «N-no», balbettai.

«Siamo amici, giusto? Allora dimmi la verità». C'era una nota di sarcasmo nel suo tono, ma quando si avvicinò e si fermò davanti a me, nel suo sguardo c'era un interesse sincero e più distaccato di quanto non volesse ammettere. «Mason non potrà mai darti quello che vuoi», mi avvisò, come se non lo sapessi già.

«Io non voglio niente da lui», ribattei distogliendo lo sguardo.

Mi guardò come se avessi affermato che la Terra fosse piatta.

«E i pancakes? Li vuoi i pancakes?», chiese accennando un sorriso. La sua decisione di chiudere l'argomento mi fece sospirare di gratitudine.

«Con lo sciroppo d'acero?», indagai ingoiando il groppo che mi si era formato in gola.

«E una montagna di panna», rilanciò mettendomi il braccio sulle spalle. Ci avviammo in cucina più leggeri e rilassati.

Si mise ai fornelli dopo avermi lasciato sullo sgabello più vicino e, dopo una manciata di minuti in cui lo osservai trafficare con uova e farina, presi il coraggio necessario per fare il primo passo verso quella che sarebbe stata la nostra nuova strada insieme.

«Quindi Tris, eh?».

Lui sollevò lo sguardo dai fornelli per lanciarmi un'occhiataccia.

«Troppo presto?»

«Direi di sì».

«Okay», mugolai mettendo su un finto broncio che lo fece sorridere. «Però quando vorrai parlare di queste cose…», aggiunsi con aria angelica.

«Sarai la prima che chiamerò», mi accontentò scuotendo la testa.

Alla fine, che lo volesse ammettere oppure no, la nostra amicizia era meglio di qualsiasi altra relazione avremmo mai potuto intraprendere.

Capitolo 28
Skyler

Cercavo di passare più tempo possibile con Eleonore, cosa non facile visto che stava continuando a lavorare e la sera c'era anche Mason, e io vicino a lui non ci volevo stare.

Non solo per quello che era successo, ma anche per quello che gli stavo nascondendo.

Quindi mi vedevo spesso costretta a cenare fuori con Tris, o Spencer, con David o Camilla, inventando milioni di scuse inutili per non fermarmi con loro nonostante fossero pienamente consapevoli che erano, appunto, solo scuse.

Era imbarazzante e ogni volta che le porte dell'ascensore si chiudevano io ci sbattevo la testa contro dandomi della stupida, ma l'alternativa era accettare di provare qualcosa per il marito di mia sorella e levarmi dai piedi. Cosa che però non potevo più fare dal momento che sapevo che a lei restavano da vivere pochi mesi, forse settimane o addirittura giorni.

Il pensiero di perderla era devastante e quel senso di impotenza costante mi logorava lentamente.

Non riuscivo ad accettare che presto avrei dovuto fare a meno dei suoi sorrisi, della sua gentilezza, di lei… e mi spaventava non sapere quanto tempo ancora ci restasse, quante cose avremmo potuto fare insieme e a quante avremmo dovuto rinunciare. Mi terrorizzava non sapere se sarebbe riuscita a vedere suo figlio nascere oppure no.

Mi uccideva sapere che il piccolo sarebbe cresciuto senza la sua mamma e non mi tranquillizzava sapere che avrebbe avuto solo il suo papà. Già immaginavo i possibili traumi psicologici che avrebbe dovuto affrontare perché suo padre era emotivamente incapace di esprimersi.

Mason era algido e distaccato, spesso inespressivo e criptico.

Persino sua moglie faticava a comprendere i suoi stati d'animo e per me era come un cubo di Rubik con tremila sfumature dello stesso colore.

Non capivo mai cosa gli passasse per la testa e di certo lui non semplificava la vita a nessuno palesando le sue emozioni. Quando provavo a immaginarlo con suo figlio non potevo fare altro che compatirlo.

E non doveva essere un mio problema, sapevo che non spettava a me preoccuparmi di queste cose. Di fatto ero alla stregua di un'incubatrice vivente, ma mi risultava impossibile vedere le cose con il giusto distacco dato che il bambino continuava a crescere nella mia pancia mentre un mostro divorava dall'interno mia sorella.

Era comunque mio nipote. Un quarto del suo corredo genetico era uguale al mio.

Avrei voluto parlarne con Eleonore, cercare di capire se avesse già pensato a cosa sarebbe successo dopo, ma non trovavo mai il coraggio di farlo e lei nemmeno sfiorava l'argomento.

Per ritagliarmi del tempo con lei senza Mason avevo preso l'abitudine di raggiungerla sul lavoro in pausa pranzo.

A volte mi presentavo con una busta di take-away e restavamo nel suo ufficio, altre prenotavo in qualche posto carino in città, ma lei si limitava a piluccare qualcosa con la scusa di non volersi addormentare sulla scrivania e io finivo per mangiarmi anche le sue porzioni.

Non capivo perché continuasse a sprecare il suo tempo prezioso a fare contabilità quando c'erano così tante cose che avrebbe potuto fare per sfruttarlo meglio.

Al suo posto io avrei mollato tutto e avrei speso fino

all'ultimo centesimo in giro per il mondo per vedere quello che non avevo ancora visto e provare quello che non avevo mai provato, ma che eravamo diverse, ormai era appurato, e lei sembrava contenta nella sua routine. Forse la aiutava a non pensare a quello che stava per succedere, forse era davvero appagata dalla vita che conduceva.

Per quanto non condividessi nessuna delle sue scelte, volevo rispettare le sue volontà e quindi fingevo che mi andasse bene non dire a nessuno come stesse, fingevo che non mi pesasse custodire i suoi segreti e cercavo di non turbarla con le mie domande.

Non parlavamo del passato che ci aveva separato e neanche del futuro che ci avrebbe diviso nuovamente. Ci limitavamo a vivere nel presente finché ci era concesso di farlo, anche se i miei sensi ormai erano perennemente in allerta.

Mi bastava vederla tossire per andare in iperventilazione o che traballasse un secondo sui tacchi per correre in suo aiuto, risultando più apprensiva di quanto volessi.

Eleonore mi sorrideva sempre con affetto, ma dietro ai suoi sorrisi c'era una tristezza che cresceva giorno dopo giorno e che acutizzava la mia.

Nel mezzo di tutto questo c'erano le visite e le ecografie durante le quali ci ritrovavamo a piangere di fronte agli sguardi sorpresi dei medici e di Mason.

C'era la nostra emotività eccessiva che mal celava tutto quello che non potevamo dire, c'era un bambino che stava per venire al mondo, c'era una madre che non sapeva se l'avrebbe mai stretto tra le braccia e c'ero io che non sapevo cosa fare.

L'unica persona che era a conoscenza di come stavano le cose era Tris, ma non era famosa per il suo tatto e ogni volta che provavo a toccare l'argomento lei mi mandava ancora più in paranoia.

Era sempre più estenuante fingere di non essere preoccupata e alla fine, durante un sabato pomeriggio, mentre passeggiavamo per Central Park con un frullato tra le mani, guardai mia sorella negli occhi e le chiesi di parlarne.

Eleonore cercò una panchina libera e m'invitò a sedermi al suo fianco. Accavallò le gambe con grazia mentre io mi parcheggiavo in retromarcia.

Evitai di lamentarmi di quanto fosse diventato faticoso andare in giro con quel cocomero che mi schiacciava costantemente la vescica e mi provocava dei dolorosi mal di schiena. Tra le due stavo sicuramente meglio io, anche se dal di fuori non l'avrebbe detto nessuno.

Eleonore aveva perso peso, ma neanche un grammo della sua eleganza. Io me ne andavo in giro con dieci chili in più del solito che mi rendevano goffa e sgraziata e a stento mi guardavo allo specchio.

«Posso farti un paio di domande scomode?»

«Solo se te la senti di ascoltare un paio di risposte scomode».

Con le labbra strette attorno alla cannuccia tirai su una corposa dose di frullato e lo mandai giù insieme a un sospiro mentre ci ragionavo su.

Forse non ero pronta a sentirle, quelle risposte, ma lo sarei mai stata davvero?

Probabilmente no, però non sapere mi stava facendo impazzire.

«Quanto tempo credi che ti rimanga?», chiesi a bruciapelo.

«Poco», ammise, facendomene pentire subito.

«T-te lo ha detto il d-dottore?»

«Me lo dice il mio corpo, Sky».

«Oh...». Non sapevo fin dove mi sarei potuta spingere, ma per capire cosa stesse passando non avevo altra scelta. «Quindi hai dei sintomi», dedussi sperando che me li confidasse senza costringermi a farle altre domande stupide.

«Li ho già da un po', ma stanno peggiorando. Prendo dei farmaci, ma sono solo palliativi e stanno diventando sempre meno efficaci».

«Forse funzionerebbero meglio se stessi a riposo».

«Il tempo per riposare non mi mancherà quando sarò morta».

«El!», la rimproverai con la fronte aggrottata.

«Cosa dovrei fare, Sky? Passare quel che mi resta inchiodata a un letto o sotto morfina? Preferisco lavorare e soffrire, entrambe le cose mi ricordano che sono ancora viva».

«Okay, okay!», mi arresi quando la vidi infervorarsi, «Ma non c'è qualcosa in particolare che vorresti fare? Qualche posto che vorresti visitare? Perché continuare a lavorare?»

«Perché ho del lavoro da finire e dei clienti da passare ai miei colleghi. Sto cercando di lasciare tutto in ordine, in modo che la mia assenza non sarà un peso per nessuno».

Si alzò dalla panchina toccandosi un fianco. Non le chiesi se avesse dolore, ce l'aveva scritto in faccia. Era una sofferenza fisica e mentale, la sua, anche se lei cercava di tenere duro e nasconderla a tutti i costi.

«Ci ho pensato molto ultimamente e mi sono resa conto di aver vissuto una bella vita, sai? Ci sono stati grandi dispiaceri ma anche innumerevoli gioie. Ho viaggiato tanto e ho fatto pure qualche piccola pazzia, come ballare scalza dentro una fontana o lanciarmi da una pista innevata con lo slittino. Ho pianto molto, ma ho riso di più e soprattutto ho amato tanto e sono stata amata senza riserve. Ho qualche rimpianto, chi non ce l'ha? Ma ho avuto il coraggio di bussare alla tua porta e togliermi dalla coscienza il più grosso di tutti».

«Oh, El». Mi alzai anche io e la abbracciai con le lacrime agli occhi. «Forse tu ti senti pronta, ma io non lo sono», ammisi bagnandole il cappotto, «non lo sono per niente».

«Non sono pronta, ma l'ho accettato e un giorno lo accetterai anche tu, vedrai», disse accarezzandomi la testa con dolcezza. Era assurdo che fosse lei a consolare me, ma mi resi conto di averne un disperato bisogno.

Pensai che anche lei meritasse qualcuno in grado di darle conforto e che quel qualcuno dovesse sapere cosa stava passando.

«Devi dirlo a Mason, El. Devi dare anche a lui la possibilità di starti più vicino e il tempo di accettarlo».

«Lo so», mormorò tra i miei capelli. «Glielo dirò».

Suonava come una promessa e io le credetti, ignorando che potesse essere più brava di me a mentire.

Capitolo 29
Mason

Dopo una giornata estenuante in ufficio e una sessione intensiva in palestra rimasi mezz'ora sotto il getto bollente della doccia, lasciando che il vapore si attaccasse su ogni superficie del bagno finché l'aria non divenne irrespirabile.

Quando entrai in camera da letto con addosso solo un asciugamano, mi resi conto che Eleonore era tornata.

C'era il suo cappotto sulla poltrona, la borsa sul comodino e il suo profumo impregnava la stanza.

Convinto che fosse in cucina, recuperai un paio di boxer e mi diressi verso la cabina armadio per indossare qualcosa di comodo, ma la sua voce mi fece bloccare a pochi passi dall'obiettivo.

Eleonore mi dava le spalle e parlava fitto fitto al telefono. Non disse niente di rilevante, ma lo trovai strano e di cose strane ormai ne avevo notate abbastanza per i miei gusti.

Mi palesai schiarendomi la gola e lei praticamente saltò sul posto interrompendo la chiamata.

«Tesoro!», esclamò in evidente agitazione. «Mi hai fatto prendere un colpo!».

Eliminò la distanza che ci separava baciandomi distrattamente le labbra.

«Perché parlavi nascosta qui dentro?», domandai senza tanti preamboli, aggrottando la fronte.

«Nascosta? Ma no, sono venuta a prendere uno scialle che mi è venuto freddo!». Dicendolo ne prese uno a caso dal vano che li conteneva. Era fine agosto e il termostato sul muro segnava ventidue gradi, ma finsi di bermi la sua scusa e presi a vestirmi lasciando che mi riempisse la testa di cazzate.

Parlò di una cena a cui eravamo stati invitati ma a cui non potevamo andare e accennò qualcosa su Spencer e sul fatto che volesse chiedergli di unirsi a noi per il brunch di domenica.

«Certo», bofonchiai seguendola fuori.

Mi sentivo uno stronzo a dubitare di lei dopo quello che avevo combinato, ma forse era proprio quello a rendermi così sospettoso. L'aveva presa troppo bene e non so perché non riuscivo a essergliene semplicemente grato.

Forse aveva accettato che io e sua sorella provassimo un interesse reciproco perché lei per prima si sentiva attratta da qualcun altro, magari più di quanto lo fosse da me.

Mi mandava in pappa il cervello pensare che si lasciasse toccare da un altro uomo, che concedesse a lui quello che a me ormai non voleva più dare.

Ecco, era quello che proprio non riuscivo a sopportare.

Che il suo problema non fosse di natura psicologica come aveva sempre detto, ma che fossi semplicemente io a non andarle più bene.

Una volta in cucina incrociai lo sguardo di Skyler, che decise di interrompere la sua lettura proprio quando le lanciai un'occhiata di sfuggita.

Non le dedicavo più di un secondo della mia attenzione per evitare che Eleonore pensasse male o che i miei stessi pensieri deviassero dai binari su cui avevo deciso di farli viaggiare, ma Eleonore sembrava molto più distratta di quanto io lo fossi mai stato e quindi a che cavolo serviva?

Osservai le sue dita affusolate scivolare piano sulla carta della rivista mentre con gli occhi divorava le ultime righe prima di girare pagina. Mi persi un attimo sulla pelle esposta del suo collo, tra le ciocche di capelli sul viso, sulla sua bocca rossa e carnosa... Sollevai lo sguardo e trovai mia moglie a due passi da me che mi osservava sbattendo le palpebre.

Deglutii l'imbarazzo e mi voltai verso il frigo, aprendolo solo per trovarmi qualcosa da fare.

«Ordiniamo cinese?», chiese alle mie spalle mentre tiravo fuori una bottiglia d'acqua.

«Io sto aspettando David», disse Skyler con una nota di rammarico. Come se non uscisse tutte le sere per evitare di fare il terzo incomodo. Neanche mi ricordavo più l'ultima volta che ci eravamo trovati tutti e tre allo stesso tavolo, e lo capivo, e gliene ero pure grato, ma che continuasse a uscire con quel metallaro era ridicolo.

Lo stava solo usando e non aveva più senso fingere di provare qualcosa per lui, non dopo avermi sputato in faccia i suoi sentimenti.

«Il cinese va bene», borbottai richiudendo il frigo quando mi resi conto di non aver risposto.

Eleonore chiamò il ristorante e Skyler ricevette un messaggio che la fece alzare dal divano. Si infilò le scarpe e si mise la borsa a tracolla, salutando sua sorella con la mano mentre raggiungeva l'ascensore.

Quando le porte si aprirono, si girò nella mia direzione e i nostri sguardi si incrociarono di nuovo prima che le attraversasse.

Due volte in un giorno dopo settimane a fingerci ciechi.

Presi un respiro profondo accantonando ogni pensiero che la riguardasse.

«Grazie, a dopo», disse Eleonore prima di interrompere la telefonata. «Mezz'ora e sono qui», m'informò con un sorriso teso.

«Bene».

La fissai con l'intenzione di metterla a disagio e funzionò. Mi comunicò di dover correre in bagno e si dileguò alla velocità della luce.

Cosa mi nascondi, El?

La osservai sparire in corridoio, poi lo schermo ancora

illuminato del suo cellulare sopra al bancone attirò la mia attenzione.

Non avevo mai spiato mia moglie, ma forse era arrivato il momento di cominciare.

Senza quasi rendermene conto me lo ritrovai tra le mani, con l'indice che scorreva sul registro delle chiamate.

Saltai il primo numero che era del ristorante e chiamai il secondo. Squillò due volte, poi una voce femminile mi raggelò il sangue nelle vene.

«Studio legale Johnson e associati, come posso esserle utile?».

«Vuole il divorzio, ti dico!», esclamai lanciando distrattamente la freccetta che si incastrò nel legno del muro.

Spencer la guardò con biasimo prima di tirare a sua volta e colpire il cerchio più vicino al centro del bersaglio.

«Smettila, non lo farebbe mai», replicò convinto, stringendo le dita attorno al suo boccale di birra. Eravamo al pub, un'uscita necessaria per non mandare all'aria il mio matrimonio così su due piedi.

Quando Eleonore era uscita dal bagno la sera prima, a stento ero riuscito a non fare una scenata. Ero sconvolto e confuso e dannatamente sotto shock. Per evitare di discutere con lei, avevo acceso il televisore e avevamo finito per cenare sul divano davanti a una commedia romantica che poco si sposava con il nostro stato d'animo.

La notte mi ero girato e rigirato nel letto senza riuscire a prendere sonno e alla fine di una giornata di merda avevo dovuto chiedere aiuto al mio migliore amico che amava risolvere i problemi degli altri con una pinta in una mano e una freccetta nell'altra.

Spencer non aveva mezze misure.

Era sincero nel modo più brutale e mi faceva venire voglia di strozzarlo, ma alla fine della nostra discussione vedevo sempre le cose da una prospettiva diversa.

Lui era il mio cazzo di grillo parlante.

«Però potrebbe andare a letto con un avvocato», aggiunse facendomi andare la birra di traverso.

La sputai a terra imprecando. «E ti sembra meglio, cazzo?»

«Dipende da che lato la guardi. A livello economico ti converrebbe di sicuro».

Mi accigliai più di quanto non lo fossi già e la freccetta per poco non gliela lanciai in mezzo agli occhi.

«Dai, sto scherzando. Rilassati! Magari era solo una chiamata di lavoro, magari ha un'amica che lavora in quell'ufficio, magari non ha niente a che fare con voi. Il punto è che dovevi farti i cazzi tuoi e non te li sei fatti. Ora, o confessi o fingi che non sia mai successo. Se non era una chiamata innocente, presto o tardi lo verrai a sapere».

«Ti sembro uno che aspetta che il mondo gli caschi addosso?», domandai indicandomi con entrambe le mani. Eravamo alla terza o quarta pinta. Avevo le difese abbassate.

«Mi sembri uno che sta cercando una scusa per fare una cazzata», rivelò osservandomi con attenzione.

«Di che parli?», mi lamentai scolandomi quello che rimaneva nel mio bicchiere.

«Parlo di Skyler».

«Skyler non c'entra niente, adesso».

Le sue sopracciglia si sollevarono fino all'attaccatura dei capelli. «Skyler c'entra eccome, fratello! È il motivo per cui pensi che tua moglie voglia chiederti il divorzio ed è anche la ragione per cui da una parte speri che ci sia un altro uomo. Per non doverti più sentire in colpa per quello che provi».

«Stronzate!», sputai sbattendo una mano sul muro.

«Non ci hai pensato nemmeno per un secondo?», mi punzecchiò con un sorriso malvagio. «Lei se ne va, si porta via il bambino e a te rimane la cognatina sexy con cui fare le porcherie...».

Fu un secondo.

Un lampo che squarcia il cielo.
Mi attraversò la mente a trecentomila chilometri orari e svanì in un battito di ciglia.
Io amavo mia moglie, volevo crescere il nostro bambino insieme, invecchiare al suo fianco.
Skyler era un capriccio, qualcosa che potevo avere, ma di cui avrei potuto fare a meno.
Qualcosa che sapevo mi sarebbe piaciuto possedere, ma di cui probabilmente mi sarei stancato in fretta.
Me l'ero immaginata in molte posizioni, ma mai al mio fianco. Ed ero uno stronzo, ma ero sicuro che se avessi potuto avere una notte con lei e il resto della mia vita con Eleonore, non avrei più avuto nessun problema al mondo.
«Il punto è un altro, cazzo», borbottai sollevando una mano in direzione del barista che era già davanti alla spillatrice.
«Qual è il punto, Mason?»
«Che ho bisogno di sapere che succede».
«Hai bisogno di avere il controllo», mi corresse accettando il nuovo giro di birra. Scrollai le spalle. Per me era la stessa cosa. «Immagino che non le parlerai come fanno le persone adulte», proseguì prima di bagnarsi le labbra con la schiuma.
«Ci penserai tu», replicai prendendo la mira, «al brunch di domenica», aggiunsi prima di tirare e fare centro. Mi voltai giusto in tempo per vedergli alzare gli occhi al cielo. «Mi serve un parere obiettivo ed è chiaro che il mio non lo è».
«Il tuo è offuscato dalla voglia di scopare», mi prese in giro facendosi una grassa risata. «Okay, amico. Se è questo che vuoi. Sono qui per servirti, ma ricorda che l'hai voluto tu».

Capitolo 30
Mason

La domenica mattina andai a correre e poi in palestra.

Ero un fascio di nervi e avevo bisogno di sedare la parte impulsiva e irruenta di me che continuava a spettinare l'uomo pacato e riflessivo che volevo essere.

C'erano buone possibilità che la paranoia mi avesse giocato un brutto scherzo, mostrandomi variabili impossibili e situazioni in cui Eleonore non si sarebbe mai infilata. Era troppo responsabile e onesta per pugnalarmi alle spalle in quel modo, lo sapevo. Mi serviva solo una conferma.

Mi presi del tempo per rilassarmi e feci capolino in sala da pranzo solo quando sentii che Spencer era arrivato.

Quando la sua voce rimbombò nel corridoio, li raggiunsi e rimasi stupito di vedere che non era solo.

Accanto a lui c'era l'amica di Skyler, quella con più tatuaggi che ciglia. Aggrottai la fronte nella loro direzione e Spencer mi strizzò l'occhio distendendo le labbra.

«Amico mio», salutò abbracciandomi come se non mi vedesse da mesi. «Ricordi Tris?»

«C'è forse un modo per dimenticarla?», domandai sarcastico e lei scosse lentamente la testa con un sorriso ferino.

«Fai il bravo», mi richiamò all'ordine il mio amico passandomi i palmi aperti sul torace per lisciarmi la camicia. «Lei mi piace».

Stavo per dire qualcosa che avrebbe offeso entrambi quando una macchia nera alle sue spalle attirò il mio sguardo.

«Cristo, lui che ci fa qui?», borbottai a bassa voce.

Il sorriso di Spencer divenne inquietante. «Che domande fai? È il più uno della tua cognatina sexy».

Lo fulminai con un'occhiataccia prima di tornare a guardarli.

Skyler e David erano seduti sul mio divano e parlottavano tra loro di chissà cosa. Il viso di Skyler era rilassato, i suoi occhi brillavano come due fottuti diamanti e David le teneva un braccio attorno alle spalle mentre con l'altro gesticolava.

Serrai la mascella e, quando sollevarono lo sguardo verso di me smettendo di confabulare, li salutai con un cenno della testa immaginando di sbatterlo fuori a calci da casa mia.

Eleonore stava pagando l'uomo del catering davanti all'ascensore. Quando quest'ultimo sparì dietro le porte e lei si voltò, cercai di capire a che gioco stesse giocando, ma la sua espressione era neutra, non sembrava nascondere nessuna cattiva intenzione.

Mi salutò come sempre e mi sorrise con calore, invitando tutti a prendere posto.

La tavola era imbandita di ogni ben di Dio. C'erano waffles, pancakes, torte salate e dolci, yogurt e caffè, biscotti e succhi di frutta, c'erano bacon e uova strapazzate. Avremmo potuto ospitare l'intero edificio e sarebbe comunque avanzato qualcosa.

Spencer si sedette accanto a Eleonore come da programma e io mi sistemai a capo tavola, con Tris da un lato e mia moglie dall'altro. Skyler era di fronte a me, tra i suoi uomini preferiti. Ci scambiammo un'occhiata da sotto le ciglia prima di fingerci interessati alla conversazione ma, dopo appena un minuto, David iniziò a comportarsi da fidanzatino modello, riempiendole il piatto e versandole da bere, e quello da solo bastò a guastarmi definitivamente l'umore.

Evidentemente non mi ero sfiancato abbastanza in palestra perché avevo ancora voglia di ribaltare tutto e mettermi a urlare.

E il fatto che metà delle persone sedute al mio tavolo fosse la causa principale del mio nervosismo non poteva essere una coincidenza. Eleonore sapeva quanto mi irritasse quell'uomo.

Voleva forse vedermi perdere la testa?

Mi chiusi in me stesso per non darle questa soddisfazione.

Accontentarla in quel momento era l'ultima delle mie intenzioni.

Mangiai fissando un punto in mezzo al tavolo, tra lo sciroppo d'acero e il burro d'arachidi, limitandomi ad annuire quando venivo interpellato.

Avevo l'orecchio teso verso Spencer, che già dopo due forchettate aveva iniziato a torchiare Eleonore, e con la coda dell'occhio controllavo che il rockettaro da strapazzo tenesse le mani a posto.

«Ho dei problemi con l'avvocato dell'etichetta e ora mi tocca cercarne uno qui a New York, ma detesto andare alla cieca, conosci qualche studio legale serio a cui potrei affidarmi?», chiese Spencer a mia moglie masticando il bacon con nonchalance, ma i denti bianchi di Skyler continuavano a luccicare sullo sfondo, distraendomi.

Cosa le stava dicendo quell'idiota per farla ridacchiare di continuo?

«Ho un paio di contatti validi, dopo ricordami di girarteli».

Eleonore non palesò nessun disagio nel rispondergli, niente di evidente che potesse confermare le mie teorie.

Spencer sembrò soddisfatto della sua risposta, per lui non c'era nessun divorzio nell'aria, ma io con un cenno della testa lo invitai a proseguire.

Lanciò un paio di ami a cui Eleonore non abboccò e alla fine decise di tirare fuori l'artiglieria pesante.

«Io e Tris vorremmo andare in un locale di scambisti», affermò attirando l'attenzione di tutti, sgomenti.

A Tris andò un boccone di waffles di traverso e iniziò a tossire, diventando rossa come un peperone.

David le assestò una pacca sulla schiena con gli occhi spalancati e le mascelle di Skyler ed Eleonore sembravano sul punto di staccarsi e cadere sul tavolo.

Mi toccò mordermi la lingua per non scoppiare a ridere come un pazzo. Spencer era incapace di provare vergogna e si stava giocando ogni possibilità con Tris solo per aiutare me.

Ci scambiammo un'occhiata veloce e provai l'impulso di alzarmi e abbracciarlo.

Nel silenzio generale che calò sulla stanza, la sua voce tornò a rimbalzare sulle pareti portandosi dietro l'eco dell'imbarazzo che ne conseguiva.

«Chi è a favore dell'amore libero alzi la mano!», aggiunse con un sorriso a trentadue denti sollevando il braccio.

Altre due mani si levarono dietro la sua, il che rese tutto ancora più destabilizzante. Tris aveva ritrovato il suo colore e gli sorrideva complice mentre David la guardava accigliato, ma anche il suo braccio era sollevato.

Io, Skyler ed Eleonore eravamo gli unici con tutti i gomiti ancora appoggiati al tavolo.

Ed era ironico, a pensarci bene. Infatti Spencer rise di gusto.

«Non fate i bigotti!», ci punzecchiò mettendo un braccio attorno alle spalle di mia moglie. «Non siamo fatti per essere monogami. Lo dice la scienza!».

«Quelli su Pornhub non sono veri scienziati, lo sai, vero?», lo presi in giro cercando di non guardare se a Skyler la mia battuta avesse fatto ridere.

«Ho visto un documentario su Discovery Channel», replicò con la sua faccia da poker, tanto che non riuscii più a capire se parlasse sul serio o no. «Siamo l'unica specie animale che va contro la sua stessa natura…».

Mi sentii il suo sguardo addosso, caldo e appiccicoso come miele fuso, ma io spostai il mio su Eleonore che fissava un punto davanti a sé persa nei suoi pensieri.

«Ci hanno indotto a provare vergogna per i nostri impulsi, ma perché dovremmo averne?!».

Eleonore scosse la testa nascondendo un sorriso.

«Non sei d'accordo con me, *chérie*?».

Lei scrollò le spalle. «Stai confondendo il sesso con l'amore».

«Dici?».

Lei annuì.

«Il sesso è l'unione di due corpi e ci si può sentire attratti da molte persone nel corso della vita, ma l'amore è l'unione di due anime e non tutte le anime sono compatibili».

Nessuno sapeva dove guardare.

C'era un fuggi fuggi di sguardi mai visto prima.

«Ma converrai con me che il sesso è sempre bello, con o senza amore, mentre l'amore senza ses…».

«Spencer», tuonai, pulendomi la bocca con il tovagliolo.

Tirai indietro la sedia facendola stridere sul pavimento e mi alzai. «Puoi venire con me un secondo?».

Lo trascinai in camera da letto e sbattei la porta alle mie spalle.

«Che diavolo stai facendo?»

«Sto cercando di capire cosa nasconde tua moglie, non era questo il piano?», domandò a braccia aperte.

«Il piano non era spiattellare i cazzi nostri davanti a tutti!».

«Ma nessuno sa che sto parlando di voi due nello specifico».

«Skyler lo sa e probabilmente anche Tris». Altamente

probabile, considerando quanto fossero amiche. «E poi, cos'è 'sta storia dello scambismo?»

«Un modo come un altro per introdurre l'argomento», si difese con una smorfia. «Hai visto che non ha fatto una piega quando ho parlato dell'avvocato, no? Ho dovuto improvvisare!».

«Be', lascia perdere. Stai solo buttando benzina sul fuoco sbagliato».

Alzò le mani in segno di resa. «Come vuoi, amico, ma la puzza di bruciato non andrà via per magia».

«Apriremo le finestre», borbottai tornando verso la porta.

Capitolo 31
Skyler

Poteva esserci qualcosa di più imbarazzante di un brunch di coppia con Mason ed Eleonore?

Credevo di no, invece quando Spencer iniziò a tenere banco con le sue teorie sull'amore libero dovetti ricredermi.

Mi massaggiai le tempie appena il padrone di casa portò via il suo amico chiacchierone e provai a riprendere fiato nonostante mi fosse rimasto l'ultimo respiro incastrato nei polmoni.

Non ero in grado di affrontare nessuna conversazione con l'amore come tema principale se mia sorella e suo marito erano presenti. Mi metteva profondamente a disagio.

E non sembravo essere l'unica.

Eleonore si alzò con un sospiro e fece spazio sul tavolo.

Raccolse un paio di piatti vuoti assorta nei suoi pensieri e io d'istinto la imitai. Ci trovammo poco dopo una accanto all'altra a smistare l'immondizia dietro l'isola della cucina.

Il suo colorito non era dei più rosei e sembrava accaldata.

«Tutto okay?», domandai cauta.

«Non lo so», ammise aggrottando la fronte. «Sto cercando di dare un senso diverso alle parole di Spencer, ma è impossibile».

«Io non perderei tempo, metà delle cose che dice non ce l'hanno proprio, un senso».

«È quello che gli piace far credere, ma difficilmente parla a vanvera», buttò fuori l'aria dalla bocca insieme ai suoi timori. «Stava per dire che l'amore senza sesso non è bello o qualcosa del genere e Mason l'ha trascinato via come se stesse per vomitare sul tavolo. Direi che questo lascia poco spazio per i dubbi».

«Pensi davvero che stesse parlando di voi?», domandai sorpresa.

Non potevo dirle che anche io mi ero sentita presa in causa quando aveva affermato che la monogamia fosse contronatura, però non riuscivo a immaginarmelo Mason che parlava della sua vita privata in quei termini, neanche con il suo migliore amico.

Ma cosa ne sapevo io, alla fine?

Lo conoscevo a malapena. Avevo parlato più con Spencer nelle ultime settimane che con lui in otto mesi.

I protagonisti della nostra conversazione mormorata fecero il loro ritorno costringendoci ad abbandonare il discorso.

Mi dileguai appena Mason puntò nella nostra direzione, tornando a sedermi. David e Tris stavano chiacchierando e sperai che non fosse di me perché al mio arrivo anche loro smisero.

«Ho interrotto qualcosa?», chiesi osservando la fronte aggrottata di lui e lo sguardo affilato di lei.

«Niente di importante», sibilò lui, alzandosi come se la sedia scottasse. Osservai la sua schiena allontanarsi poi cercai lo sguardo di Tris, ma lei stava ancora fissando il nulla, chiaro segnale che non volesse parlarne.

Così, senza avere di meglio da fare, buttai un occhio in direzione della cucina. Sapevo che era meglio non farlo, che mi avrebbe solo fatto male, ma era più forte di me.

Se lui era nella stanza, calamitava sempre la mia attenzione.

E così lo vidi poggiare le labbra sulla fronte di mia sorella, stringerle la vita, respirare tra i suoi capelli.

Nella mia testa mi ripetevo sempre che era uno stronzo senza cuore, che non era capace di esternare i suoi sentimenti, che mi aveva lasciato impalata su quelle scale perché non sapeva gestire le emozioni, ma la verità era che lui sapeva amare benissimo.

Solo che non amava me.

«Un dollaro per i tuoi pensieri».

«Era un penny», mi trovai a rispondere con un sorriso malinconico sulle labbra. Spencer rigirò la sedia sedendosi al contrario e appoggiò le braccia sullo schienale.

«Ho solo un dollaro», dichiarò tirandolo fuori dalla tasca dei jeans per sbatterlo sul tavolo. «Spara, piccola».

«Non sto pensando a nulla che valga così tanto», mormorai distogliendo lo sguardo dal suo.

«Per la cronaca, non verrò mai in un locale di scambisti con te», sibilò Tris stringendo gli occhi.

Spencer le rivolse un sorriso smagliante. «Mai dire mai, zuccherino».

«Quindi quella di prima era solo una pagliacciata?», domandai perplessa.

«Gli stavo tenendo il gioco, anche se ancora non ho capito a che gioco stesse giocando».

«Nessun gioco», dichiarò lui con sufficienza, «mi stavo solo annoiando e mi sembrava un argomento interessante». Si voltò verso di me con una faccia da furbetto.

«Non è stato interessante scoprire che il tuo ragazzo vorrebbe un rapporto aperto?»

«Be', immagino che più aperto di così non potrebbe averlo visto che non stiamo insieme», affermai sollevando un sopracciglio.

Lui mi imitò. «Ah, no?»

«No», ribadii, incrociando le braccia sopra al pancione. «Siamo amici».

«Amici come me e Tris?», indagò strizzandomi l'occhio.

«No, non direi».

Tornai a guardare in cucina, ma non c'era più nessuno lì. David era in terrazza che fumava e gesticolava al telefono, ma mia sorella e Mason erano spariti.

«Interessante».

Incrociai lo sguardo di Spencer e ci vidi dentro così tanta malizia che sentii le guance andare a fuoco.

«Prendo qualcosa di fresco», dissi defilandomi con un sorriso di plastica.

Tris la trovò un'idea fantastica. «Vedi se c'è ancora quel succo al melograno!».

Raggiunsi il frigo e ci frugai dentro, trovando il succo per lei e un bricco di latte e cacao per me. Lo richiusi mentre Mason stava tornando dal corridoio, da solo.

«Tutto bene, amico?», gli domandò Spencer appena lo raggiunse. Lui gli assestò una pacca sulla spalla.

«Eleonore è andata a sdraiarsi, non si sente molto bene».

Mille campanelli d'allarme mi suonarono in testa ed ero già proiettata nella sua stanza, ma Tris mi ricordò del succo e così tornai da loro.

«Un modo come un altro per evitare di sparecchiare».

Mason gli rifilò uno scappellotto sulla nuca.

«La smetti di dire solo stronzate?»

«Vuoi sentire una cosa divertente?», replicò il suo amico con un tono provocatorio. «Il mio cantante di punta sarà il nuovo sex symbol sulla piazza, perché, senti, senti, è single!».

Io e Mason strabuzzammo gli occhi all'unisono, poi ci scambiammo un'occhiata.

Arrossii involontariamente e per tenermi occupata afferrai due piatti a caso dal tavolo, dando ufficialmente il via allo sparecchiamento. Tris venne in mio soccorso portando in cucina le caraffe. Ci lanciammo una serie di sguardi molto eloquenti in cui io le chiedevo di mettere a tacere quel cretino che si portava a letto e lei si scusava per la sua stupidità.

Ma Spencer non era stupido.

Sembrava sapere molto bene cosa dire, quando e a chi.

Appena ne ebbi l'occasione, cioè quando Mason ci diede la schiena, rifilai anche io uno scappellotto sulla testa del suo amico.

«Ahia!», si lamentò massaggiandosi la nuca, facendolo voltare.

Io ero in piedi alle sue spalle avvolta dall'imbarazzo e sul viso di Mason apparve una specie di ghigno che ricordava quasi un sorrisetto.

Ignorai la morsa allo stomaco che mi provocò e mi ricordai cosa volessi fare inizialmente. Andare da mia sorella.

Bussai piano alla porta della sua stanza ed entrai senza aspettare una risposta. Eleonore era rannicchiata sotto le coperte, gli occhi chiusi. Mi sedetti al suo fianco e le passai una mano sulla fronte. Era calda e umida.

«Hai misurato la febbre?», domandai dolcemente spostando le ciocche di capelli che le scivolavano sulla guancia.

«No, ma ce l'ho da giorni».

«Ed è normale?», chiesi con un filo di voce.

«Il dottore mi ha aumentato la dose dei farmaci, ma mi provocano molta sonnolenza e non volevo che Mason...».

Lo scoprisse. Glielo lessi in faccia.

Lui non ne sapeva ancora niente, maledizione, e lei sembrava stare molto peggio di quello che credevo.

«Eleonore!», la sgridai, agitandomi. Mi alzai dal letto e iniziai a frugare nel suo comodino. «Dove li hai nascosti?»

«Cassapanca», mormorò prima di chiudere gli occhi.

Tirai via i cuscini decorativi e aprii la cassapanca come se al suo interno ci fosse la cura a tutti i suoi mali.

Sotto a una pila di lenzuola e diari c'era una scatola piena di medicine.

La presi e tornai da lei, iniziando a frugarci dentro senza sapere cosa darle. «El, quali ti servono?»

Leggevo i nomi sulle confezioni senza avere la più pallida idea di cosa fossero e a che cosa servissero.

«El!», la richiamai, svegliandola. Sbatté le palpebre un paio di volte prima di stringersi lo stomaco come se le provocasse dolore. «Che c'è? Hai male?».

Un conato le risalì su per la gola e, con la paura che vomitasse tutto nella scatola, afferrai il vaso che teneva sul comodino e glielo misi sotto al naso. Delle gocce ci caddero sopra e solo in quel momento mi accorsi di stare piangendo.

Non sapevo che diavolo fare, lei non mi aveva dato istruzioni e io mi sentivo una stupida per non avergliele chieste prima.

«Ho mangiato troppo», disse stringendo i denti con forza, ma per la prima volta mi resi conto che mi stava mentendo.

Mangiava come un uccellino da settimane ed ero sicura che al brunch non aveva fatto eccezione.

«Non prendermi in giro», dissi mentre lei iniziava a vomitare, vanificando il mio tentativo di sgridarla. La tenni per la fronte e quel poco che aveva ingerito tornò su.

Quando smise, posai il vaso a terra senza guardarci dentro per evitare di rimettere a mia volta. Eleonore si pulì la bocca con il dorso della mano e io rimasi a fissarla svariati secondi prima di riuscire a parlare di nuovo.

«È… è sangue, quello?», domandai con la bocca riarsa indicando la macchia rossastra sulla sua pelle.

Eleonore non rispose neanche. Gettò un'occhiata nella scatola, tirò fuori due flaconcini e poi si riappoggiò al cuscino come se non avesse la forza di fare altro.

«El», farfugliai annegando nelle mie stesse lacrime, «non è un buon segno, dobbiamo chiamare un'ambulanza!».

«Non serve», sussurrò appena.

«Ma come non serve?», strillai in preda al panico.

«Starò meglio con le medicine», gracchiò tornando a rannicchiarsi su sé stessa come un gatto, ma sul suo viso erano ben chiari i segni della sofferenza.

Mi alzai e andai in camera mia a prendere dell'acqua per non farmi vedere in quello stato da nessuno.

Tornai con una delle mie bottigliette che tenevo sul comodino per non alzarmi di notte e le diedi le medicine che aveva scelto, poi mi sdraiai sull'altro lato del letto, quello di Mason.

C'era l'odore del suo dopobarba sul cuscino e detestai trovarlo confortante mentre abbracciavo mia sorella da dietro, con il cocomero in mezzo a noi. Lei trovò la forza di voltarsi verso di me e le sue mani si posarono proprio su di lui mentre una lacrima le scivolava sulla guancia.

La guardai scorrere e planare sul lenzuolo sapendo di non poterla fermare. Non c'era niente che potessi fare se non starle vicino. Lo scorrere inesorabile del tempo e della malattia che la stava consumando mi rendeva impotente e disarmata.

I suoi occhi si chiusero quando schiuse le labbra. Forse per non vedere le sue parole conficcarsi nel mio petto come tanti piccoli pugnali.

«Dovrai prenderti cura tu di loro, quando me ne sarò andata».

Uscii da quella stanza un'ora dopo, più piccola e pesante di quando c'ero entrata. Avevo ripulito la scena, nascosto le prove e osservato il suo corpo rilassarsi mentre il dolore svaniva dai suoi lineamenti.

Portai fuori con me una zavorra di preoccupazioni che mi pesavano sul cuore e sulla coscienza come macigni.

Non spettava a me informare Mason della sua condizione, ma allo stesso tempo ero convinta che tenerlo all'oscuro di tutto fosse la scelta peggiore che Eleonore potesse fare.

Ma era una sua scelta. Cosa potevo farci?

Non volevo mettermi in mezzo a una questione così delicata.

Mi ero già messa in mezzo abbastanza.

Raggiunsi l'open space sovraccarica di pensieri assordanti, per questo non mi accorsi subito che se n'erano andati via tutti.

Mason stava infilando i bicchieri in lavastoviglie e,

quando mi vide, mi rivolse uno sguardo cupo che mi fece pentire di non essere filata dritta in camera mia.

«Pensavo fossi andata a riposare anche tu».

Devi dirglielo! Ha il diritto di sapere!

«Ero con Eleonore», ammisi distogliendo lo sguardo.

«Come sta?», domandò asciugandosi le mani.

Sta morendo.

«Un po' meglio». Quella bugia mi graffiò la gola come se fosse cosparsa di spine.

Lui annuì, ma era chiaramente pensieroso.

Abbandonò quello che stava facendo e mi raggiunse nella penombra, dove mi ero fossilizzata. Scrutò il mio viso come se dovesse memorizzarne ogni dettaglio e il cuore perse un paio di battiti.

«Hai pianto», constatò immergendosi nei miei occhi arrossati. «Perché?».

Sentii le lacrime risalire in superficie e scossi la testa nel vano tentativo di fermarle.

«Sono gli ormoni», replicai, cercando di superarlo.

La sua mano si chiuse piano sul mio polso, le nostre spalle si sfiorarono e sentii la pelle formicolare.

«Piangi per David?», domandò guardandomi di sbieco da sotto le ciglia.

Scossi la testa, annegando nelle sue iridi blu, che divennero immense mentre spalancava gli occhi. La prossima domanda gli bruciava sulla lingua ma non riusciva a pronunciarla.

Decisi di risparmiare a entrambi altro imbarazzo.

«Non piango neanche per te, tranquillo», sibilai cercando di liberarmi dal suo tocco.

Mi dimenai inutilmente, lui mi rigirò tra le sue braccia.

«Sarebbero davvero sprecate se fossero per me».

«Concordo».

«Si tratta di Eleonore, allora», decise assottigliando lo sguardo.

Sussultai e lui la prese come una risposta affermativa.

«Sono solo gli ormoni!», ripetei sotto pressione.

Non sarei stata in grado di reggere ancora per molto senza cedere e spiattellargli tutto, perciò lo strattonai e mi liberai della sua stretta.

«Te l'ha detto, vero?», continuò, mandandomi in confusione.

Allora lo sapeva?

«Non so di cosa stai parlando».

Mason raddrizzò la schiena, sovrastandomi con la sua altezza e con un ghigno inquietante.

«Lo sai benissimo. Te lo leggo in faccia. Sei un maledetto libro aperto».

«Ah, davvero?», replicai con una smorfia.

«Davvero», confermò chinandosi per soffiarmi in bocca il suo respiro. «Schiudi le labbra quando sei eccitata, te le mordi quando sei nervosa e distogli lo sguardo quando stai mentendo», disse mentre fissavo il suo orecchio.

Riportai i miei occhi nei suoi per dimostrargli che si stava sbagliando, ma non ero psicologicamente pronta a quella vicinanza. Sentii un tuffo al cuore e mi sfuggì un gemito.

Le sue pupille inghiottirono tutto il blu.

«Perché sei tornata?», ringhiò.

«Per mia sorella».

«Non era per lei che te ne eri andata?»

«Sai perché l'avevo fatto».

«E cosa è cambiato?».

Niente. «Tutto».

«Bugiarda».

«Ah già, sono un libro aperto».

«Lo sei».

«E allora perché continui a riempirmi di domande stupide?!».

«Perché voglio sentirtelo dire».

«Cosa?», domandai esasperata.

«Che vuole lasciarmi!».

Sbattei le palpebre senza riuscire a metterlo a fuoco.

«Lo dici come se avesse un'alternativa», mormorai con la fronte aggrottata.

«C'è sempre un'alternativa, cazzo!».

«Lo credi davvero?», chiesi sentendo la speranza accendersi nel petto. Magari aveva trovato un luminare in grado di fermare la malattia.

«Certo. C'è la terapia di coppia, ad esempio».

«La ter...».

«È stato solo un bacio, in fondo. E avevo delle attenuanti».

Oh, Gesù!

«Mason», provai a fermarlo, ma era partito per la tangente.

«Sono fatto di carne e ossa anche io, sbaglio anche io! Non dico che sia una giustificazione, forse mi sarei sentito attratto da te anche se avessi avuto una vita sessuale appagante, ma di sicuro sarebbe stato più facile rimanerle fedele. Fingere di avermi perdonato solo per presentarmi le carte del divorzio a sorpresa senza neanche provare a sistemare le cose mi sembra molto peggio di un bacio! Cosa sta aspettando? Che nasca il bambino per poterlo usare come merce di scambio? Pensa davvero che mi farò spolpare come un pollo?».

La mia espressione doveva mostrare tutto il mio raccapriccio perché dopo quell'uscita infelice lui smise di parlare.

«Mason, Eleonore non vuole chiedere il divorzio», esalai respirando a stento. «Lei...».

«Lei?», mi spronò incapace di attendere oltre. «Lei? Cristo, Skyler! Parla!».

Non so se fu colpa della pressione che mi stava mettendo, se fossi stravolta dalla giornata e dalle emozioni che l'avevano riempita, o se fossi semplicemente incinta e il mio corpo reagiva in modo diverso, ma la stanza mi girò tutta attorno prima di diventare buia e silenziosa.

Capitolo 32
Mason

L'ambulanza arrivò pochi minuti dopo e il trambusto svegliò Eleonore, che raggiunse la cucina barcollando.

«Che succede?», chiese prima di vedere sua sorella sollevata da terra dai paramedici e adagiata sulla barella.

«Oddio, Sky! Cos'è successo?», domandò quando le sbarrai la strada.

«Ha perso i sensi, credo».

Ero riuscito ad afferrarla al volo prima che toccasse terra, ma comunque mi sentivo una merda per averla fatta agitare in quel modo. C'erano buone probabilità che si fosse sentita male per colpa mia e la paura ebbe il sopravvento sulla rabbia.

L'espressione allarmata e il pallore sul viso di mia moglie misero tutto in secondo piano.

«Sta bene», provai a tranquillizzarla, sperando che fosse vero, prima di stringerla tra le braccia, «ho chiamato i soccorsi solo per assicurarmene».

Skyler aveva già ripreso conoscenza e le stavano controllando la reattività delle pupille. Noi rimanemmo in disparte mentre le facevano delle domande di routine e le misuravano i parametri.

«Potrebbe essere stato solo un calo di zuccheri, ma visto la sua condizione la portiamo in ospedale per dei controlli».

«Certo», acconsentii con un cenno della testa, «vi seguo con la macchina».

«Vengo anche io», affermò Eleonore quando iniziarono a spingere Skyler verso l'ascensore.

«Non serve. Stai male, torna a letto».

«Metto le scarpe», affermò affrettandosi verso la camera. Seguimmo l'ambulanza fino al Presbyterian in un religioso silenzio. Eleonore con lo sguardo fisso fuori dal finestrino, io con in testa la conversazione avvenuta poco prima con sua sorella.

Ero arrivato a un passo dalla verità ed ero ormai certo che ce ne fosse una di cui ero stato tenuto all'oscuro.

Dovevo solo trovare il coraggio di chiederlo alla diretta interessata.

«Mi stai lasciando?», borbottai con la voce roca.

Eleonore era sovrappensiero e si riscosse per chiedermi di ripetere. Presi un respiro profondo, mi schiarii la gola e l'accontentai.

«Mi stai lasciando?».

Lei strabuzzò gli occhi, sorpresa.

«Lasciando?», ripeté stranita.

«So che sei in contatto con uno studio legale».

Inarcò un sopracciglio. «E come lo sai?»

«Quel giorno nella cabina armadio. Ho richiamato dal tuo telefono».

«E cosa ti hanno detto?»

«Niente! Ho riattaccato subito».

«Quindi solo perché hai saputo che avevo chiamato uno studio legale hai dedotto che volessi lasciarti?!»

«Be', sei anche piuttosto strana e sfuggente, ultimamente».

«Sono solo stanca, Mason. E quella era una chiamata di lavoro».

«Quindi non vuoi il divorzio?», domandai stupito.

Lei si strofinò il volto. «No, ma…».

«Ma non mi hai perdonato per aver baciato tua sorella», la interruppi svoltando nel parcheggio dell'ospedale.

«Certo che l'ho fatto!», esclamò mentre spegnevo la macchina. Un sospiro le sfuggì dalle labbra. «Senti, ci sono sicuramente delle cose di cui dobbiamo parlare, ma io non sono arrabbiata con te, per nessuna ragione, okay? Anzi, in realtà stavo preparando una sorpresa per il nostro anniversario», rivelò con un sorriso dolce.

«Ma è tra tre mesi», le ricordai perplesso.

«Ci sarà il bambino e non avremmo il tempo di godercelo. Ti dispiace se lo anticipiamo?»

«No, certo che no», risposi ricambiando il sorriso.

«Bene. Ora però andiamo da Sky».

E così facemmo, anche se ci volle quasi mezz'ora prima di trovarla. Le avevano fatto un'ecografia, un tracciato per assicurarsi che il bambino stesse bene e un prelievo di sangue. Quando la raggiungemmo le stavano infilando una flebo nel braccio.

«Che ti hanno detto?», domandò subito Eleonore precipitandosi al suo fianco. Io rimasi ai piedi del letto.

«Sembra tutto a posto. Il bambino è okay».

«Come ti senti?»

«Stanca», rivelò sollevando per un attimo lo sguardo su di me prima di riportarlo su sua sorella.

«Riposa, allora. Noi aspettiamo fuori».

«Non serve. Andate a casa, prenderò un taxi quando mi dimetteranno».

«Non esiste», replicammo all'unisono. Eleonore si voltò e mi regalò un sorriso complice.

«Devi riposare anche tu», le ricordò Skyler.

«Sto bene. Ci vediamo più tardi».

Eleonore si diresse verso la porta e io la imitai.

«Vuoi del caffè?», domandai sentendone un dannato bisogno.

«No, ti aspetto qui».

«Eleonore!», ci interruppe un uomo alle mie spalle.

La vidi impallidire e poi abbassare le palpebre.

Mi voltai mentre l'uomo in questione si avvicinava nel suo bel camice bianco.

«Dottor Brenson», lo salutò lei cordiale.

«Come andiamo? Non ti ho più sentita, aspettavo aggiornamenti».

«Aggiornamenti?», ripetei con la fronte aggrottata.
«Sulla gravidanza», spiegò lei.
Il dottore sbatté le palpebre. Sembrava interdetto.
«La gravidanza. Sì».
«Va tutto bene, manca poco ormai. Che maleducata!», si rese conto sbattendo il palmo sulla fronte. «Lui è mio marito, Mason Lowell. Tesoro, ti presento il dottor Brenson».
Ci stringemmo la mano senza aggiungere altro.
«Be', allora...».
«Mi farò sentire quando nascerà il bambino», tagliò corto Eleonore prendendomi sotto braccio, «non si preoccupi».
Mi lasciai trascinare dalla parte opposta osservando la tensione irrigidire i suoi lineamenti.
L'ipotesi che potesse esserci del tenero tra loro non mi attraversò la mente nemmeno per un secondo, ma era chiaro che lei si sentisse a disagio.
«Sei stata scortese», le feci notare.
«Lo so», sospirò, «ma è uno di quelli che quando attacca a parlare non la smette più».
«Era uno dei tuoi medici? Non me lo ricordo».
Lei annuì. «È lo psicologo del reparto oncologico. Per questo sa della gravidanza, ogni tanto lo aggiorno».
Il che voleva dire che era ancora una sua paziente.
Non me la presi perché me l'aveva tenuto nascosto.
Eleonore era una donna fiera e sapevo quanto le pesasse ammettere di aver bisogno di aiuto. Un supporto psicologico dopo tutto quello che aveva dovuto affrontare era sacrosanto.
Mi chiesi se le avesse parlato anche di me e sua sorella, se l'avesse aiutata ad affrontare così serenamente la faccenda.
Forse avrei dovuto cercare anche io qualcuno che mi aiutasse ad affrontarla.

Qualche giorno dopo trovai un bigliettino attaccato al frigo.

"Non prendere impegni stasera. Buon anniversario, El."

Ne rimasi stupito perché non si era ancora ripresa dal brunch durante il quale a quanto pareva aveva mangiato qualcosa che le aveva fatto male.

La sera prima aveva vomitato la cena e poi non si era più alzata dal letto, ma dedussi che avesse riposato abbastanza e stesse meglio, quindi staccai il bigliettino con un sorriso e me lo infilai in tasca prima di uscire.

In ufficio, tra una cosa e l'altra, ordinai un mazzo di rose rosse che feci recapitare alla sua scrivania per farle sapere che avrei aspettato con impazienza la sera, ma a metà mattinata il fioraio mi chiamò per informarmi che la consegna non era andata a buon fine.

«La signora Wilson non c'è e mi hanno consigliato di rimandare indietro il mazzo. Cosa vuole che faccia?»

«Lo mandi qui», borbottai prima di dargli l'indirizzo del mio ufficio e staccare per chiamare mia moglie.

Mi rispose dopo tre tentativi e mi disse che si era presa un giorno di ferie per organizzare la nostra serata.

«Addirittura», civettai dondolando sulla poltrona, «questo vuol dire che dovrò farmi bello per l'occasione?»

«Ho già pensato a tutto io. Devi solo tornare per le sei».

«Considerami già lì».

Fui puntuale e alle sei in punto varcai l'ingresso carico di aspettative. Tutte le preoccupazioni che mi assillavano da settimane si erano dissolte lasciandomi con la convinzione che anticipare l'anniversario fosse solo una scusa per voltare pagina e iniziare un nuovo capitolo in cui noi due ci ritrovavamo più forti e uniti che mai.

Mi infilai sotto la doccia prima di entrare in un completo fresco di tintoria come il bigliettino che Eleonore mi aveva lasciato sul ripiano della cucina mi invitava a fare e poi aspettai pazientemente il suo arrivo.

Quando le porte dell'ascensore si spalancarono, mi alzai dal divano e mi abbottonai la giacca e lei apparve come un miraggio in un vestito luccicante.
Era bella, nonostante le guance scavate.
Era bella, anche se era dimagrita tantissimo e le ossa sporgevano sotto pelle.
Era tragicamente bella, con gli occhi che scintillavano nei miei.
Mi avvicinai e sollevai lo scialle che teneva ancorato ai gomiti per coprirle le spalle.
«Sei stupenda, ma non vorrei che ti prendessi un altro malanno», sussurrai prima di baciarle le labbra rosse.
«Sei pronto?», domandò con un sorriso.
«Sono nato pronto», affermai reindirizzandola in ascensore, poi mi ricordai di aver dimenticato qualcosa e la feci tornare indietro, afferrando il mazzo di fiori.
«Oh, Mason. Sono magnifici».
«Come te».
Trovammo un vaso e lo riempimmo d'acqua, poi uscimmo mano nella mano.
«L'autista!», affermai sorpreso davanti al palazzo, «Hai pensato proprio a tutto, eh?!».
«Sono una perfezionista, lo sai».
Durante il viaggio non parlammo molto, ci limitammo a guardarci come due ragazzini al primo appuntamento.
C'era una sorta di imbarazzo che aleggiava tra noi, ma non era fastidioso.
Era come se ci stessimo per riscoprire dopo tutti quegli anni, soprattutto considerando quanto fossimo cambiati nell'ultimo periodo, dalla malattia alla gravidanza, senza avere il tempo di abituarci ai nuovi noi.
Arrivati a destinazione, tirai fuori il gentiluomo che c'era in me. Scesi per primo e le porsi la mano per accompagnarla fuori, davanti all'insegna del ristorante che aveva scelto e che mi aveva fatto spuntare un sorriso esagerato.
«Mio Dio!», esclamai osservando il vecchio diner in cui

ci eravamo dati il nostro primo vero appuntamento al college.

A quei tempi eravamo due studenti squattrinati e non potevamo permetterci di meglio.

«È ancora aperto, incredibile, vero?»

«La cosa incredibile è che tu mi abbia fatto vestire così per un hamburger», ridacchiai mentre mi prendeva sotto braccio.

«Ti vesti sempre così», mi fece notare scuotendo la testa.

«Sì, ma non mangio più nelle bettole».

«Non è una bettola!», protestò dandomi un buffetto.

Ma lo era, cazzo!

Lo era la prima volta che ci eravamo andati e non era cambiato di una virgola. Stessi divanetti in pelle rossa e stesso menù scadente mai aggiornato, ma capivo che non erano quelle le motivazioni che l'avevano spinta a portarci lì.

Voleva rivivere il nostro primo appuntamento e io l'avrei accontentata.

Ci sedemmo allo stesso tavolo accanto alla vetrata che dava sulla strada e ordinammo due cheeseburger con patatine e due milk shake al cioccolato, proprio come allora.

Eleonore brillava come un diamante in mezzo al fango e rideva spensierata a tutte le battutine stupide che rispolverai per rendere l'esperienza più realistica che mai.

Sentii la tensione degli ultimi tempi scivolarmi dalle spalle, lasciando spazio a una complicità che era sempre stata nostra.

Dopo la pessima cena finimmo a Coney Island, sulla ruota panoramica, per l'esattezza.

Dove le avevo detto che l'amavo per la prima volta. Dove avevo capito che era lei, quella che volevo al mio fianco.

New York brillò sullo sfondo per tutto il giro mentre noi ce ne stavamo abbracciati a goderci il panorama, ma quando fu ora di scendere, Eleonore mi chiese di fare un altro giro e a quel punto si sedette di fronte a me.

«Sei l'amore della mia vita, Mason Lowell», affermò con gli occhi lucidi.

«E tu della mia», replicai stringendo le sue dita nelle mie.

Scosse la testa e un velo di tristezza si depositò sui suoi lineamenti.

«No, io non lo sono. Avrei tanto voluto esserlo, ma non lo sono».

L'aria nella cabina divenne di colpo pesante.

Mi accigliai. «Che stai dicendo, Eleonore?»

«Sto dicendo che sono stata il tuo primo amore, ma che non posso essere l'ultimo». Un sospiro pesante accompagnò il resto della sua frase. «Il cancro è tornato, Mason. Io...non vincerò questa volta».

Mi sentii precipitare, scaraventarmi al suolo e spiaccicarmi sul cemento. L'aria rimase incastrata nei polmoni e il cuore si fermò sulle sue parole, prima di cominciare a battere all'impazzata seguendo il ritmo frenetico dei miei pensieri.

Aprii la bocca per dire qualcosa, ma non ne uscì alcun suono.

Non era possibile. Il cancro non poteva essere tornato.

Lei non era malata, aveva solo mangiato qualcosa che non le aveva fatto bene.

«Mi spiace, so che avrei dovuto dirtelo prima, ma non ho trovato il coraggio di farlo. Con tutta la storia del bambino non volevo che...», continuò a parlare, a mettere insieme parole che per me non avevano senso mentre cercavo di assimilare le prime. Il cancro era tornato. Mesi prima.

Non aveva fatto la chemio, me ne sarei accorto, cazzo.

Non me l'aveva detto, si era tenuta per sé un segreto del genere mentre io pensavo che andasse tutto bene.

Mentre io pensavo a sua sorella, la malattia aveva voluto la rivincita e lei si era trovata disarmata.

La giostra si fermò e io scesi al volo senza aspettarla.

Sentii la sua voce che gridava il mio nome alle mie spalle, ma non riuscii a fermarmi finché non trovai un muro.

Ci appoggiai i palmi sopra, sentendo l'intonaco sgretolarsi sotto le unghie. Gli ultimi mesi mi passarono davanti come un film in bianco e nero senza sonoro.

La sua gioia che si trasformava sempre in commozione, la sua indifferenza verso il mio interesse crescente per Skyler. Anche un cieco si sarebbe accorto che ero diventato geloso di lei, che non sopportavo che stesse con David, che la volevo… e il bacio. Il bacio era la conferma che non sapevo resistere a quell'impulso e lei non aveva fatto altro che accettare che fosse così perché tanto non sarebbe stata a lungo nei paraggi.

Mia moglie stava morendo e io non me ne ero neanche accorto, troppo impegnato a nascondere quello che stava nascendo tra me e sua sorella.

Eleonore stava morendo e una parte di me si sentì quasi autorizzata a pensare di nuovo a Skyler.

Un conato mi strizzò lo stomaco e tutto il suo contenuto mi risalì su per la gola e precipitò a terra.

Le sue braccia mi cinsero la vita.

«Mi dispiace, mi dispiace, mi dispiace», sussurrò con la fronte appoggiata alla mia schiena.

Mi pulii la bocca con la manica della giacca disgustato da me stesso e mi raddrizzai, obbligandola a fare un passo indietro.

Quando mi voltai, provai così tanta tenerezza per quella ragazzina dolce di cui mi ero innamorato, per la donna che avevo avuto accanto per anni e che non sarebbe mai invecchiata, che non riuscii neanche a rinfacciarle di avermi tenuto all'oscuro di tutto, privandomi della possibilità di starle vicino come meritava, di supportarla e dare la giusta importanza al tempo che ci rimaneva.

Spalancai le braccia e lei si adagiò sul mio petto con la leggerezza di una piuma. Strinsi il suo corpo esile con la paura che si sgretolasse tra le mie mani, piangendo come un bambino tra i suoi capelli che profumavano sempre di buono.

Che sapevano sempre di casa.

Lei era la mia casa, la parte buona di me, la mia migliore amica, la mia metà. Presto sarei stato defraudato e non sapevo pensare a una vita senza Eleonore.

Non volevo farlo.

Ma il dolore che provai in quel momento fu straziante e insopportabile, come se mi stessero già portando via tutto.

Come se l'avessi già persa.

Capitolo 33
Skyler

A volte le cose cambiano senza che tu te ne renda conto, come i boccioli sugli alberi che diventano fiori nell'indifferenza dei passanti mentre le giornate si allungano su prati di un verde brillante. Altre volte, invece, fanno rumore quando cambiano, si scompongono, si disintegrano e dalle loro ceneri nasce qualcosa di diverso, che è il derivato della serie di eventi che hanno portato a quel cambiamento repentino.

Come Mason.

Mi resi conto che qualcosa in lui era cambiato il giorno in cui fece irruzione nella mia stanza come un ciclone.

La porta sbatté sul muro e io sussultai per lo spavento, saltando in piedi come un soldato pronto a combattere.

Solo che quella non era la mia guerra.

«Tu lo sapevi, vero?», chiese con gli occhi infiammati di rabbia e dolore.

Non dovetti chiedergli di cosa stesse parlando.

Eleonore alla fine gliel'aveva detto. Era lampante.

Abbassai lo sguardo, incapace di mentirgli ancora.

Mason bruciò la distanza che ci separava incombendo su di me come un grattacielo instabile. Era stato colpito alle fondamenta e stava per crollare, ma io non potevo sorreggerlo, anche io stavo soffrendo per il destino infausto che spettava a mia sorella. Non avevo la forza di sostenere neanche me stessa.

«Lo sapevi, cazzo, e non mi hai detto niente», sibilò soffiandomi il suo fiato caldo in faccia. Sapeva di alcol.

Lanciai un'occhiata all'orologio, non era neanche mezzogiorno.

«Non spettava a me dirtelo», mormorai senza sapere quanto e cosa Eleonore gli avesse detto. Tenni per me quella promessa rubata in un momento di disperazione, accettando le mie colpe per non averlo coinvolto quando avrei dovuto.

«Mi avete preso in giro per tutto il tempo», farfugliò accecato dalle emozioni che gli affollavano la testa, «mi avete anche messo in testa cose che non esistono?».

Mi accigliai. «Di cosa stai parlando?»

«Di noi», borbottò con la fronte aggrottata.

«Non c'è nessun noi», gli ricordai assottigliando lo sguardo mentre nello stomaco mi si rimescolavano i succhi gastrici.

Non poteva fare così. Non poteva ubriacarsi e venire ad accampare teorie cospiratorie quando bruciavo ogni volta che il suo sguardo si posava sul mio.

«Hai capito di cosa parlo», ribatté fissandomi le labbra.

La pelle si increspò al ricordo di quello che avevo provato quando i nostri mondi erano entrati in collisione per un momento. Scintille, fuoco. Poi devastazione.

«Eravate d'accordo?», aggiunse, scavandomi un buco nel petto.

«Ti sei bevuto il cervello, per caso?», sbottai spingendolo via. Era troppo vicino, mi stava rubando tutto l'ossigeno e la lucidità. «Secondo te, Eleonore aveva pianificato di morire e lasciarti me come eredità?»

«Ci ha spinti uno tra le braccia dell'altra, Skyler».

Sì, lo pensava. Ed era una follia.

«Stai cercando una scusa per giustificare il fatto che ti senti attratto da me?! Perché di sicuro ne puoi trovare una migliore».

«Io non sono attratto da te», ringhiò con un tono basso e minaccioso.

«Allora tanto meglio!», gracchiai combattendo contro l'impulso di mettermi a piangere. Non gliel'avrei data quella soddisfazione. Non se la meritava.

Un macigno mi ostruì la gola. *Dio, che stronzo che era*!

«Non hai capito un cazzo», si lamentò, ma ne avevo abbastanza delle sue parole, della sua voce roca e della sua presenza.

«Voglio solo che tu te ne vada», replicai con un filo di voce.

Sollevai lo sguardo e trovai il suo, che lasciava trapelare il tumulto di emozioni che gli si agitavano dentro.

Non era più imperscrutabile né imperturbabile.

Vedevo lo smarrimento nei suoi occhi, vedevo la paura e la sofferenza.

L'uomo che non si lasciava scalfire da niente e nessuno si stava sgretolando pezzo dopo pezzo e stava cercando qualcuno a cui dare la colpa, perché non poteva prendersela con Eleonore, né con sé stesso. Rimanevo io, quindi.

Il problema era che stavo vivendo le stesse cose e non ero disposta a fargli da punching ball.

Allungò una mano verso di me. «Sky...».

«Vattene, cazzo!», strillai sentendo le lacrime bagnarmi le guance.

E alla fine se ne andò, giusto un attimo prima che crollassi a mia volta.

Passò una settimana, prima che Eleonore peggiorasse.

La settimana in cui mi tenni in disparte, per dare loro la possibilità di stare insieme senza avermi tra i piedi.

La settimana in cui entrai nell'ottavo mese, in cui preparai la valigia per l'ospedale, in cui tra un corso preparto e una crisi isterica mi resi conto che ci sarebbero state poche possibilità che Eleonore vedesse suo figlio nascere.

Quel pensiero mi tormentava giorno e notte, al punto che mi presentai dal dottore senza appuntamento, solo per chiedergli se si potesse fare qualcosa al riguardo.

Fare un cesareo prima del tempo voleva dire mettere a rischio il bambino, ma ero disposta a tutto per regalarle quello che cercava disperatamente da anni: stringere tra le braccia suo figlio, anche se sarebbe stato solo per poco.

Così insistetti finché il dottore non predispose il parto con due settimane di anticipo rispetto alla scadenza, sperando di darle qualche chance in più.

Non vedevo l'ora di dirglielo.

Forse sarebbe stata meglio, magari avrebbe resistito più a lungo se avesse potuto stare insieme al suo bambino.

C'era chi credeva nei miracoli.

Io non ero una di loro, ma dopo aver saputo della sua condizione, pregai fino all'ultimo di essere contraddetta.

Tornai a casa su di giri, eccitata di darle quella bella notizia, ma il silenzio immobile che mi accolse mi mise i brividi.

Aveva lasciato il lavoro da quando aveva messo Mason al corrente del suo stato e lui dallo stesso giorno era rimasto a casa con lei.

Bussai alla porta della loro camera, ma nessuno mi rispose.

Aprii per scrupolo e trovai il letto sfatto, le lenzuola bianche macchiate di sangue e mi gelai sul posto.

No, no, no!

Tirai fuori il cellulare dalla borsa e ad aspettarmi c'erano diverse chiamate perse. Tutte di Mason.

Alla fine mi aveva lasciato un messaggio, dicendomi che erano in ospedale.

«Cazzo!», dissi nel panico correndo verso l'ascensore.

Arrivai al Presbyterian trafelata.

Ero terrorizzata e piangevo come una fontana.

A un certo punto avvisai Tris ma lei mi comunicò di essere già lì. Mason aveva provato a vedere se eravamo insieme e lei e Spencer si erano precipitati in ospedale.

Li trovai ad aspettarmi davanti all'ingresso del pronto soccorso.

«Dov'è?», chiesi tenendomi la pancia per non sballottare troppo il bambino mentre mi affrettavo a entrare.

«Vieni». Spencer mi scortò fino alla porta che a loro non era concesso sorpassare. «Mason è dentro».

Lo trovai a consumare le suole in corridoio, con le mani tra i capelli e gli occhi rossi di pianto.

Avevo il terrore di chiedergli dove fosse mia sorella.

Quando mi vide si fermò e mi guardò.

Sentii il pavimento cedere sotto ai piedi.

«Ti chiamo da ore», fu il suo saluto.

«Avevo il silenzioso», fu la mia giustificazione, «El?»

«Ha un'emorragia interna. I suoi organi stanno cedendo uno per uno». Scosse la testa disprezzando le sue stesse parole.

«Non c'è niente che possono fare?»

«Quello che potevano l'hanno già fatto. Eleonore ha firmato un DNR».

«Che significa?», chiesi cadendo dalle nuvole.

«Un ordine di non rianimare. Vuol dire che quando i polmoni cederanno non potranno intubarla, che quando il suo cuore si fermerà non potranno rianimarla».

Mi portai le mani alla bocca per trattenere un singhiozzo.

«Era questo che faceva con il suo avvocato...», borbottò stropicciandosi la faccia, «organizzava la sua morte, cazzo».

Ero troppo sconvolta per capire fino in fondo le sue parole.

«Posso vederla?».

Mason annuì e mi scortò da lei. «L'hanno sedata».

Ci sedemmo ai lati del suo letto, uno per parte, e restammo in silenzio per un po' a contemplare i suoi lineamenti rilassati.

Il suo colorito era giallognolo e Mason mi spiegò che era l'ittero. Il fegato era stato compromesso.

Le presi la mano inerme e la strinsi tra le mie, portandomela alle labbra. Era fredda e immobile.

Non sembrava già più lì.
«Sono stata dal dottore», mormorai sperando che in qualche modo riuscisse a sentirmi, «faranno nascere il bambino prima, così potrai vederlo. Quindi devi resistere, El».
Sentii lo sguardo di Mason perforarmi la fronte ma non ebbi il coraggio di voltarmi nella sua direzione.
Avevo il terrore di scoprire cosa ci fosse in fondo alle sue iridi.

Mason

Avevo voglia di urlare e allo stesso tempo di rannicchiarmi in un angolo e stringermi le ginocchia contro il petto.

Eleonore mi stava scivolando via come sabbia tra le dita e non avevo modo di fermarla, di tenerla con me.

E quando Skyler mi ricordò che presto sarebbe arrivato il bambino mi sentii soffocare.

Mi alzai di scatto e uscii da quella stanza come se stesse andando a fuoco.

Percorsi a grandi passi il corridoio ignorando Spencer che mi chiamava e afferrai il primo maniglione antipanico che portava fuori da quell'incubo in cerca di ossigeno.

I polmoni non facevano in tempo a riempirsi che mi si accartocciavano nel petto.

Io non lo volevo quel bambino.

Non l'avevo mai voluto.

Eleonore lo desiderava con tutta sé stessa.

Io volevo solo che fosse felice.

Invece stava morendo.

Cazzo!

«Respira, amico. Piano. Ora butta fuori».

La mano calda e rassicurante di Spencer si appoggiò alla mia schiena. «Piano, respira. Dentro, fuori».

Quando mi calmai, mi attirò verso di sé in un abbraccio che non credevo di volere ma di cui avevo un dannato bisogno.

«Sta morendo, Spencer. Sta morendo, cazzo!».

«Lo so, amico. Mi dispiace tanto».

«Non ce la posso fare», ammisi aggrappato alla sua giacca come un ragazzino. «Fa troppo male».

«Ci sono io con te. Lo supereremo insieme».

Tre giorni dopo Eleonore morì.

E una parte di me la seguì.

Capitolo 34
Skyler

Ci eravamo accampati nella sua stanza.

Io dormivo sulla poltrona reclinabile, Mason sulla sedia appoggiato al letto.

Uscivamo a turno per mangiare, a stento andavamo fino a casa per farci una doccia. Non volevamo rischiare di non essere lì quando sarebbe successo.

E quando successe, eravamo entrambi al suo fianco, a stringerle la mano e a piangere mentre il suo cuore si fermava.

Fu terribile, vedere il suo corpo rilassarsi mentre la vita l'abbandonava.

Lei forse neanche se ne accorse, non si era praticamente mai svegliata in quei giorni. Era sotto morfina, attaccata a delle flebo che la tenevano idratata. La notte prima di morire si era svegliata per qualche minuto, tossendo e chiedendo dell'acqua.

Mason le dormiva accanto, tenendole una mano.

Mi ero alzata dalla poltrona e avevo provato a farla bere dalla mia bottiglia.

Si era bagnata le labbra secche e aveva mandato giù mezzo sorso a fatica.

Poi aveva abbassato lo sguardo e con il pollice aveva accarezzato il dorso della sua mano.

«Il dottor Philips mi farà partorire tra dodici giorni», le avevo detto con un filo di voce, spostandole una ciocca di capelli dal viso.

«È troppo presto», aveva gracchiato riappoggiando la testa sul cuscino.

«Voglio che tu ci sia», avevo ammesso, «devi conoscere tuo figlio».

Lei aveva scosso la testa mentre le palpebre si abbassavano.

«Non farlo», mi aveva pregato prima di perdere conoscenza.

Ma non avevo avuto la forza di disdire l'appuntamento. Non subito. Nutrivo ancora qualche speranza, volevo esaudire il suo desiderio più grande, ma sedici ore dopo Eleonore se ne era andata per sempre, lasciandoci con un vuoto incolmabile.

Avevo chiamato il dottore tra le lacrime e gli avevo detto che il cesareo non serviva più, perché i miracoli non esistevano.

Mason rimase accanto al suo corpo esanime per ore, Tris mi portò via a un certo punto perché non mi reggevo più in piedi.

Mi accompagnò a casa, mi aiutò a lavarmi, mi preparò due sandwich e mi mise a letto. Ero stravolta, ma ogni volta che chiudevo gli occhi lei era lì, a sorridermi, a dirmi cose che avevo aspettato di sentire per una vita intera e che non avrei più udito.

Mi addormentai piangendo e mi svegliai di soprassalto, in preda a una fitta allucinante. Sentii l'addome contrarsi, la pancia divenne pesante e dura come un masso.

Mi tirai su a fatica e un'altra fitta mi colpì la schiena, strizzandomi i reni e qualsiasi altra cosa ci fosse vicino.

«Merda!», imprecai e Tris si sollevò di scatto facendomi prendere uno spavento.

«Che succede?», domandò ancora mezza addormentata.

«Sto male! Che ci fai qui?»

«Non volevo lasciarti da sola e menomale che non l'ho fatto», affermò osservando la mia faccia accartocciarsi in una smorfia di dolore. «Dove ti fa male?»

«Ovunque dalla vita in giù».

«Cazzo, sarà il bambino?»

«Non può essere, è troppo presto. Forse devo solo andare in bagno».

Tris mi aiutò a sollevarmi e io per ricambiare feci pipì sui suoi piedi.

«Oddio, scusa. Non ho sentito lo stimolo», dissi mentre entrambe guardavamo il laghetto che si stava formando a terra.

«Mi sa che non è colpa tua... ti si sono rotte le acque».

Ora, al corso preparto ci avevano avvisato di quell'eventualità, ma io avevo sempre pensato che al mio fianco ci sarebbe stata Eleonore, che lei avrebbe preso in mano la situazione e si sarebbe occupata di noi. Invece lei non c'era. Al suo posto c'era Tris, che non sapeva badare neanche a sé stessa. Andai in iperventilazione di riflesso.

«Ma è troppo presto!», esclamai agitata. «Non può nascere adesso».

«Eh, mi sa che nessuno ha pensato di avvisarlo, perché Mr. Google dice che se le acque si rompono partorirai a breve».

Lo schermo luminoso del suo cellulare rese inquietanti i suoi lineamenti.

Un'altra fitta mi fece piegare su me stessa e tirò fuori lo scaricatore di porto che c'era in me.

«Fa un male del cazzo!».

«Andiamo in ospedale», decise simulando le mie espressioni. Non capivo se fosse schifata al pensiero che un essere umano stesse cercando di uscire fuori dalla mia vagina oppure se stesse soffrendo anche lei per solidarietà. Non che mi cambiasse molto a quel punto.

Il dolore mi ottenebrò la mente fino a farmi delirare. Avevo appena cambiato idea, io non volevo fare uscire proprio niente da lì sotto. Tris aprì il mio armadio, afferrò il primo vestito sotto tiro e un paio di mutande pulite, ignorandomi completamente.

Mi vestii con il suo aiuto e le indicai la valigia dove avevo messo tutto l'occorrente per l'ospedale appena qualche giorno prima.
Aggrappata a lei arrivai fino al piano terra, poi fino alla macchina.
Il viaggio fu un incubo. A ogni buca della strada mi si induriva la pancia e il dolore continuava ad aumentare fino a diventare intollerabile.
«Io te l'avevo detto che era un'idea di merda», disse Tris tamburellando nervosa le dita sul volante e insultando tutti gli automobilisti che si trovava davanti.
In quel momento e in quelli che seguirono, pensai che avesse proprio ragione. Era stata un'idea di merda, dall'inizio alla fine. Non avrei mai dovuto neanche farli entrare in casa mia quel giorno e continuare a vivere senza drammi. Invece no!
Avevo riammesso mia sorella nella mia vita, mi ero affezionata a lei, avevo deciso di mettere al mondo il suo bambino solo per perderla neanche un anno dopo e ritrovarmi a spingere per fare uscire un figlio che nemmeno volevo in un'utilitaria sgangherata.
«Chiudi quelle gambe, tesoro. Non lo voglio il tuo sangue sui tappetini!».
Per fortuna, arrivammo in ospedale prima che accadesse davvero. Tris violò almeno una decina di norme stradali, fermando poi la macchina davanti all'ingresso del pronto soccorso. Andò a cercare aiuto e tornò con un'infermiera e una sedia rotelle.
Le ore successive le passai fissando le luci sul soffitto e chiamando a rapporto tutti i santi di cui ero a conoscenza.
Fu lungo e doloroso, soprattutto quando Tris mi stritolava la mano orripilata. C'era lei accanto a me.
Lei e non Eleonore.
Lei e non Mason.
«Lo hai avvisato?», chiesi tra una spinta e l'altra, grondando sudore e lacrime.

«Sì, Sky. Sta arrivando, tranquilla. Pensa a spingere».

E io spingevo, ma Mason non arrivava.

Alle sei di mattina diedi alla luce una splendida bambina, che fu messa subito in incubatrice perché i suoi piccoli polmoni non si erano ancora del tutto formati.

Riuscii a tenerla in braccio per un attimo, prima che la portassero via. Era talmente piccola e sembrava così fragile che avevo il terrore di farle male. Eleonore avrebbe pianto per la gioia e non l'avrebbe lasciata sola neanche un istante.

Mason invece non si prese nemmeno la briga di presentarsi.

Né quel giorno né quelli successivi.

Tris mi disse che era impegnato con i preparativi per il funerale, che aveva un sacco di cose burocratiche da sistemare, ma stava mentendo per non farmi soffrire.

La verità era che Mason aveva perso l'unica persona di cui gli importava e di noi non sapeva proprio che farsene.

Eravamo sole.

Io e la bambina non mia a cui non avevo neanche saputo dare un nome.

Capitolo 35
Mason

Eleonore aveva già pensato a tutto.

Si era scelta la bara, il vestito, i fiori, perfino la musica d'accompagnamento che avrebbe suonato mentre veniva interrata.

"Sono una perfezionista, lo sai!" affermò nella mia mente mentre quelli dell'impresa funebre la portavano via.

Rimasi per ore seduto in quella stanza vuota a fissare il muro senza sapere cosa fare. Dovevo chiamare tutti, avvisarli dell'accaduto, ma non avevo voglia di parlare con nessuno.

Potevo tornare a casa, farmi una doccia, mangiare qualcosa di decente e riposare perché ero stanco morto, ma il pensiero di rientrare e non trovarla ad aspettarmi mi uccideva.

Così rimasi lì un altro po'. Spencer andava e veniva, a volte con un caffè, altre con del cibo. Più spesso si sedeva un po' accanto a me e restavamo in silenzio.

A un certo punto ci cacciarono. La stanza serviva e noi non avevamo più nessuno su cui vegliare.

Fuori era umido, aveva piovuto ed era quasi mattina.

Seguii il mio amico senza protestare.

Finimmo in un bar per sgualdrine e spacciatori. Una bettola nascosta tra i fumi che risalivano dai tombini e i bidoni dell'immondizia. Non m'importava.

Non m'importava più di niente, ormai.

Tranne che forse…

«Sky?», domandai mentre Spencer mi metteva in mano un bicchiere di scotch.

«È a casa, con Tris».

Annuii, fissando il liquido ambrato ondeggiare nella mia mano.

«A Eleonore», brindò sollevando il bicchiere verso l'alto.

«A Eleonore», ripetei apatico, prima di svuotare il mio.

Mi sentivo strano, intorpidito, come anestetizzato.

Me ne andavo in giro con un buco nel petto, parlavo e mi muovevo senza provare nulla.

Eleonore si era portata via tutto il buono che c'era in me.

Le prime luci del mattino provarono a raggiungerci attraverso i vetri sporchi del pub e il mio telefono iniziò a suonare nella tasca della giacca. Immaginai fosse gente che in qualche modo avesse ricevuto la notizia. Non ero pronto alle condoglianze, alle frasi fatte e alle domande stupide.

Ordinai un altro scotch.

Anche il telefono di Spencer si mise a suonare. Lui rispose. Era Tris. A Skyler si erano rotte le acque. Erano in ospedale.

Il bambino stava nascendo.

Svuotai il bicchiere e feci un cenno al barista.

Che ironia del cazzo che aveva il destino.

«Mason, hai capito cosa ti ho detto?».

Certo che l'avevo capito, non ero mica sordo.

Il bambino stava nascendo… e quindi?

Sarei dovuto tornare in quell'ospedale ad aspettare che venisse al mondo proprio il giorno dopo aver tenuto la mano di sua madre mentre moriva? Non ce la potevo fare.

Non potevo stringere la mano di Skyler mentre soffriva o prendere in braccio mio figlio sapendo di non riuscire a provare nient'altro che rabbia.

Perché non era così che doveva andare a finire, maledizione.

«Ti porto a casa», suggerì Spencer, «ti fai una bella doccia, qualche ora di sonno e poi andiamo da loro».

Non ebbi la forza di ribellarmi e lasciai che mi infilasse in un taxi e mi riportasse a casa. Ma lo sapevo che era una pessima idea e appena misi piede in casa mi sentii lacerare dall'interno.

Nell'aria c'era ancora il suo profumo, in giro la sua roba.

Ogni piccola cosa in quella casa sapeva di lei.

Mi paralizzai a due passi dall'ascensore quando la sua risata riecheggiò spettrale tra i miei pensieri mentre il silenzio che avvolgeva quelle quattro mura mi stritolava.

Non ero pronto a quel silenzio. A quel vuoto.

Spencer mi diede una pacca sulla spalla.

«Puoi stare da me per un po'», propose quasi riuscisse a leggermi nel pensiero.

Annuii, grato di averlo accanto in quel momento.

Mi accompagnò in camera e mi aiutò a infilare in un borsone un paio di cambi. Io mi incantavo spesso, come una macchina in tilt, fissando la foto del nostro matrimonio, il libro sul suo comodino o la parte del letto che non avrebbe più riempito con la sua presenza.

«Andiamo». Spencer mi guidò con pazienza fuori di casa e poi di nuovo in auto. Arrivammo da lui e io praticamente persi i sensi sul suo divano senza neanche togliermi le scarpe.

Mi svegliai che fuori era di nuovo buio, con un mal di testa allucinante e la bocca impastata. Riuscii a farmi la doccia e a infilarmi qualcosa di pulito dopo che lui mi rimproverò di puzzare.

«È una bambina», mi comunicò porgendomi una tazza fumante di caffè. «L'hanno messa in incubatrice perché i polmoni non sono ancora del tutto formati, ma Skyler se l'è cavata alla grande, lei...».

«Spencer, non lo voglio sapere», lo fermai con la fronte aggrottata.

«Come non lo vuoi sapere? È di tua figlia che sto parlando e della donna che l'ha messa al mondo!».

«Lo so, ma non era così che doveva andare!», sbottai stringendo la tazza fino a farmi sbiancare le nocche. «Era Eleonore a volere un figlio, non io».

«Pensi che Skyler voglia un figlio? Non è nemmeno suo!».

A questo non avevo proprio pensato.

Se io non la voglio e lei non la vuole, che fine farà la bambina?

«Quindi? Cosa vuoi fare? Eh?», m'incalzò.

«Non lo so, okay?! Non ho avuto molto tempo per pensarci, sai, ero accanto a mia moglie morente!».

«Be', ti conviene pensarci e in fretta, perché ormai quella bambina c'è e non te ne puoi sbarazzare».

«Dammi tregua, cazzo!», sbottai allontanandomi.

Presi la giacca ignorando le sue proteste e uscii di casa come se avessi il diavolo alle calcagna.

Stavo scappando, in effetti. Anche se il diavolo in quel momento ero proprio io. Ne ero consapevole.

La verità era che la maggior parte del coraggio che avevo avuto nell'affrontare la vita me l'aveva sempre infusa Eleonore.

Lei mi spronava a buttarmi nelle cose, mi sfidava a dare il massimo, a essere la versione migliore di me stesso.

Eleonore mi credeva invincibile e io per magia lo diventavo.

Ma senza di lei… chi ero?

Un codardo, ecco chi.

Vagai senza meta per un po', finché non mi ritrovai davanti all'ingresso dell'ospedale senza neanche sapere come ci ero arrivato. Entrai e chiesi di Skyler, ma era tardi e non mi fecero entrare. In compenso, però, mi fecero accedere alla terapia intensiva neonatale.

Indossai il necessario e un'infermiera mi accompagnò davanti a una scatola di vetro con dei buchi laterali. Dentro, adagiata su un materassino bianco, c'era lei. Dei tubicini l'aiutavano a respirare ed era talmente piccola da non sembrare neanche vera.

Mi si bagnarono gli occhi e poi le guance, ma non saprei dire cosa provassi in quel momento. Tante cose, tutte insieme, che generarono in me una disperazione ancora più opprimente.

L'infermiera mi mise una mano sulla schiena.

«Non si preoccupi, la sua bambina è una piccola guerriera».

Ma non era quello a spaventarmi.

Avevo paura delle aspettative, delle responsabilità e dell'onere di essere un genitore. Avevo paura di deluderla, di non essere all'altezza, di non essere capace. Avevo paura di ferirla, proprio come avevo ferito Eleonore e Skyler.

Avevo paura di prenderla in braccio e provare qualcosa di diverso dal dolore, mancando di rispetto a sua madre.

Avevo paura di guardare Skyler negli occhi e sentirmi un po' meno perso, mancando di rispetto a mia moglie.

E rispettarla era l'unica cosa che potevo ancora fare.

Così me ne andai, senza voltarmi indietro, e pensai a Eleonore.

Mi premurai che al funerale ogni cosa filasse liscia, che alla veglia tutti la ricordassero per la donna speciale che era stata.

Rimasi stoicamente sobrio e lucido e lasciai che il dolore mi corrodesse l'anima lentamente come acido. Poi, quando tutto finì, quando fui libero di crollare, crollai.

Capitolo 36
Skyler

Mi dimisero dopo neanche una settimana.

Hope invece, rimase in ospedale.

Era così che avevo scelto di chiamarla, alla fine.

Hope. Perché Eleonore non l'aveva mai persa, la speranza.

Aveva lottato contro la malattia e aveva dovuto rinunciare alla possibilità di portare in grembo un figlio per continuare a vivere. E anche se non l'aveva mai potuta vedere, alla fine era riuscita nel suo intento. La sua bambina era nata, piccola ma forte come lei e presto avrebbe potuto lasciare l'incubatrice.

E un po' di speranza avrebbe fatto comodo anche a me, dopotutto, visto che avevo deciso di prendermi cura di lei.

Non che avessi molte alternative. Suo padre era sparito dalla circolazione e darla in adozione era fuori questione. Rimanevo solo io e anche se ero terrorizzata e completamente incapace di badare a un altro essere umano, non l'avrei abbandonata.

Il giorno in cui fui dimessa, Tris e Spencer vennero a prendermi e mi portarono a casa di Eleonore.

La mia roba era tutta lì e anche quella di Hope, quindi nonostante non avessi nessuna voglia di vedere Mason, non avevo altra scelta. In macchina mi preparai psicologicamente ad affrontarlo, avevo intenzione di farlo sentire una merda per non essersi neanche preoccupato un istante di noi, ma quando uscimmo dall'ascensore e mi guardai attorno, mi resi conto che lui non c'era.

«Sta da me», mi rivelò Spencer mentre mi guardavo attorno smarrita. «E sta da schifo, se può consolarti».
Non mi consolava affatto.
«Ma ha detto che questa casa è tua».
«Cosa?!», domandai stridula.
«Si trova meglio in quella che hai arredato tu», borbottò contrariata la mia amica azionando la lavastoviglie.
Spencer alzò gli occhi al cielo. «Troverà un posto dove stare appena riuscirà a rimanere sobrio per più di due ore».
«È messo così male?», domandai abbandonando la postura da arrabbiata.
Meritava di soffrire? Sì.
Mi faceva piacere saperlo in quello stato? Neanche un po'.
«Gli piace autocompatirsi».
Tris invece non lo poteva più vedere da quando non le aveva risposto al telefono quella notte.
«Vuole toccare il fondo e io glielo sto lasciando fare, ma stai tranquilla. Appena sarà pronto lo aiuterò a rimettersi in sesto».
Poiché tra i due senza dubbio era sempre stato Mason quello più equilibrato, la cosa non mi rendeva esattamente tranquilla.
Mi accorsi di essermi messa a fissare un punto in lontananza perdendomi nei miei pensieri quando Tris agitò una mano davanti alla mia faccia.
«Ci sei? Hai sentito cosa ti ho detto?»
«No, scusa. Che hai detto?»
«Che David tornerà a giorni».
David, certo. Era in California per girare il videoclip del suo primo singolo. Mi aveva chiamato appena aveva saputo di Eleonore, poi della bambina. Aveva fatto un salto al funerale e in ospedale per ripartire la sera stessa.
Era un buon amico. Premuroso e protettivo.

Era di lui che mi sarei dovuta innamorare, dannazione! Di certo si sarebbe preso le sue responsabilità e non mi avrebbe lasciata da sola.

«Ci sono un paio di cose che devo dirti prima di andare via», disse Spencer zittendo i miei pensieri.

Mi voltai nella sua direzione, tutta orecchie.

«La casa è davvero tua, Mason ha detto che ti farà recapitare il passaggio di proprietà da firmare in questi giorni. Puoi farci quello che vuoi, tenerla, venderla, riarredarla… Decidi tu. Ha anche assunto una nuova domestica che arriverà oggi. È una specie di tata tuttofare, ti aiuterà con la bambina e con tutto il resto e sarà a tua disposizione ventiquattro ore su ventiquattro».

«Wow. È così che crede di fare il padre? O pensa di ripulirsi la coscienza?».

«È il suo modo di contribuire, Sky. Al momento ti assicuro che non può fare di più».

Feci schioccare la lingua sul palato mentre una valanga di improperi mi affollavano la mente. Ero pronta a sciorinarli tutti a Spencer, in modo che forse potessero giungere fino al diretto interessato, ma lui non aveva finito.

«Ha anche chiamato l'avvocato di Eleonore. Per il testamento».

«Il testamento?», ripetei sorpresa.

«Già, ma Mason non vuole andare e senza di lui temo che non si possa aprire. Dovete esserci entrambi, se ho capito bene».

«Ma come non vuole andarci? Ci sono le sue ultime volontà e non vuole conoscerle?»

«Al momento sta cercando semplicemente di sopravvivere. Gli serve del tempo. Deve elaborare, accettare, perdonare Eleonore per averlo abbandonato e soprattutto perdonare sé stesso…».

«È ridicolo! Come se Eleonore avesse avuto scelta! E poi perdonare sé stesso per cosa?»

«Per averla tradita con te», disse senza pensarci un secondo, lasciandomi a corto di fiato.

«Ah».

«L'accettazione è un processo complicato, ma ci arriverà», concluse, ignorando di avermi appena stesa con un metaforico gancio destro.

La voglia di nascondermi in un angolo e piangere mi spinse lontano da loro.

«Faccio una doccia che tra un po' devo tornare da Hope. Voi fate quello che volete», dissi scappando in bagno.

Chiusi la porta e mi ci appoggiai contro posando una mano sul petto. Sentivo il cuore stretto in una morsa mentre le parole di Spencer mi risuonavano in testa come un doloroso promemoria.

Per Mason ero stata solo un errore.

In fondo l'avevo sempre saputo, ma sentirlo dire ad alta voce da un'altra persona lo rendeva così reale e triste.

Mi spogliai e mi infilai sotto il getto d'acqua calda, lasciando che si mescolasse alle mie lacrime.

Anche io stavo soffrendo per Eleonore.

Anche io tenevo a lei, anche io l'avevo persa.

Ma non usavo il dolore come scusa per venire meno ai miei doveri. Facevo quello che dovevo fare, anche se non era facile, anche se non era mai stato nei miei piani.

C'era stata una piccola e ingenua parte di me che aveva immaginato che ci saremmo sostenuti a vicenda in quel momento difficile, che entrambi avremmo dato il massimo per Hope, perché non si meritava niente di meno del cento per cento del nostro impegno.

Mason invece mi aveva regalato la sua casa, solo perché non sopportava i ricordi che conteneva.

E aveva pagato qualcuno per prendere il suo posto, solo per risparmiarsi altri sensi di colpa e rotture di palle.

Credevo di essermi sbagliata sul suo conto.

Credevo di aver intravisto qualcosa di buono sotto gli strati di tessuto di alta sartoria e arroganza con cui aveva l'abitudine di andare in giro, ma avevo preso un abbaglio.

Mason era proprio lo stronzo egoista che sembrava.

E ora che Eleonore non c'era più, non faceva neanche più lo sforzo di nasconderlo.

Capitolo 37
Skyler

Con Tris organizzai una piccola veglia in onore di Eleonore visto che non avevo potuto partecipare al funerale.

C'eravamo io, lei, Camilla, Spencer, David e mia madre, che da quando aveva saputo cosa era successo si era presentata a casa mia e mi aveva confortata.

Era dispiaciuta per Eleonore, nonostante non l'avesse mai accettata, ma più di tutto era preoccupata per me e la bambina.

Non l'avrei mai ammesso ad alta voce, ma averla vicino mi fu di grande aiuto.

La tomba era sobria ed elegante, proprio come lei.

La foto scelta la ritraeva sorridente e radiosa come non l'avevo mai vista. Spencer mi disse che risaliva a prima della malattia. A prima dell'isterectomia e della fecondazione surrogata. Quindi, a prima di me.

Era triste ricordarsi quanti anni avevamo passato a vivere come due estranee, ma allo stesso tempo mi consolava sapere che c'erano stati dei periodi in cui era stata così felice e spensierata.

C'erano ancora tutti i fiori della sepoltura, un tripudio di rose bianche in vasi di vetro e biglietti di condoglianze, ma stavano appassendo e presto non ci sarebbero stati più. Posai il mio mazzo di calle bianche insieme agli altri e le promisi che la prossima volta le avrei portato delle piante.

Le promisi anche che avrei fatto del mio meglio con Hope e mi sembrò che il sorriso sulla sua foto si allargasse un po' di più.

Era sciocco, ma era così che volevo immaginarla.
Felice e fiera di me.
Finalmente libera dal dolore e in pace.

Hope fu dimessa il giorno in cui sarebbe dovuta nascere.
Era cresciuta e stava bene, ma era comunque uno scricciolo e io avevo sempre il terrore di farle male.
Durante la sua permanenza in ospedale avevo firmato il passaggio di proprietà e la casa era diventata mia a tutti gli effetti. Insieme all'impresa con cui collaboravo divisi la mia stanza/sala biliardo di Mason in due camere, una per la tata/domestica di origini tedesche con cui facevo fatica a stabilire un legame e l'altra per gli ospiti che non avrei mai avuto perché Hope occupava dalle venti alle ventidue ore delle mie giornate.
Presi possesso della camera padronale, infilando la roba di Mason negli scatoloni che ammassai all'ingresso, assicurandomi che gli arrivasse tutta irrimediabilmente stropicciata.
Le cose di Eleonore invece rimasero al loro posto.
Mi sembrava irrispettoso nei suoi confronti e poi avevo spazio a sufficienza. Ogni tanto prendevo uno dei suoi foulard e me lo giravo attorno al collo così che il suo profumo potesse avvolgermi in un abbraccio nostalgico.
A differenza di Mason, io trovavo confortante l'alone della sua presenza, i ricordi che quella casa custodiva erano anche gli unici che avevo con mia sorella e stare tra le sue cose, muovermi dove si era mossa sempre anche lei me la faceva sentire ancora vicina.
Ghertrude, la tata, che io e Tris chiamavamo amichevolmente Geralt di Rivia perché avevano lo stesso portamento e atteggiamento gioviale, si rivelò una manna dal cielo.
Anche se incuteva un certo timore era davvero brava a

gestire Hope e quando non lo faceva si occupava della casa come un soldato.

Io ero un disastro e tra poppate continue e sonno arretrato svenivo ogni volta che me la toglieva dalle braccia, ma quando riaprivo gli occhi la casa brillava e profumava di biscotti appena sfornati.

Era talmente brava che nel giro di un paio di settimane tornai ad assomigliare a un essere umano. Capelli puliti, occhiaie dimezzate e abbastanza energie per rimettermi a lavorare.

Camilla mi aiutò a comprare un altro appartamento a pochi isolati dal palazzo in cui vivevo. Era stata una vera e propria occasione e quando mi presentai in cantiere con il mio marsupio rosa confetto rimasi impressionata dal potenziale che aveva quel posto. Soffitti alti, spazi aperti, rivestimenti di pregio risalenti alla costruzione ancora in buono stato.

Organizzai il lavoro degli operai, gli impianti erano da rifare, ma chiesi di recuperare tutto quello che era in buono stato.

Avevo dei progetti fantastici e passai i giorni successivi a lavorarci su, con Hope attaccata al mio seno e Geralt che mi girava intorno in attesa che finisse.

Eravamo una bella squadra, dopotutto.

Poi c'era anche Tris, che si sentiva la zia della piccola e la ricopriva di regali, nonostante non avesse il coraggio di prenderla in braccio.

«È ancora troppo piccola», mi diceva quando provavo a dargliela, «magari la prossima settimana».

Spencer invece era portatissimo ed era così preso bene che si era comprato un marsupio tutto suo, nero, su cui aveva fatto stampare la scritta: "*ho uno zio troppo figo*" inventandosi scuse assurde per portarsela in giro.

Persino David rivelò un istinto paterno inaspettato.

In pratica chiunque la vedesse si innamorava irrimediabilmente di lei... tranne suo padre.

Mi faceva imbestialire che mentre lei veniva amata da persone con cui non aveva neanche un legame di sangue, a Mason non fregasse proprio un cazzo.

E non si decideva ad andare dall'avvocato, che continuava a lasciare messaggi in segreteria in cui ci invitava a prendere un appuntamento per aprire quel benedetto testamento.

Era così egoista da non voler nemmeno conoscere le ultime volontà di sua moglie. Sempre più spesso mi veniva l'impulso di andare da lui per scuoterlo dal suo torpore, o ancora meglio prenderlo a schiaffi, ma anche io avevo un lato codardo e affrontarlo rientrava nelle cose che non trovavo il coraggio di fare.

Vedere il riflesso del suo dolore o della sua indifferenza nei nostri confronti mi avrebbe spezzato il cuore.

Però trovai la forza di richiamare l'avvocato e presi un appuntamento con lui quando mi disse che potevo andare anche senza Mason.

Lo studio legale si trovava a pochi isolati dall'ufficio in cui lavorava Eleonore. Passai davanti all'ingresso e mi sembrò di vederla uscire dalle porte scorrevoli con uno dei suoi tailleur beige, pronta a venire a pranzo con me.

Distolsi lo sguardo mandando giù il groppo che mi si era formato in gola e tirai dritto fino all'indirizzo in cui ero attesa.

L'avvocato mi accolse con una stretta di mano e uno sguardo solenne.

«Mi dispiace molto per la sua perdita, signorina Wilson. Sua sorella e io ci conoscevamo da anni e so che splendida persona era».

«La ringrazio», replicai a disagio. Non avevo mai sentito parlare di lui e non sapevo se porgergli a mia volta le condoglianze visto che sembrava altrettanto toccato dalla sua dipartita, ma alla fine non aggiunsi altro e mi sedetti quando mi invitò a farlo.

«Loro sono i miei due associati che hanno testimoniato alla redazione del testamento», disse indicandomi i due uomini seduti attorno al tavolo che mi fecero un cenno del capo. «E sono qui presenti per il medesimo motivo».

«Visto che il signor Lowell non c'è, le leggerò solo la parte che la riguarda», attese un mio assenso e poi si schiarì la voce, iniziando a leggere.

Io, Eleonore Marie Wilson, nel pieno possesso delle mie facoltà mentali dispongo le mie volontà attraverso questo testamento.

Predispongo che la patria potestà e la tutela del bambino, che mia sorella Skyler Rebecka Wilson ha acconsentito di dare alla luce come madre surrogata al posto mio, le sia legalmente riconosciuta, se anche lei sarà d'accordo, dal momento che il mio stato di salute non mi garantisce di potermene occupare.

Mi scaldò il cuore sapere che era quello il suo volere e che avevo fatto la scelta giusta. L'avvocato continuò a parlare, elencando tutto quello che Eleonore mi aveva lasciato, praticamente tutti i suoi averi.

Vestiti, borse, gioielli e una cassetta di sicurezza dove conservava le cose di maggior valore.

Quando terminò la lettura, l'avvocato mi chiese di firmare il documento.

«C'è anche questa», rivelò allungandomi una busta sigillata.

Il mio nome era scritto con cura sul retro. Era una lettera. Una lettera di Eleonore.

«Se vede il signor Lowell, gli dica che ce n'è una anche per lui, magari lo invoglierà a presentarsi».

Mi congedò con una stretta di mano, assicurandomi che si sarebbe occupato lui di tutte le faccende burocratiche legate alla successione e mi augurò buona fortuna.

Lasciai l'edificio rigirandomi la lettera tra le mani.

Volevo aspettare di essere a casa per leggerla, ma allo stesso tempo mi sentivo impaziente.

Ero da poco salita sulla metro, quando l'aprii.

Mia cara sorella,

È strano scriverti sapendo che quando leggerai queste mie parole, io non ci sarò più. È strano e triste, perché nel mio cuore speravo di avere abbastanza tempo per farmi conoscere, per farmi volere bene.

Sappi che io te ne voglio, tantissimo, e ti sarò per sempre grata di avere accettato di portare il mio bambino nel tuo grembo, di vomitare in continuazione e ingrassare al posto mio.

Non sai quanto ho desiderato poter fare tutte queste cose, sentire una vita crescere dentro di me... ma viverle in questo modo insieme si sta rivelando l'esperienza migliore della mia vita.

Tu sei un piccolo vulcano, la tua energia e il tuo sarcasmo rendono le mie giornate più limpide e i pesi sulla mia coscienza più leggeri.

Però adesso che tutto sta per finire, devi sapere la verità. Tutta.

Devi sapere che mi sono accorta che tra te e Mason c'era qualcosa prima ancora che ve ne accorgeste voi. Quando siamo andati via da casa tua la prima volta, lui era furioso per come mi avevi rifiutato... non l'avevo mai visto così, sai?

Il Mason che conoscevo io era sempre stato equilibrato. Lui non perdeva mai il controllo delle sue emozioni, gli uomini tutto d'un pezzo non lo fanno.

Ha inveito contro di te per giorni, non riusciva a smettere di pensarci e quando hai accettato e sei venuta a stare da noi, ho notato il modo sprezzante che avevate di comunicare e di guardarvi... eravate come due pietre focaie che scontrandosi non potevano fare altro che scintille.

Potevo fare la matta e cercare di dividervi, oppure fingermi stupida e lasciare che le cose facessero il loro corso.

Quando scopri che il tuo tempo sta per scadere, ti rendi conto quanto poco importante sia quello che sei sempre stata se poi non lasci qualcosa di buono dietro di te...

E io sono stata sua moglie, la sua compagna, la spalla su cui si è sempre appoggiato, ma non sono mai stata in grado di generare in lui un tale impeto... non sono mai stata la sua pietra focaia, Sky.

La passione non ha mai fatto parte del nostro rapporto, non

in questo modo… e quando ho compreso che non avrei potuto spegnere l'incendio che stavate appiccando, ho iniziato ad alimentarlo.

Una delle mie più grandi paure era di lasciarlo solo all'improvviso con un figlio che aveva deciso di avere per farmi felice.

Sapere che non lo sarebbe stato mi consolava più di quanto il mio orgoglio potesse accettare… così l'ho messo da parte, perché alla fine non mi avrebbe fatto sentire meglio, mentre sapervi vicini quando non ci sarei più stata, sì.

Mason non saprebbe come crescere un figlio da solo e se lo conosco un po' come credo, all'inizio sarà riluttante e potrebbe anche cercare di scaricare questa responsabilità a qualcun altro per crogiolarsi nel dolore e nel senso di colpa.

Non glielo permettere, Sky.

E soprattutto, non lasciare che la mia morte spenga quel fuoco.

Io me ne sto andando con un peso in meno sulla coscienza, sapendo di aver fatto il possibile per non lasciarmi dietro una scia di solitudine. Non rovinate tutto il mio lavoro.

Vi amo con tutto il mio cuore e voglio sapervi felici.

E amo il bambino che sta crescendo dentro di te così tanto che il pensiero che possa passare la sua vita a chiedersi chi ero, a sentire la mancanza di una persona che non c'è più mi distrugge… per cui, ti chiedo un ultimo, grande favore…

Non dirglielo. Non dirgli di me, di noi, di come è venuto al mondo. Da figlia che ha perso sua madre troppo presto, ti dico che non servirebbe a niente saperlo, se non ad alimentare un senso di vuoto che non potrà mai colmare.

Una madre ce l'avrà… e sono sicura che gli basterà.

Vorrei dirti che mi dispiace, di averti messo in questo casino e di averti lasciata da sola a gestire una famiglia che non hai chiesto, ma voglio credere che le cose accadano per un motivo, e che le nostre vite abbiano preso queste pieghe inaspettate perché era così che doveva andare.

L'unico mio rimpianto rimane quello di non aver mai abbracciato la mia sorellina anche quando sentivo di volerlo fare… di aver lasciato che la mancanza di qualcuno mi impedisse di affezionarmi a qualcun altro…

Non fare il mio stesso errore, ti prego.

La vita può essere più breve di quello che immaginate, non sprecate un solo istante.

Ci rivedremo, un giorno… chissà.

Ti voglio bene, Skyler

Per sempre

Eleonore

Capitolo 38
Mason

Mi svegliai di soprassalto dentro la vasca in cui ricordavo di essermi addormentato, con l'acqua gelida che mi piombava addosso inzuppandomi i vestiti e la faccia.

Sopra di me, con un ghigno piuttosto compiaciuto, c'era l'amichetta speciale di Spencer, Patrisha.

Tutti la chiamavano Tris perché detestava il suo nome e ovviamente da quando l'avevo saputo avevo preso a pronunciarlo di continuo.

«Vai a farti fottere, Patrisha», biascicai cercando di ripararmi inutilmente dal getto con le braccia.

«Datti una ripulita, testa di cazzo. Abbiamo visite».

Si alzò dal bordo della vasca e lasciò il bagno ancheggiando.

Io trovai il miscelatore imprecando e lo portai a una temperatura accettabile prima di liberarmi dei vestiti zuppi con non poca fatica.

Avevo un cerchio alla testa che nemmeno tutto l'ibuprofene del mondo avrebbe potuto cancellare, ma in qualche modo mi diedi una sciacquata e uscii dalla doccia più lucido di quando ci ero entrato.

Anche se definirmi lucido in quel periodo era davvero poco appropriato. Avevo iniziato una relazione piuttosto esclusiva con l'alcol ed eravamo diventati una cosa sola.

Non ne andavo fiero, ma nemmeno riuscivo a provare vergogna. Avevo bisogno di mettere a tacere i miei pensieri e non importava se dovessi sfiorare il coma etilico tutte le sere per riuscirci.

Mi ero preso un'aspettativa dal lavoro e in generale dalla vita.

Avevo passato anni a preoccuparmi di essere il migliore nel mio campo, a generare profitto e ad accumulare soldi trascurando tutto il resto e a cosa era servito?

Ero ricco e infelice. Infelice e solo.

Guardavo dalla cima della fottuta piramide sociale che avevo scalato il mondo continuare a girare anche senza di me e faceva schifo, cazzo, non essere più indispensabile per nessuno.

L'unica persona che faceva affidamento sulla mia presenza se n'era andata per sempre lasciandomi in balia di me stesso.

Barcollai fuori dal bagno in accappatoio, ignorando la vocina nella mia testa che mi suggeriva che forse qualcuno che aveva ancora bisogno di me c'era. Con gli occhi scandagliai la cucina in cerca di qualcosa che potesse metterla a tacere.

Quello che trovai, invece, fu Spencer.

Spencer con un marsupio.

«Vestiti che c'è qualcuno che vorrei presentarti», disse al mio corpo pietrificato. Era come guardare la scena dal di fuori, come se la mia mente si fosse dissociata in quel momento per guardare quanto patetico potessi apparire agli occhi del mio migliore amico e a quelli della strega che fingeva di farsi i fatti suoi sul divano.

Non troppo lontano, c'era una bottiglia di vodka. Ne era rimasta poca, ma magari sarebbe bastata…

Spencer seguì la direzione del mio sguardo e l'afferrò per primo, rovesciando il contenuto nel lavandino.

«Basta scappare, cazzo!». Il suo tono non ammetteva repliche e io comunque non avevo le forze necessarie per discutere, così raggiunsi la stanza in cui dormivo, mi infilai qualcosa di pulito e tornai da loro.

Aveva tolto la bambina dal marsupio e la teneva tra le braccia.

Era cresciuta molto da quando l'avevo vista la prima volta.

Sembrava così vera in quel momento, in braccio a lui.

«Avvicinati, non morde...».

Accorciai riluttante la distanza tra noi, ma si sbagliava.

Più mi avvicinavo e più avevo la sensazione che mi strappasse l'anima a morsi.

Perché era perfetta.

Un viso piccolo ma rotondo, labbra sottili, un nasino adorabile e una spolverata di capelli biondi... stringeva i pugnetti sonnecchiando tranquilla mentre il mio cuore si sgretolava.

«Ti stai perdendo così tanto, brutto deficiente che non sei altro», borbottò Patrisha, fissandomi astiosa da lontano.

I suoi lineamenti si confusero dietro le lacrime che mi offuscarono la vista.

Era vero, io mi stavo perdendo qualcosa, ma a lei non stavo togliendo niente.

Non ero tagliato per fare il padre.

Non sarei mai stato affettuoso come Spencer o divertente come Skyler. Avrei potuto riempirla di regali e di beni materiali ed era quello che già stavo facendo, ma non avevo nient'altro da offrire. Ero un guscio vuoto lasciato alla deriva.

«Prendila...», Spencer allungò le braccia verso di me, ma io feci un passo indietro scuotendo la testa.

«Prendila, Mason, o la lascio cadere», minacciò stringendo gli occhi a due fessure. Ma non l'avrebbe mai fatto, ne ero sicuro.

Lui era un buono. Io, invece, un egoista bastardo.

Feci per voltarmi, lui per lasciarla e sentii l'impulso di afferrarla.

«Sei impazzito?!», strillai prima di rendermi conto che le mie dita stavano stringendo il suo corpicino morbido.

«Può darsi», replicò facendo un cenno a Tris che si alzò, «ma non mi stai lasciando molta scelta».

Si avviò verso l'uscita lasciandomi lì impalato.
«Dove state andando?», domandai nel panico.
«A fare un po' di ginnastica orizzontale. Torniamo tra un po'. Ah, nel caso volessi saperlo, si chiama Hope!».
E così dicendo, sbatterono la porta alle loro spalle, svegliandola.
Due occhioni blu si spalancarono, accecandomi.
Iniziò a piangere. E io con lei.
«No, no, no... basta», mormorai quando riuscii a ricompormi, cullandola piano. «Basta, per favore».
Me la portai al petto lasciandomi solleticare le narici dai suoi capelli finissimi... Dio, aveva un odore così buono...
Inspirai a pieni polmoni e una sensazione di calore si diffuse nel mio petto, come un balsamo lenitivo.
Ci vollero dieci minuti per calmarla, altrettanti per farla riaddormentare, ma per la prima volta dopo settimane, mi sentii in pace.
Mi rilassai con lei sul divano, osservandola come un dipinto, finché Spencer e Patrisha non tornarono.
Pensavo che la parte più difficile fosse ormai passata, ma sbagliavo. Spencer me la prese dalle braccia e se la rimise nel marsupio per riportarla da Skyler.
Il suo calore si dissolse lasciandomi un brivido gelido sulla pelle. Il vuoto si allargò di nuovo nel mio petto, risucchiandomi per intero. Volevo riprendermela con ogni briciolo del mio essere.
«Skyler lo sa?», domandai invece, stropicciandomi la faccia.
«Vuoi che lo sappia?», chiese Spencer abbracciando mia figlia. Scossi la testa, provando qualcosa di molto simile alla gelosia. «Allora non lo saprà», concluse.
Ero già in cerca di qualcosa per anestetizzare quel senso di inadeguatezza che mi stava ostruendo la gola, quando aggiunse: «Magari la riporto domani, se ti va».
Ci stavamo guardando negli occhi quando annuii incerto.
«Ma devi essere sobrio o non se ne fa niente».

Era un ricatto emotivo bello e buono, ma non mi sembrava di avere molte alternative. Sentivo il bisogno di rivederla, a costo di rimanere solo con i miei pensieri.

«Va bene», borbottai, filando nella mia camera.

Ci fu un momento, durante quella lunga serata, in cui cedetti e andai a cercare nel fondo di un bicchiere un po' di sollievo, ma riuscii a non ridurmi una schifezza e il giorno dopo, quando Spencer tornò con Hope, io ero lucido.

E lo fui quasi sempre, nei giorni seguenti.

Perché con lei tra le braccia ogni bruttura spariva, anche quelle che mi portavo dentro, che facevano parte di me.

Quel piccolo fagottino profumato di *speranza* con la sua sola presenza riuscì piano piano a ricompormi, aggiustandomi nei punti in cui mi ero rotto.

E anche se non aveva bisogno di me, io mi resi conto di avere un fottuto bisogno di lei.

Capitolo 39
Skyler

Rilessi la lettera di Eleonore decine di volte, singhiozzando rannicchiata sul suo letto.

Non riuscivo a comprendere come fosse riuscita a guardarmi in faccia, a sorridermi e a volermi bene sapendo che mi stavo innamorando di Mason, credendo che tra noi ci fosse qualcosa.

Mi lasciava un retrogusto amaro in bocca, soprattutto perché se n'era andata con questa convinzione e noi non ci eravamo neanche più visti, e per me significava che si era sbagliata.

E poi c'era quella cosa della bambina…

Io volevo che lei sapesse quanto sua madre l'avesse desiderata e aspettata, volevo raccontarle che donna meravigliosa fosse stata. Eleonore meritava di essere ricordata. Invece mi aveva espressamente chiesto di non farlo per il bene di Hope e andare contro al suo volere mi sembrava irrispettoso.

Mi aveva anche consigliato di non perdere tempo, ma io non trovavo il coraggio di andare a cercare Mason. Ero arrabbiata con lui, furiosa a dire il vero, ma non avrei potuto sopportare la sua indifferenza o un altro rifiuto, perciò persi un sacco di tempo a rimuginarci sopra, finché non trovai un buon motivo per andare a bussare alla sua porta. Qualcosa che non riguardava noi e nemmeno la bambina. Due cose a cui chiaramente non era interessato.

Bussai un paio di volte, raddrizzando la schiena e attendendo nervosa che venisse ad aprirmi. Da quello che mi aveva detto Spencer, Mason non era rientrato al lavoro e passava il suo tempo a ubriacarsi e compatirsi, quindi mi ero messa in tiro per dimostrargli che a differenza sua io stavo alla grande.

Mi prendevo cura della bambina, affrontavo la perdita di mia sorella e la sua assenza senza permettere a nessuna di queste cose di schiacciarmi.

Poco importava se spesso, la sera, abbracciavo il cuscino e piangevo fino a addormentarmi perché mi sentivo sopraffatta da tutto. Lui non doveva saperlo.

Sentii la serratura scattare e presi un respiro profondo, pronta a schiaffeggiarlo con la mia superiorità, ma l'uomo che mi trovai davanti non corrispondeva esattamente a quello che mi aspettavo, anche se era diverso da quello a cui ero abituata.

Non indossava un completo come al suo solito, ma una tuta pulita che cozzava con l'idea che avevo in testa.

Non era rasato di fresco come sempre, ma quel velo di barba lo rendeva solo più virile.

Non aveva i capelli tirati all'indietro dal gel, ma erano più lunghi e sembravano morbidi come seta.

Insomma, dov'era l'alcolizzato a cui volevo sbattere in faccia la mia indifferenza?

Perché l'uomo che avevo davanti sembrava sobrio e perfettamente in sé. Ed era bello da mozzare il fiato.

Sbattei le palpebre interdetta mentre il cuore iniziava a battermi all'impazzata.

Mason spalancò gli occhi e la sua espressione passò da rilassata a tesa in un battito di ciglia.

I miei amici mi avevano fatto credere che stesse attraversando l'inferno quando chiaramente sguazzava nella serenità più totale. Mi sentii presa in giro. Mi sentii una stupida.

«Skyler», disse e il mio nome nella sua bocca mi trafisse il cuore come una lama affilata.

Mi ero preparata un paio di frasi sprezzanti con cui farlo

sentire una merda, ma mi limitai a schiacciargli l'assegno sul petto e a fare dietrofront, raggiungendo l'ascensore con le ginocchia che tremavano.

Prima che le porte si chiudessero vidi Mason stringere quel foglio tra le dita e leggerlo con la fronte aggrottata.

Sollevò lo sguardo, trovò il mio.

Un attimo dopo le porte si chiusero.

Ma il mio cuore continuò a sanguinare.

Capitolo 40
Mason

Volevo fermarla, correrle dietro e chiederle spiegazioni, ma non c'era poi molto da capire.

Mi stava restituendo i soldi che le avevo dato per accettare di fare da madre surrogata. I soldi con cui le avevo chiesto di fingere di voler riallacciare i rapporti con sua sorella.

Perché lei aveva davvero riallacciato i rapporti con lei e stava crescendo nostra figlia come se fosse sua…

Il suo messaggio era chiaro e le faceva onore, ma non placava la tensione che spingeva il mio corpo nella sua direzione.

Volevo comunque correrle dietro, fermarla e…

E cosa, Mason?

Sospirai, rimanendo lì dove mi aveva lasciato.

«Chi era?», domandò Spencer sbucando alle mie spalle.

«Skyler», replicai chiudendo la porta.

«Skyler?», ripeté sorpreso. «Cercava noi?», aggiunse con gli occhi sgranati.

«No», lo tranquillizzai, mostrandogli l'assegno, «voleva solo ridarmi questi».

«Le avevi dato un milione di dollari??»

«Storia lunga», tagliai corto tornando da Hope che era rimasta sul fasciatoio con Tris a farle la guardia.

Il suo sguardo accusatorio non passò inosservato.

«Sky non voleva finire invischiata in questa tresca, così il tuo amico l'ha corrotta con il suo denaro».

«Volevo solo esaudire i desideri di mia moglie. Non c'era nessuna tresca, *Patrisha*».

«Ma poi la tresca c'è stata», sibilò sorpassandomi con una spallata.

«Che ti ha detto?», Spencer mi si parò davanti, curioso come un gatto.

«Niente. Mi ha dato l'assegno e ha girato i tacchi».

Tacchi altissimi, tra l'altro.

Scacciai il ricordo del suo corpo strizzato in quel dannato vestitino, dei suoi occhi grandi, delle sue labbra piene e del suo seno che non era mai stato così florido e invitante.

O almeno ci provai.

La sua immagine si era impressa a fuoco nella mia testa, come un doloroso promemoria di tutto ciò che non potevo avere.

«Sarà rimasta sorpresa di trovarlo così in forma». Tris mi indicò accigliata. «Lo credeva con un piede nella fossa».

Guardai il mio amico, confuso.

«Be', non eri certo messo bene e poi cercavo solo di giustificare perché fossi tanto stronzo ed egoista da non farti vivo. Dovresti ringraziarmi!».

«Ah, okay. Grazie tante», borbottai sarcastico.

«Ehi, mi hai detto tu di non raccontarle della bambina», ribatté alzando le mani, «che è poi la ragione per cui non sei finito in nessuna fossa!».

«Sì, va bene», replicai nervoso, prendendo in braccio Hope, «tanto non fa nessuna differenza».

«No, infatti», concordò Tris, «sempre uno stronzo egoista rimani».

«Nessuno ha chiesto il tuo parere, *Patrisha*».

Afferrò stizzita la sua borsa dirigendosi verso la porta.

«Dove vai?», le chiese Spencer allarmato.

«Dalla mia amica», dichiarò aprendo la porta per uscire, ma poi rimase lì impalata.

«Ecco! L'hai offesa!», mi accusò il mio amico, prima di accorgersi che era ancora lì.

«Sky!», esclamò Tris sorpresa.

«Che ci fai qui? Non eri con Spencer e...». La sua voce si fermò quando mi voltai e vide che tenevo in braccio la bambina.

«Possiamo spiegarti», s'intromise Spencer mentre lei superava la sua amica paralizzata e si guardava attorno.

C'era un fasciatoio accanto al divano, un dondolino sul ripiano della cucina e un passeggino. Tutte cose che avevo comprato per quando Hope veniva a trovarmi. Tutte cose che ovviamente lei non aveva mai visto.

«È uno scherzo?», domandò afferrando un sonaglino a forma di giraffa. «Vi prego, ditemi che è un cazzo di scherzo!».

«Non è colpa loro», intervenni mettendo la bambina nel passeggino. «Sono stato io a chiedergli di non dirti niente».

Appena Hope fu fuori portata, lei mi scagliò addosso il sonaglio, colpendomi in pieno petto.

«Ehi, ehi!», Spencer spinse il passeggino lontano da noi e si diresse verso l'uscita con Hope. «Magari vi lasciamo da soli, così ne parlate con calma...».

«Con calma, certo», borbottò lei cercando qualcos'altro da lanciarmi addosso. Trovò il biberon mezzo vuoto ma di vetro.

«C'è il mio latte qui dentro?», chiese prima di lanciarlo nella mia direzione con tutta la forza che aveva.

Lo schivai per un pelo.

«Oddio!», strillò Spencer prima di schizzare fuori.

«Fagli male!», la incitò Tris, mostrandomi il dito medio prima di chiudere la porta dietro di sé.

Nella stanza piombò il silenzio, spezzato solo dal suo respiro ansimante. «Che cazzo di problema hai, eh? Mi hai lasciata da sola in quell'ospedale a partorire tua figlia, facendomi credere di non essere in grado di stare in piedi, e poi scopro che in realtà stai da Dio e vedi Hope regolarmente alle mie spalle?»

«Non è proprio così che è andata», provai a dire, prima che un oggetto inanimato mi sfrecciasse accanto a una velocità folle.

«Vaffanculo, Mason!», strillò e quando riposai lo sguardo su di lei, aveva gli occhi lucidi.

«Stavo davvero male, mia moglie era appena morta e io…».

«Ti ricordo che era mia sorella! Anche io stavo male, cazzo! Così male che ho partorito in anticipo! Ma che te lo dico a fare? Tu lo sapevi e te ne sei sbattuto alla grande di noi! E allora perché questo?», chiese afferrando un peluche per agitarlo nella mia direzione.

«Sono venuto in ospedale la sera dopo che è nata. L'ho vista nell'incubatrice», ammisi abbassando lo sguardo, «ma pensavo che per onorare il mio lutto non potessi permettermi di provare nient'altro che dolore».

«E cosa ti ha fatto cambiare idea?!», domandò asciugandosi le guance con stizza.

«Spencer un giorno l'ha portata qui e mi ha lasciato da solo con lei. Non so neanche spiegare cosa ho provato… ma è stato catartico. Ho capito di averne bisogno e lui mi ha obbligato a rimettermi in sesto per rivederla ancora, per questo non mi hai trovato a sguazzare nel mio vomito».

«E perché non dirmelo?», allargò le braccia. «Pensavi forse che ti avrei negato di vederla? È tua figlia!».

Non sapevo bene come rispondere a quella domanda, o forse non volevo farlo perché mi avrebbe costretto ad ammettere cose che ancora non riuscivo ad accettare.

«Allora?», m'incalzò innervosendosi di nuovo.

«Non ero pronto», borbottai distogliendo lo sguardo.

«A cosa?»

«A rivederti, okay?!», ammisi serrando le palpebre. *Dannazione!*

Mi agitai anche io, iniziando a muovermi nervoso per la stanza.

Sembravamo due leoni in gabbia.
«Non eri pronto a rivedermi…», ripeté lentamente ogni parola per dargli il giusto peso o per spingermi a farlo al posto suo.
«Non volevo», mi corressi. Qualcosa di duro mi colpì la spalla prima di cadere a terra con un tonfo. Un posacenere.
Mi aveva appena lanciato un posacenere!
Sollevai lo sguardo da terra massaggiandomi la spalla e la vidi uscire a passo spedito.
Questa volta però, le corsi dietro. La fermai.
L'afferrai per un polso ed ebbi la sensazione di stringere un cavo ad alto voltaggio. La sua energia vibrante mi fluì sottopelle come un elettroshock.
Mi sentii stordito. E vivo, cazzo. Vivo come non mai.
Aveva gli occhi pieni di lacrime, le labbra schiuse e lucide tutte da mordere e succhiare. Una parte di me non riusciva a pensare ad altro, ma nel mio cuore c'era una voragine. Una ferita aperta su cui non potevo semplicemente mettere una pezza.
Skyler mi osservava smarrita e furiosa, un mix seducente e letale che per un attimo mi fece vacillare.
Sarebbe stato così facile perdermi dentro di lei, cercare tra le sue braccia conforto e tra le pieghe del suo corpo un piacere che mi negavo da così tanto, ma poi?
Il dolore non sarebbe sparito, il senso di colpa nemmeno.
«Non posso farlo», soffiai sulle sue labbra, abbassando le palpebre. Mi aspettavo uno schiaffo a quel punto o che lei si scostasse bruscamente da me. Non fece nessuna delle due cose, stupendomi come era solita fare.
Riaprii gli occhi e la vidi asciugarsi i suoi.
«Eleonore mi ha scritto una lettera», rivelò facendo un passo indietro, poi un altro mentre le sue parole mi graffiavano l'anima. «Ne ha scritta una anche a te. Chiama l'avvocato».
Raggiunse l'ascensore a passo lento.

«Hope?», domandai cauto, ignorando il groppo che mi stava chiudendo la gola. *Eleonore mi aveva lasciato una lettera*? Avevo il terrore di sapere cosa contenesse, ma al tempo stesso non avrei potuto continuare a vivere senza conoscere cosa ci fosse scritto.

«È tua figlia, Mason. Quando vuoi, sai dove trovarla».

Entrò in ascensore e sentii un filo invisibile tirarmi nella sua direzione. Ma rimasi dov'ero.

E lei se ne andò senza più incrociare il mio sguardo.

Capitolo 41
Skyler

Quando misi piede fuori dal palazzo, trovai i due traditori sul marciapiede che spingevano nervosi il passeggino avanti e indietro.

Era bello, di quelli che costavano quanto una piccola utilitaria.

Il mio lato materno, inedito e completamente fuori luogo, trovava dolce l'immagine di Mason che entrava in un negozio per bambini e lo svaligiava con la sua american express.

Il mio orgoglio, invece, avrebbe voluto incidere degli insulti personalizzati sulla scocca di plastica per poi lanciargli contro anche quella. Presi in braccio Hope, ignorando gli sguardi esitanti dei miei amici.

«L'hai fatto fuori? Perché potrei avere una pala nel bagagliaio», disse Tris per sdrammatizzare, ma la mia occhiataccia le tappò la bocca.

«Dai, Sky, non fare l'offesa! Stavamo cercando di aiutarvi».

«Davvero?». Sollevai un sopracciglio in direzione di Spencer, «E come, esattamente?»

«Aveva bisogno di una spinta e noi gliel'abbiamo data. Tu non l'hai visto, ma era ridotto veramente male… e non sta così bene neanche adesso, ma almeno ha un motivo per alzarsi la mattina e per non sbronzarsi tutte le sere».

«Dovevate dirmelo», li sgridai puntandogli l'indice contro, «invece di farmi credere che non gliene fregasse nulla di lei».

Ma era di me che non gli fregava nulla ed era quello che non riuscivo a sopportare. Per tutto quel tempo, era me che stava cercando di evitare. Me e basta.

Tris si avvicinò e mi asciugò le guance con la faccia triste.

«Mi dispiace, ma non volevo più vederti così a causa sua».

E lo capivo. Davvero.

Neanche io avrei voluto vedere la mia migliore amica struggersi per un uomo che non l'amava. Era inutile.

E patetico.

Come era stato patetico tornare indietro per dirgli che era un vigliacco, egoista figlio di puttana, solo per potermi perdere ancora una volta nei suoi occhi.

Perché Mason era come la più bastarda delle droghe.

Mi era entrato in circolo e mi stava uccidendo lentamente.

Ma non riuscivo a farne a meno.

Tris mi abbracciò il fianco, accarezzando la nuca di Hope.

Spencer mise un braccio sulle sue spalle e rinchiuse tutte e tre in un abbraccio di gruppo.

«Se gli dai del tempo sono sicuro che alla fine saprà come voltare pagina e in quella nuova, tesoro, c'è stampato a lettere cubitali il tuo nome», sussurrò sulla mia fronte, cercando in qualche modo di consolarmi.

Ma non era di consolazioni che avevo bisogno, né di altre stupide speranze. Mi fidavo solo dei fatti.

E i fatti parlavano chiaro.

Capitolo 42
Skyler

«Non ci posso credere che quei due ti abbiano tenuto all'oscuro di questa cosa per settimane», disse David dopo aver mandato giù un morso del suo panino.

Era una delle sue rare serate libere e stavamo passeggiando per le strade di Manhattan dopo esserci fermati a prendere un paio di hot dog dal carretto all'angolo.

Tre ragazzine incrociarono il nostro cammino con gli occhi sgranati e l'espressione di chi si stava trattenendo dallo scoppiare a urlare. Il suo singolo era uscito da poco, ma le persone iniziavano a riconoscerlo con sempre più frequenza, il che era strano, ma anche elettrizzante.

«Pensavano di proteggermi, credo».

«E ci sono riusciti?»

«No», sospirai, addentando il mio panino con la mano libera mentre con l'altra spingevo il passeggino dove Hope dormiva serena. «Ma tanto ero già al tappeto, quindi…».

David scosse la testa come se non riuscisse a credere alle sue orecchie. «Non capisco proprio come quel tipo sia riuscito a ridurti così… mi spieghi cos'ha di speciale?».

Sollevai le spalle. «Di speciale? Credo niente, però, che ne so, ha qualcosa che…». Non sapevo davvero come spiegarlo.

«Che ti attira?», mi venne in aiuto.

«Sì, ma non è solo fisico… cioè, è molto fisico, okay, ma è anche altro. Da parte mia, almeno».

«Be', lui ti ha sempre voluto scopare e di brutto».

«David!», strillai, dandogli una gomitata che ci fece sbandare.

Lui ridacchiò. «Dai, si vedeva lontano un miglio!».

«Cambiamo discorso, okay?»

«Ma come? Ora che l'argomento si sta facendo interessante», protestò, guadagnandosi anche uno schiaffetto sul braccio.

«Vuoi parlare di sesso davanti a una neonata?»

«Non usarla come scusa. Lei non capisce e poi dorme».

«Va bene, allora diciamo che è un tasto dolente per la sottoscritta. A differenza tua, io non batto chiodo da una vita».

Ed ero molto, molto frustrata.

Il sorrisino giocoso di David si allargò malizioso.

«Se ti serve un amico che ti aiuti a togliere le ragnatele, mi offro volontario, eh!».

«Ma smettila, che l'unica volta che te l'ho offerta su un piatto d'argento sei riuscito a mandarmi in bianco!», gli ricordai punzecchiandogli il fianco. «Perché, poi? Non me l'hai mai spiegato».

Il suo sorriso si spense. «Perché l'avrei fatto per dispetto e non l'avresti meritato».

Assottigliai lo sguardo, a caccia di scoop.

«Un dispetto alla mia amica?», indagai curiosa.

Lui scosse la testa. «Non te lo dirò mai».

«Non serve, tanto l'ho capito da sola», affermai toccandomi la punta del naso con l'indice. «Ho fiuto per certe cose».

«Certo, come no…».

Continuammo a punzecchiarci per tutto il tempo, scherzando sui nostri drammi amorosi mentre tornavamo a casa. Era bello avere qualcuno che viveva a solo un piano di distanza. Bello e comodo.

Eravamo in fondo all'isolato quando Hope si svegliò, stiracchiandosi in modo adorabile.

«Buongiorno, principessa», la salutai affettuosamente, accarezzandole il pancino.

«Mmh, guai in vista», borbottò David schiarendosi la voce. Sollevai lo sguardo e vidi Mason davanti all'ingresso del palazzo.

Le mani nelle tasche del pantalone coordinato alla giacca.

E al gilet.

L'uomo d'affari tutto d'un pezzo, anzi tre, era tornato.

Ed era un dannato piacere per gli occhi.

Erano trascorsi appena quattro giorni dall'ultima volta che ci eravamo visti, eppure il cuore prese a battermi furioso nel petto come se fossero passati quattro anni.

Maledetto stupido.

«Mason», dissi irrigidendomi.

«Skyler», m'imitò prima di posare uno sguardo infastidito sul mio amico, «David».

Si affiancò a noi, sporgendosi verso il passeggino.

«Hope».

Sollevai gli occhi al cielo. «Deve mangiare», lo informai.

«Non ho fretta. Sono uscito adesso dall'ufficio».

David prese un lato del passeggino per aiutarmi, Mason afferrò l'altro lato e tutti e tre salimmo scoordinati le scale.

Fu imbarazzante, ma mai quanto prendere l'ascensore insieme, nel silenzio più totale.

Quando arrivammo al piano di David, lui mi diede un buffetto sulla guancia e mi salutò con un: «ti chiamo dopo».

Le porte si richiusero e ci portarono nell'attico con una lentezza disarmante. Sentivo lo sguardo di Mason addosso, ma non avevo nessuna intenzione di cedere e guardarlo a mia volta.

Mi aveva ferito in così tante occasioni che il mio orgoglio dopo l'ultima batosta aveva deciso di creare un muro di cinta per proteggerci da lui e io mi ci ero barricata dietro, con il forcone in mano, pronta a infilzarlo se solo avesse provato a sconfinare.

Appena messo piede in casa, filai dritta in cucina senza aspettarlo, ma con la coda dell'occhio notai che si era fermato davanti alla pila di scatoloni che giacevano da tempo immemore in attesa che lui si decidesse a venirseli a prendere.

Un paio di volte avevo pensato di buttare via tutto.

Ma non avevo mai trovato il coraggio di farlo.

Lo vidi tirare fuori il telefono. Sempre con la coda dell'occhio.

«Puoi salire un momento, per favore? Sì, appena entri, ci sono delle scatole. Caricale nella mia auto, grazie».

Scossi la testa, tirando su Hope che nel frattempo si stava spazientendo.

Mi sedetti sulla poltrona, slacciando lo scaldacuore per permetterle di nutrirsi.

Mason si sedette sul divano, del tutto ignaro.

«Smith porterà via le scatole».

«Ho sentito».

Scoprii il seno e lui si strozzò con la sua saliva.

Si alzò tossendo, dandomi le spalle.

«Potevi avvisarmi».

«Te l'ho detto sotto!».

«Non avevo capito che… Non importa».

Passeggiò per la stanza, con le mani in tasca e gli occhi puntati ovunque fuorché su di noi.

Si soffermò sui quadri che avevo appeso per riempire le pareti, sui mobiletti vintage che davano un tocco di vissuto agli spazi moderni e asettici, e storse un po' il naso quando si accorse che c'era anche un poster gigantesco di David e della sua band.

Per fortuna Smith arrivò prima che la parola "groupie" potesse lasciare le sue labbra. Caricarono le scatole in ascensore e quando Mason ritornò avevo già tirato su Hope per farle fare il ruttino.

«Posso?», chiese con un tono remissivo che buttò giù parte delle mie barriere. Annuii mentre il mio orgoglio iniziava a scavarmi attorno un fossato. Si avvicinò, gliela passai, le nostre braccia si sfiorarono in più punti, il respiro mi rimase incastrato in gola insieme all'odore del suo dopobarba.

Scava più in fretta, orgoglio!

Ma niente avrebbe potuto proteggermi dalla vista di Mason che teneva in braccio sua figlia.

Era semplicemente disarmante mentre gli parlava con quella sua dannata voce roca, sembrava miele fuso che mi colava lungo la schiena provocandomi dei brividi di piacere inaudito.

E poi il suo sorriso, che lento e pigro gli arricciava gli angoli degli occhi… era davvero troppo per me.

Sbattei le palpebre, distolsi lo sguardo.

«Potete restare anche qua, se vuoi», dissi afferrando la borsa. Sentivo l'impellente bisogno di mettere quanta più distanza tra noi prima di scoppiare a piangere… o di saltargli addosso.

O tutte e due le cose.

Raggiunsi l'ascensore quasi barcollando. «Mi sono appena ricordata che devo… fare una cosa…», farfugliai senza guardarli. «Chiamami se hai bisogno!», aggiunsi e le porte si chiusero mostrandomi la mia patetica faccia paonazza.

Capitolo 43
Mason

Mi presentai dall'avvocato il giorno stesso in cui venni a sapere della lettera, ma mi ci volle un po' prima di trovare il coraggio di aprirla.

Non bevevo da settimane ed ero tornato al lavoro, stavo vedendo regolarmente Hope e Skyler era fredda e distaccata, ma almeno aveva smesso di lanciarmi addosso le cose.

Avevo trovato una specie di equilibrio dove il dolore era costante ma gestibile, dove i ricordi mi toglievano il fiato ma non mi soffocavano più.

Non ero ancora riuscito ad accettare che Eleonore se ne fosse andata per sempre e a volte fingevo che fosse partita per lavoro o che stesse dormendo nella stanza accanto. Ogni tanto la chiamavo al cellulare e parlavo con la sua segreteria telefonica come se a un certo punto avesse potuto rispondermi.

Erano stronzate che mi davano l'illusione di non averla persa anche se mi facevano sentire patetico ma, in qualche modo, stavo andando avanti.

Leggere quella lettera voleva dire tuffarmi di testa nel pozzo senza fondo da cui stavo ancora tentando di risalire.

Non ero sicuro di avere la forza necessaria per affrontare le sue parole, soprattutto sapendo che erano le ultime.

Potevano assolvermi come condannarmi per il resto dei miei giorni.

La portai con me ovunque, nascosta nel taschino interno della giacca, finché un giorno, passando dal cimitero per portarle dei fiori freschi, non decisi di tirarla fuori.

Guardai la sua foto sulla lapide, poi il mio nome scritto sul retro della busta. Presi un profondo respiro e ne strappai un'estremità come se stessi strappando un cerotto dal cuore.

Amore mio…

Sotto a quel cerotto c'era uno squarcio che riprese a sanguinare copiosamente nel mio petto.

Il dolore mi chiuse la gola e strinsi gli occhi per liberarli dalle lacrime.

Cazzo!

Iniziai a fare avanti e indietro di fronte alla sua tomba senza sapere cosa fare. La lettera mi bruciava tra le dita, i suoi pensieri messi nero su bianco mi aspettavano al varco come un plotone di esecuzione ed ero io a dover premere il grilletto.

Tre mesi. Tre mesi e faceva ancora male come il primo giorno.

Amore mio,

non sai quanto sia difficile scriverti questa lettera sapendo che, quando la leggerai, non potrò essere lì con te e stringerti tra le mie braccia.

E non è facile trovare le parole giuste per salutarti, per dirti quanto importante sia stato per me averti vicino in questi anni, quanto sia stato bello amarti ed essere amata da te.

È stato un privilegio e, se potessi tornare indietro con la consapevolezza di poter vivere solo questo tempo, devi sapere che rifarei tutto da capo.

Sceglierei sempre la strada che mi ha portato da te a dispetto di qualsiasi altra perché nella gioia e nel dolore, in salute e in malattia, soprattutto in malattia, sei stato il compagno di viaggio più attento e premuroso che potessi avere, hai sempre messo la mia felicità davanti alla tua e mi rendo conto di essere stata egoista perché io non sono sempre riuscita ad amarti come meritavi.

Ma non è mai dipeso da te, Mason… devi saperlo.

E devi sapere anche che ti ho visto combattere per rimanermi leale e non te ne faccio una colpa se a un certo punto hai ceduto. Al tuo posto, probabilmente avrei ceduto anche io.

Quindi non sentirti in colpa per quel bacio, ti prego, perché so che mi hai comunque amato meglio che hai potuto e che lo farai fino al mio ultimo respiro. E anche dopo…

Se potessi me ne andrei portandomi via il mio ricordo perché mi devasta sapere che la mia assenza ti tormenterà e che lo stesso amore che ci ha tenuti uniti per anni diventerà una ferita aperta sul tuo cuore.

Purtroppo, non ho questo potere, ma mi auguro che in un futuro non troppo lontano tu possa pensare a me senza sentirla più sanguinare.

Perché non voglio essere dimenticata, ma neanche diventare un'ombra che ti impedisce di sentire il sole sulla faccia o il calore di un abbraccio.

Quindi pensami, Mason, pensami tutte le volte che vuoi, ma non smettere di vivere perché non ci sono più.

Non smettere di sorridere perché non ci sono più e non smettere di amare perché non ci sono più, anzi, ama più intensamente che puoi perché alla fine non c'è niente di più triste di una vita senza amore.

Quindi ama, Mason.

Ama il nostro bambino con la stessa dolcezza e devozione con cui hai amato me e non precluderti la possibilità di innamorarti ancora perché io non ci sarò più, ma tu hai ancora tanta strada davanti a te…

Quindi non fermarti qui, vai avanti e forse, un giorno, alla fine del tuo cammino, ci ritroveremo.

Fino ad allora,
addio, amore,

tua per sempre, Eleonore

Mi ritrovai con le ginocchia affondate nel selciato, a singhiozzare accartocciato su me stesso.

Mi faceva male tutto, come se le sue parole mi avessero fatto a pezzi e ricomposto, ma nel modo sbagliato.

Come se mi avesse cucito addosso un'immagine diversa da quella che vedevo riflessa nello specchio ogni mattina.

Ed era tutta colpa mia.

Perché io, il coraggio di essere davvero me stesso non ce l'avevo mai avuto. Non con lei, che meritava un uomo pacato e gentile, che vedesse il mondo con la sua stessa genuina bontà.

Non con lei, che era sensibile ed empatica, generosa e delicata come i petali di un fiore...

Perché io, una donna come Eleonore, non la meritavo e lo avevo sempre saputo.

Quindi avevo fatto di tutto per essere degno di stare al suo fianco, indossando una maschera che mi assomigliava, ma che nascondeva i lati di me che avrebbe altrimenti disprezzato, e avevo soffocato il mio lato impulsivo, quello che solo ultimamente aveva preso il sopravvento mostrandomi al mondo per quello che ero davvero: un uomo imperfetto, pieno di ombre e contraddizioni.

Dio, le avevo sempre mentito e lei se n'era andata convinta di aver amato un uomo esemplare, con un cuore buono come il suo, con un'anima gentile e pura come la sua.

Ma la verità era che se avesse mai sentito i miei pensieri ne sarebbe rimasta inorridita. Se avesse potuto vedere il mondo con i miei occhi, davanti a quello specchio ci avrebbe visto un impostore.

Perché avevo desiderato tradirla più di quanto lei potesse immaginare. Perché quel bacio significava più di quanto fossi stato disposto ad ammettere.

Perché se Spencer non mi avesse costretto, probabilmente non avrei mai trovato il coraggio di prendermi le mie responsabilità.

Perché lei amava l'uomo che le avevo fatto credere di essere, non quello che ero nel profondo.

Ed era troppo tardi, ormai, per rimediare, per essere sincero e darle la possibilità di scegliere se amarmi comunque o trovarsi qualcuno che fosse davvero alla sua altezza.

Avrei portato per sempre quel peso sulla coscienza, ma lì, davanti alla sua tomba, giurai di non farlo mai più.

Non avrei più mentito né finto di essere qualcosa che non ero, anche se avrebbe significato rimanere solo per il resto dei miei giorni.

Capitolo 44
Mason

Dormivo poco e quando lo facevo il mio subconscio mi tormentava con sogni surreali e senza senso, spesso mescolando realtà e fantasia al punto che a volte, durante il giorno, mi sentivo confuso.

Mi rimaneva addosso la sensazione di aver davvero corso la maratona di New York, di aver scalato l'Himalaya o di aver fatto sesso, ma ero piuttosto sicuro di non aver mai fatto le prime due e non ricordavo neanche quanto era passato dall'ultima volta che io ed Eleonore… Sapevo solo che era tanto.

Tantissimo, secondo Spencer.

Parlavamo proprio di quello, radunati attorno al bancone della cucina a colazione.

Non mi dispiaceva vivere da lui, l'ambiente era confortante e Spencer passava più tempo fuori che dentro casa, ma se si fermava a dormire anche Tris le cose cambiavano.

A parte che i muri erano di cartapesta e quindi potevo sentirli in dolby surround, si finiva tutte le mattine a litigare per il bagno, perché lei entrava e non usciva più.

E io sospettavo lo facesse apposta.

Quindi mi stavo lamentando di entrambe le cose, quando il mio migliore amico, con il suo solito tatto, mi ricordò che non era certo colpa sua se non scopavo da tantissimo tempo, ma mi consigliava di ricominciare perché ero diventato un bigotto rompipalle.

«Iscriviti su Tinder anche tu», mi consigliò mescolando il suo caffè.

«Già!», Tris mi puntò l'indice addosso, entusiasta, «Sky ha rimediato già un sacco di appuntamenti e si è iscritta solo da un paio di giorni!».

Mi bloccai con la tazza a un soffio di labbra.

«Skyler?!».

Magari avevo capito male.

«Proprio lei», confermò con un sorrisetto da stronza.

Provai a contare fino a dieci, ma a tre ero già partito per la tangente.

«È stata una tua idea, vero? Certo, tu praticamente li mantieni quelli di Tinder! Ma lei non può fare queste cose!».

«E perché no? Mica è sposata, *lei*!».

«Cazzo, Trixie!», Spencer si mise in mezzo come se avessi potuto aggredirla fisicamente, quando era stata lei a lanciarmi la sua frecciatina dritto tra le costole. E aveva centrato l'obiettivo.

Lo sgabello cadde a terra quando mi alzai furioso e me ne andai senza preoccuparmi di tirarlo su. *Fanculo*.

Spencer provò a inseguirmi, ma bastò uno sguardo per bloccarlo sulla soglia.

Mi sentivo ribollire il sangue nelle vene, dalla rabbia, dal senso di colpa, dalla gelosia.

Così tante emozioni e così poco spazio per contenerle...

Mi sfogai in palestra prima di andare in ufficio, ma a metà mattinata lasciai la scrivania e piombai a casa di Skyler.

Che poi era casa mia, cazzo!

E visto che non aveva modificato il codice d'accesso, che equivaleva a non cambiare serratura sapendo che avevo la chiave, mi sentii autorizzato a entrare senza farmi annunciare dal portiere.

Ghertrude stava cucinando qualcosa di speziato canticchiando in tedesco quando varcai le porte dell'ascensore a passo spedito. Non sembrò sorpresa, né spaventata.

Come se fosse abituata a un via vai di uomini...

«Lei dov'è?», chiesi senza fermarmi.

Mi indicò la camera da letto e io la raggiunsi con due falcate.

Spalancai la porta e mi trovai davanti al letto sfatto.

Al *mio* letto sfatto dove lei intratteneva sconosciuti trovati online, dannazione.

L'acqua scorreva in bagno e io entrai senza preoccuparmi di bussare, facendo sbattere la porta contro il muro.

Skyler si voltò di scatto e io rimasi inchiodato al pavimento.

«Sei impazzito?!», domandò con gli occhi spalancati.

Be', c'erano buone possibilità che lo fossi, in effetti.

Anche perché pensavo di trovarla sotto la doccia con un altro, invece era immersa fino ai gomiti nella vaschetta che usava per lavare Hope. La bambina sgranò i suoi enormi occhi blu nella mia direzione, facendomi sentire un completo idiota.

«Mi dispiace», bofonchiai avvicinandomi a loro.

«Che sei venuto a fare qui a quest'ora?», chiese senza nascondere il suo disappunto.

«Avevo un paio d'ore libere», mentii sfilandomi la giacca sotto al suo sguardo circospetto. Arrotolai le maniche della camicia e infilai la mano nell'acqua tiepida facendola scivolare sotto al collo della bambina.

«Ehi, piccola...».

Hope mi sorrise e mi sentii subito più leggero, ma Skyler allontanò la mano appena le nostre dita si sfiorarono sotto al pelo dell'acqua, ricordandomi perché ero corso lì.

«E nel tempo libero ti piace entrare nei bagni degli altri senza bussare?»

«Ho bussato, veramente, ma non mi hai sentito».

Presi a sciacquare il suo corpicino insaponato, lanciando occhiate oblique in direzione di Skyler.

Cercavo dettagli sul suo viso che potessero rivelarmi se avesse fatto sesso di recente, ma l'espressione truce con cui ricambiava il mio sguardo probabilmente mascherava gli effetti rigeneranti di una sana scopata, perché a me sembrava sempre uguale e soprattutto, sempre incazzata.

Si asciugò borbottando e prese l'accappatoio della bambina, aprendolo sul fasciatoio. Io la sollevai e ce la misi sopra, avvolgendola nel tessuto morbido che sapeva di pesca.

«Quanto pensi di restare?», domandò passandomi il talco.

«Ho il resto della giornata libera», replicai osservandola da sotto le ciglia. Stavo per proporle di fare qualcosa tutti e tre insieme, quando lei si voltò verso lo specchio, controllando che i capelli fossero a posto. Un gesto che mi rese sospettoso. «Perché?»

«Perché tra mezz'ora ho un appuntamento e sono già in ritardo».

«Un appuntamento di lavoro?», indagai chiudendo il pannolino.

Lei si ritoccò la matita sotto agli occhi «Una specie».

Che cazzo voleva dire "una specie"?!

«Fai la groupie a domicilio, adesso?», borbottai infilando il body a Hope con la mascella serrata.

Lei si voltò di scatto, incredula. «Scusa?!».

«Non fare la finta tonta», sibilai nervoso, «la tua amichetta mi ha detto quanto ti stai divertendo su Tinder».

Presi Hope in braccio, sfidandola con lo sguardo.

Lei sembrò dapprima stupita, poi di colpo i suoi occhi si infiammarono di rabbia.

«Sei piombato qui perché Tris ti ha detto che ho aperto un profilo su Tinder?!».

«Sono piombato qui perché non credo sia un buon esempio per Hope».

«Non provare a mettere in mezzo la bambina», mi ammonì minacciosa, «e non parlarmi di buon esempio proprio tu, brutto stronzo!».

«Sono suo padre», le ricordai cercando di mantenere

un tono di voce pacato per non spaventare Hope. «Ho il diritto di preoccuparmi».

«Ringrazia che ce l'hai in braccio», replicò, uscendo dal bagno come una furia. Non pago, la seguii.

«Hai pensato alle malattie veneree?», domandai due passi dietro di lei, in corridoio «E alla percentuale di pervertiti e serial killer che bazzicano su quei siti? È pieno di psicopatici!».

«Disse il collezionista di mutandine...».

Arricciai il naso indignato. «Io non colleziono mutandine!».

Infilò il cappotto con una risata isterica.

«Sì, certo. Hai finito?»

«Veramente, no».

«Be', puoi continuare da solo, se vuoi. Io devo andare».

Raggiunse l'ascensore ancheggiando pigramente come una gatta e mi lasciò lì impalato, a maledire il suo sedere.

Capitolo 45
Skyler

Il cambiamento fu graduale, ma piuttosto evidente ai miei occhi e, nel giro di poco, Mason tornò a essere lo stronzo che era sempre stato.

Ed era sicuramente un buon segno perché significava che stava elaborando la perdita e riprendendo in mano la sua vita, ma a me era sembrato di fare un salto indietro di un anno e mezzo e ricominciare tutto da capo. Le nostre interazioni erano tornate sterili e ostili, con tanto di occhiatacce e imprecazioni.

Io ero di nuovo la groupie, lui lo stronzo in doppio petto.

C'era solo una piccola differenza: Hope.

La stavamo crescendo insieme, o almeno ci stavamo provando.

E secondo Ghertrude, stavamo facendo un disastro.

Avevamo due concetti diversi di educazione: dove lui la viziava io cercavo di imporle delle regole e viceversa, con il risultato che lei non sapeva più come comportarsi e iniziava a piagnucolare a ogni occasione.

Così, dopo l'ennesima nottata in bianco perché lei non voleva saperne di dormire nella sua culletta, decisi di prendere in mano la situazione. Lo convocai per una riunione d'emergenza e stabilimmo delle regole in modo da fare tutti e tre le cose allo stesso modo senza confonderla.

Ghertrude si dileguò appena dichiarai chiuso il discorso.

Mason invece era ancora seduto e tamburellava le dita sul tavolo. «C'è un'altra cosa di cui vorrei parlare», disse serio sollevando lo sguardo su di me.

Speravo non fosse di nuovo un discorso sul sesso non protetto perché non avevo la forza di litigare. Era tardi ed ero stravolta.

Mi sedetti sulla sedia vicina e incrociai le braccia sul tavolo.

«Spara», ordinai appoggiandoci sopra il mento.

«Ora che hai smesso di allattarla e la stiamo svezzando, vorrei che dormisse anche da me qualche sera a settimana».

Sbattei le palpebre, riascoltando le sue parole nella mia testa.

Non mi aspettavo una richiesta del genere e non ero sicura di come mi sentissi a riguardo. Da una parte c'erano sonno tranquillo e libertà di uscire a mio piacimento, dall'altra l'idea di lasciarla tutta la notte mi metteva l'ansia.

E se si fosse svegliata cercandomi? Se avesse avuto bisogno di me? E se io avessi avuto bisogno di lei?

Vivevamo in simbiosi da quasi sette mesi...

«Non mi sembra una buona idea», mormorai vedendo il suo sguardo incupirsi.

«So badare a lei, Skyler», ribadì accigliato.

«Lo so, ma è ancora troppo piccola, Mason. La notte si sveglia e vuole essere cullata, quando è irrequieta le faccio un massaggio con gli oli essenziali... a volte passo ore intere a cercare di farla riaddormentare. E poi al mattino vai via presto. Dovresti svegliarla e portarla qui e resterebbe nervosa tutto il giorno».

«Capisco», sospirò lui fissando il tavolo, «be', allora posso fermarmi io qui qualche notte a settimana, così mi insegni a farle i massaggi e al mattino può continuare a dormire tranquilla».

Spalancai gli occhi, colta alla sprovvista. Avevo capito che non riusciva più a stare in questa casa per via dei ricordi e ora mi stava proponendo di fermarsi, senza contare che avevamo già provato la convivenza forzata e non era finita per niente bene.

«Questa mi sembra proprio una pessima idea», replicai ritrovando le energie per alzarmi nervosa dalla sedia.

«Perché? C'è una camera degli ospiti in più adesso, se non sbaglio».

«Sì, ma...».

«Ma?», m'incalzò alzandosi a sua volta. Si abbottonò il primo bottone della giacca senza staccare gli occhi da me.

Era dannatamente sexy e irritante.

Stavo cercando delle buone ragioni per dirgli di no senza dovergli dire che non sopportavo il pensiero di ritrovarci di nuovo sotto lo stesso tetto. Lui però mi anticipò.

«L'idea ti turba?».

Diamine, sì.

«Pff... Figurati! Dovrebbe turbare te, però».

Ci fissammo per qualche istante e sentii i battiti accelerare.

I suoi occhi scesero sulle mie labbra prima di tornare nei miei.

«Non mi turba affatto», mormorò con la voce roca.

La stessa voce roca con cui mi aveva chiesto un assaggio mesi prima, prendendosi pure la mia dannata anima.

Mi schiarii la gola, distogliendo lo sguardo.

«Se ci tieni così tanto...».

«È così», ribatté senza esitare.

«Okay, allora», sospirai allargando le braccia, «ci organizzeremo». Tipo per il mese di poi nel giorno di mai...

«Vengo domani dopo cena», disse sorpassandomi per raggiungere l'ascensore a passo deciso e sparirci dentro, senza lasciarmi neanche il tempo di incassare il colpo.

Maledizione!

«Che fai stasera?», chiesi a David il pomeriggio dopo.

Stavo disperatamente cercando qualcosa da fare che non fosse stare a guardare Mason in versione papà premuroso perché mi rendeva troppo stupida e vulnerabile ed era un connubio molto pericoloso.

Dovevo salvaguardare la mia dignità e il mio cuore e avevo già chiamato tre quarti della mia rubrica, ma sembrava che tutti avessero una vita sociale molto più interessante della mia.

«Ho un volo alle sette. Vado in California questo fine settimana. Te l'avevo anche detto».

«Ah, già...», piagnucolai sconsolata, «Posso venire con te?»

«Che succede?», chiese premuroso.

«Mason dorme qui perché a quanto pare sente il bisogno di passare la notte sveglio a cullare sua figlia».

«E non è una cosa bella?», si interrogò perplesso.

«No, che non lo è!», mi lamentai con una voce stridula.

«Vuole fare il padre a tempo pieno. Mi sembra positivo considerando che inizialmente non ne voleva proprio sapere».

«Sì, be', ma io non lo voglio in giro per casa...».

«Questa è un'altra faccenda», convenne con me, «ma devi mettere il bene di Hope prima del tuo...».

Sbuffai. «Lo so, per questo vengo con te in California!».

David ridacchiò nella cornetta. «Non puoi partire senza Hope, staresti in ansia tutto il tempo, lo sai anche tu, ma se non trovi di meglio da fare, puoi stare da me finché non ti sembra opportuno rientrare. Una volta addormentato sarà sicuramente più innocuo».

«Ne dubito, ma tu comunque sei il migliore!», esclamai, ringraziandolo per avermi dato una via d'uscita.

All'arrivo di Mason, gli mostrai dove trovare tutte le cose di cui avrebbe potuto avere bisogno e poi mi dileguai con la scusa di avere un appuntamento organizzato da tempo. Lui non la prese benissimo, come al solito, e usò la carta del genitore apprensivo per convincermi a rimanere.

«Cercherò di non fare tardi», dissi per tranquillizzarlo, ma stavo mentendo. E continuai a farlo per le settimane successive, passando al piano di sotto gran parte delle serate in cui lui stava da noi.

Era infantile? Probabilmente, ma non avevo altra scelta.

Se non volevo ricascarci con tutte le scarpe, l'unica cosa che potevo fare era stargli il più lontano possibile.

Capitolo 46
Mason

Skyler aveva ragione.

Tornare a casa fu una pessima idea.

I ricordi riaffioravano dal nulla senza preavviso, rendendo il mio umore altalenante nonostante Hope e il lavoro mi tenessero molto impegnato.

E poi c'era lei, che boicottava ogni mio tentativo di rappacificazione, scappando ogni volta che poteva e facendomi salire il sangue al cervello con le sue risposte sprezzanti e i suoi vestitini succinti.

Le dinamiche tra noi sembravano essere tornate quelle di prima… Solo che eravamo noi a essere cambiati.

Nonostante avessimo perso Eleonore e il dolore ci avesse spinto in direzioni opposte, la tensione continuava a vibrare nell'aria quando i nostri sguardi si incrociavano. Se prima avevamo più di una ragione per ignorarla, dopo la lettera di Eleonore e il suo benestare non capivo proprio che senso avesse continuare a soffocarla sotto a una marea di cazzate.

Solo che più io tentavo di avvicinarmi, più lei si dimenava come un'anguilla per sfuggirmi e a nulla servì provare a essere gentile o galante.

La invitai a cena e rifiutò. Le mandai dei fiori e li trovai appassiti sul tavolo due giorni dopo. Lo sguardo dispiaciuto di Ghertrude mi fece capire che non era stata una svista, piuttosto una presa di posizione.

Avrei lasciato perdere se fossi stato sicuro che il suo fosse reale disinteresse, ma non ero cieco.

Vedevo chiaramente come reagiva se mi avvicinavo troppo e anche se la sua bocca continuava a dire di no, il resto del suo corpo mi supplicava di prenderla e farla mia.

Solo che le buone maniere non funzionavano perché più cercavo di essere carino e più si ritraeva…

Ed era assurdo, ma quando discutevamo vedevo la sua determinazione vacillare e i suoi occhi appannarsi di qualcosa molto simile al desiderio che mi intasava le vene.

Arrivai al punto di chiedermi se la sua fosse una tattica o semplicemente mi preferisse quando facevo lo stronzo.

Se in qualche modo perverso, lei apprezzasse quella parte di me che avevo sempre cercato di camuffare per piacere a sua sorella.

Ma forse il punto era proprio quello.

Che lei non era sua sorella.

E che io non dovevo fingere di essere carino.

Capitolo 47
Skyler

Camilla mi chiamò una mattina per dirmi che avevamo ricevuto un'offerta per la casa. I lavori erano ancora in corso e non sarebbero finiti prima di un paio di mesi, quindi ricevere un'offerta in quel momento era inaspettato e strepitoso, soprattutto perché le mie liquidità erano tornate piuttosto esigue da quando avevo restituito i soldi a Mason.

L'acquirente voleva discutere l'offerta in cantiere per poter visionare l'immobile, così le dissi di prendere un appuntamento per quel sabato pomeriggio, in modo da poterne parlare senza gli operai attorno.

Dopo aver lasciato Hope con Ghertrude, mi diressi lì con tutti i progetti che avevo fatto insieme all'architetto e all'interior designer, sperando che sarebbero piaciuti all'acquirente.

Arrivai in anticipo e iniziai ad attaccarli alla parete del soggiorno per poter fare una specie di presentazione. Ci avevo lavorato tanto e ci tenevo che gli spazi venissero realizzati come li avevo immaginati.

Mi stavo preparando il discorso d'apertura, quando qualcuno si schiarì la voce alle mie spalle, facendomi sobbalzare.

I fogli mi scivolarono via dalle mani finendo a terra mentre il cuore mi schizzava in gola per lo spavento.

Mi voltai di scatto e spalancai la bocca, sorpresa di trovarmi di fronte proprio lui.

«Non volevo spaventarti».

«Che ci fai qui?!», domandai con la fronte aggrottata, osservandolo avvicinarsi con passo tranquillo.

Io invece, sentii tutti i nervi tendersi.

Ero stata brava a mantenere le distanze, limitando al minimo le interazioni tra di noi, ma ultimamente lui lo stava rendendo impossibile. Si era praticamente trasferito a casa mia e adesso me lo trovavo dappertutto come un cavolo di stalker!

«Prova a indovinare...».

Aveva le mani in tasca e gli occhi fissi nei miei.

Due pozzi blu senza fondo in grado di rendermi instabile sulle mie stesse gambe. Distolsi lo sguardo, sforzandomi di tenere la schiena dritta e i piedi ben saldi al pavimento.

«Sto aspettando un potenziale acquirente, non ho tempo per gli indovinelli», borbottai chinandomi per raccogliere i fogli sparsi per terra prima che si sporcassero.

«Ce l'hai davanti, il potenziale acquirente», rivelò fermandosi a un palmo dal mio naso. Le sue scarpe di cuoio entrarono nella mia visuale mentre assorbivo il significato delle sue parole.

«Certo, come no», bofonchiai sollevandomi lentamente.

«Davvero. Sono qui per la casa e per quei *deliziosi* progetti», disse scrutandoli alle mie spalle.

«Mason, non so a che gioco tu stia giocando, ma non è divertente».

«Tu a che gioco stai giocando?», chiese riportando l'attenzione su di me.

Sbattei le palpebre, sorpresa. «Di che parli? Io non sto facendo proprio niente».

«Mi eviti da settimane».

«Tu lo fai da sempre», lo rimbeccai dandogli le spalle. Usai i fogli come scusa per fare qualcosa e iniziai a sistemarli per rimetterli nella loro cartellina.

Il suo corpo aderì al mio mozzandomi il fiato.

«Avevo i miei motivi», sussurrò tra i miei capelli.

Deglutii quando il suo respiro mi scivolò lungo il collo facendomi rabbrividire.

«E io ho i miei», dissi cercando di rimanere lucida e soprattutto distaccata. Non poteva svegliarsi una mattina e decidere che le cose erano cambiate, perché mi faceva male stargli lontano, ma stargli vicino era anche peggio.

Perché avevo provato a odiarlo con tutta me stessa ma non ci ero riuscita. Perché lui entrava nella mia orbita e l'aria prendeva fuoco, sprigionando scintille.

«Lo so», soffiò nel mio orecchio, «per questo sono qui», disse facendo un passo indietro. «Allora, mostrami i progetti, qui ci sarà la cucina? E qui la...».

«Mason», lo interruppi bruscamente. Lui smise di gesticolare, infilandosi le mani in tasca. «Cosa vuoi?»

«Voglio sapere se lì ci sarà il divano», disse indicando l'angolo a sinistra.

«No, non ci sarà il divano. Non il tuo, almeno!».

«Perché no?»

«Perché non ti venderò un bel niente».

«La pagherò il doppio del suo valore. Non m'interessa quale sia».

«Perché? Cosa vuoi dimostrare?», strillai allargando le braccia.

«Non voglio dimostrare niente. Voglio questa casa».

«Cazzate! Avevi un attico e ora vuoi questo insulso appartamento? Non ha senso!».

«Ho scoperto che le cose insulse hanno un certo fascino su di me», disse squadrandomi dalla testa ai piedi.

Spalancai la bocca. «Stai forse dicendo che sono insulsa?!».

«Sto dicendo che avevo un attico e ora voglio un appartamento», disse incombendo nuovamente su di me, «e voglio anche scoparti, ma questo è un altro discorso».

Boccheggiai, sperando che un po' di quell'ossigeno riuscisse a raggiungere il cervello prima che fosse troppo tardi.

«Be', è un problema tuo», replicai stizzita, sostenendo il suo sguardo nonostante stesse diventando incandescente.

L'aria mi bruciava nei polmoni e il mio stupido corpo rispondeva alle sue provocazioni accendendosi come una miccia.

«Che è un problema non c'è dubbio. Lo è da quando ti ho visto la prima volta, da quando ti ho sentita godere nella mia cazzo di doccia, da quando ho iniziato a pensarti più nuda che vestita. È un problema, sì, ma non dirmi che è solo mio, perché sappiamo entrambi che è una bugia».

«Il mio problema è un altro», farfugliai con le guance in fiamme, «e non si risolve con una scopata».

«C'è solo un modo per scoprirlo», sussurrò posando la mano sulla mia guancia. Mi scivolò dietro la nuca e mi spinse verso di lui.

«Non lo fare», ansimai a un passo dalle sue labbra. Il suo respiro caldo si mescolò al mio e mi entrò in circolo come veleno. Non potevo intossicarmi di nuovo di lui perché sapevo che non c'era un antidoto… l'avevo cercato ovunque, ci avevo provato con tutte le forze, ma non esisteva un modo per guarire dalle cicatrici lasciate dal suo tocco o dal calore dei suoi baci.

«Guardami negli occhi e dimmi che non mi vuoi», mi sfidò infilando le dita tra i miei capelli, «che non pensi a me prima di addormentarti, che non ti svegli sudata dopo avermi sognato, che non stai impazzendo dal bisogno di sentirmi dentro di te…». Un gemito mi risalì su per la gola e si mescolò al suo.

«Mason…».

«Dimmelo, Skyler, e ti lascio stare. Dimmelo e ti lascio continuare a passare le serate al piano di sotto a fingere di non avere paura di restare da sola con me…».

Mi lasciò di stucco. «Come lo sai?»

«Smith non ti vede mai uscire dal palazzo. So fare due più due, ragazzina».

«Potrei avere una relazione con David», insinuai tentando di dissuaderlo.

«Sono stanco di questi giochetti», ringhiò graffiandomi il mento con i denti. «E sono stanco di sentire costantemente questo fottuto bisogno di toccarti, quindi parla ora o…».

Chiusi gli occhi e seguii il suono della sua voce, lasciando che le mie labbra trovassero le sue nel buio dell'abisso in cui mi stavo lanciando senza paracadute.

Potevo sfracellarmi al suolo da un momento all'altro, ma non ero sola, c'era il suo corpo premuto contro il mio e in qualche modo mi sentii al sicuro tra le braccia del mio aguzzino.

Mason mi strinse più forte a sé, sollevandomi da terra mentre le nostre lingue scivolavano l'una sull'altra con urgenza.

Ci conoscevamo da un anno e mezzo.

Un breve lasso di tempo in cui era successo di tutto, in cui le nostre vite erano state stravolte e devastate, in cui ci eravamo scontrati e avvicinati per poi allontanarci di nuovo.

L'unica cosa che era rimasta invariata era la fiammella che mi si era accesa nel ventre e che non ne voleva sapere di spegnersi.

E io ci avevo provato a soffocarla, ci avevo gettato sopra tutti i sentimenti negativi che mi provocava, dal senso di colpa al rancore, ma lei aveva continuato a bruciare sotto la cenere. Appena intrecciai le gambe attorno ai suoi fianchi sentii le sue fiamme divampare e incendiare tutto. Senza più ostacoli. Senza più freni.

Mason mi schiacciò contro il muro continuando a baciarmi con foga, spingendomi addosso la sua erezione come se mi stesse già scopando. E Gesù, quasi mi bastò quello per perdere il controllo.

Gli infilai le dita tra i capelli, ansimando nella sua bocca mentre l'attrito dei nostri corpi mi rendeva ebbra di desiderio.

Cercai un modo di sfilargli la giacca, lui scavalcò il

bordo del vestito strizzandomi il sedere. Sbottonai un paio di bottoni della sua camicia ed ero sul punto di farli saltare dall'impazienza, quando sentii una voce alle sue spalle.

«Ehm… scusate».

Cazzo!

Spalancai gli occhi nel momento in cui smettemmo di baciarci e vidi l'espressione imbarazzata di Camilla.

Mason esitò, sospirò rumorosamente, poi mi mise giù.

Toccai terra e mi aggiustai subito il vestito tamponandomi le labbra umide. Lui si limitò a sistemarsi il pacco nei boxer, ma era impossibile nasconderlo. Perché era enorme, dannazione!

Avrei voluto cacciarla via a pedate, ma non era colpa sua se ci aveva interrotto. Eravamo tutti lì per lo stesso motivo, in teoria, anche se avevo iniziato a dubitare che Mason facesse sul serio riguardo all'appartamento.

Visto come si erano messe le cose, immaginavo avesse architettato tutto solo per riuscire a mettermi all'angolo senza Hope o Ghertrude nei paraggi.

«Scusaci tu», replicai rossa come un pomodoro maturo, «Stavamo solo, ehm…». Guardai Mason e il sorrisino sulla sua faccia mi scaldò dappertutto.

«Contrattando», terminò per me, strizzandomi l'occhio prima di voltarsi verso la mia amica. «E direi che stavamo per raggiungere un accordo favorevole per entrambi, prima che ci interrompessi».

A lei uscirono gli occhi fuori dalle orbite.

«Camilla, lui è Mason, il padre di Hope», spiegai vedendo il suo corpo rilassarsi.

«Ah! Per un attimo avevo creduto che fosse l'acquirente», replicò ridacchiando.

«Sono anche quello», disse lui porgendole la mano.

«Oh, okay… Sono confusa», ammise ricambiando incerta la stretta.

«Fa questo effetto», rivelai guadagnandomi un sopracciglio alzato. «Insieme ad altri anche meno piacevoli», aggiunsi con un sorriso tutto denti.

«Mason Lowell», tagliò corto.

«Camilla Thomson».

«Mi spiace che tu abbia fatto un giro a vuoto, Camilla», dissi staccando i fogli dai muri. «Mason non è davvero interessato...».

«Sì, che lo sono», ribatté subito lui.

Lo guardai stupita. «Davvero?»

«Quando saranno finiti i lavori?», domandò prendendo i fogli dalle mie mani, sfiorandomi di proposito.

«Tra un mese, circa», risposi.

Sfogliò i progetti velocemente, poi me li restituì.

«Lo prendo».

«Fantastico!», cinguettò Camilla sentendo odore di provvigione.

«Non sai neanche quanto chiediamo», protestai sollevando gli occhi al cielo.

«Non m'interessa. Lo prendo comunque».

«Ah... fai come vuoi!», sbuffai spazientita.

Prese un bigliettino da visita dal taschino della giacca e lo diede a Camilla, dicendo di contattarlo quando il contratto fosse stato pronto, poi ci avviammo verso l'uscita.

La salutammo sul marciapiede e insieme la osservammo sparire giù per le scale della metropolitana.

La tensione tornò ad aleggiare tra noi.

«Hai comprato l'insulso appartamento», constatai sollevando lo sguardo su di lui.

«Sarà meno insulso, quando l'avrete finito».

«Se lo dici tu. Comunque, riguardo a prima...», cominciai a dire, ma lui mi afferrò per la vita e mi zittì con un bacio appassionato che mi annebbiò i pensieri.

«Scusa, le tue labbra mi distraggono», mormorò vicino al mio orecchio, solleticando i miei sensi. «Dicevi?»

«Credo che dovremmo…», *andarci piano* ma, prima che potessi terminare la frase, la sua lingua era di nuovo nella mia bocca.

«Mmh, vedi che su qualcosa siamo d'accordo?», mormorò succhiandomi poi il labbro inferiore.

«Veramente…», farfugliai, sapendo già come sarebbe andata a finire e in automatico gli avvolsi le braccia attorno al collo, rispondendo al bacio con lo stesso trasporto.

Quando si staccò da me con uno schiocco, sentivo le farfalle svolazzare allegre nel mio stomaco.

E avevo completamente dimenticato cosa volessi dire.

Capitolo 48
Mason

A trentanove anni suonati scoprii il vero significato della parola fame.

Delirante, incontenibile e insaziabile, che mi rendeva impossibile compiere le azioni più elementari come mangiare o dormire senza pensare a lei, che mi spingeva nella sua direzione costantemente, che mi faceva venir voglia di prenderla ovunque e davanti a chiunque come una bestia in calore.

Era un bisogno primordiale, una necessità impellente che non sapevo nemmeno come diavolo ero riuscito a tenere a bada per tutto quel tempo, ma che non ero più in grado di controllare.

L'unica cosa che mi aveva frenato molte volte, sul più bello, era stato il pensiero di farlo in casa mia. Nella casa in cui io ed Eleonore avevamo vissuto da marito e moglie per anni, nel nostro letto… No, quello era l'unico limite che non avrei mai oltrepassato.

Ma dopo le prime serate passate a pomiciare come dei ragazzini senza supervisione che si concludevano con nottate in bianco e palle blu, presi Ghertrude da parte e le chiesi di passare il week end da sola con la bambina in cambio di un generoso extra.

Poi afferrai Skyler e la trascinai in aeroporto.

«Sei impazzito?», domandò appena scesa dal taxi. «Dove stiamo andando?»

«In un posto dove è normale stare nudi tutto il giorno». Mi bastò dirlo per auto infliggermi una dolorosa e inopportuna erezione.

Skyler rise di gusto al mio fianco. «Okay, allora sei davvero impazzito», dichiarò prima di prendere la cosa sul serio. «E Hope?»

«C'è Ghertrude e Spencer passerà da loro nel pomeriggio».

«Ma…».

«È tutto sotto controllo. Non ci pensare. Neanche si accorgerà della nostra assenza».

«Mmh», mugugnò poco convinta, ma una volta superato il gate si rilassò e quando le sussurrai all'orecchio le mie intenzioni, i suoi occhi divennero languidi.

Viaggiammo in prima classe, bevendo champagne e flirtando come due sconosciuti. Durante lo scalo per poco non venimmo arrestati per atti osceni in luogo pubblico e poi, finalmente, arrivammo a destinazione.

Non che volessi essere romantico, ma dopo tanta attesa non volevo farmela in un bagno pubblico. Non la prima volta, almeno. Una palafitta su una delle spiagge più belle del mondo mi sembrava di gran lunga più appropriata.

Skyler corse sul pontile di legno felice e spensierata come una ragazzina. Io neanche mi accorsi del panorama che la circondava.

Vidi solo il suo sorriso, i denti che affondarono nel labbro inferiore quando mi avvicinai, le sue pupille che si dilatarono quando l'afferrai per la vita e la sollevai, le sue gambe che si strinsero attorno ai miei fianchi e le nostre bocche che si schiusero insieme per fondersi in un bacio bagnato e frenetico.

Trovai il letto e mi ci sedetti con lei sopra, palpandole il culo mentre si strusciava su di me. Eravamo brilli ed euforici e questo rese tutto più naturale. Non c'era imbarazzo mentre i vestiti volavano a terra uno per uno. Non c'erano sensi di colpa o recriminazioni… c'eravamo soltanto noi.

La ribaltai sul materasso e mi presi un secondo per ammirarla in tutto il suo splendore, poi le sfilai le mutandine e me le misi in tasca. Il sorrisetto che le spuntò sulle labbra era la copia sputata del mio.

«Lo sapevo... maniaco», disse mentre slacciavo la cintura, scivolando verso la testiera del letto.

«Taci, groupie», borbottai abbassando pantaloni e boxer insieme. Sgranò gli occhi e si passò la lingua sulle labbra e io per poco non venni sul copriletto.

«Non scopo da una vita», le ricordai mentre gattonava verso di me.

«Neanche io», confessò osservandomi da sotto le ciglia, prima di afferrare la mia erezione, che sembrava enorme nella sua piccola mano. La guardò come se fosse un cono gelato.

«Posso?»

«Se non lo fai potrei anche mettermi a piangere», rivelai con una punta di disperazione nella voce.

La sua risata mi vibrò sull'uccello mentre spariva nella sua bocca.

«Cristo!».

Gettai indietro la testa e sentii le gambe cedere.

Era così bello. Lei era così bella... in quella posizione, tra le mie gambe... avrei voluto tenerla così per il resto del week end. Ma l'intensità del mio desiderio e del suo impegno lo fecero durare molto poco. Esplosi senza controllo, spingendomi in fondo alla sua gola come un disperato.

Poi scesi frenetico su di lei, baciandole le labbra gonfie e salate, scopandole la bocca con la lingua.

Volevo prenderla in tutti i modi possibili e immaginabili.

E magari me ne sarei anche inventato un paio di nuovi.

Ricambiai la cortesia e scesi tra le sue gambe. Baciai il fiore di loto tatuato sul monte di Venere e poco dopo trovai il suo clitoride pulsante.

Lo succhiai avido, facendola contorcere tra le lenzuola, e mi sentii ubriaco di lei già al primo sorso. Le sue dita si strinsero tra i miei capelli, il suo corpo si tese vibrando come le corde di un violino mentre io cercavo il ritmo giusto per farla suonare… e Dio, la melodia che produsse divenne la mia hit preferita, quella che avrei potuto ascoltare all'infinito senza stancarmi mai.

Risalii su di lei seminando baci lungo il tragitto, tra i seni e sui capezzoli, fino a trovarci di nuovo faccia a faccia.

Con gli occhi che brillavano di lussuria e i battiti sincronizzati.

«Prendo la pillola», sussurrò sulle mie labbra.

Ero tornato duro come una roccia e scivolai tra le sue cosce umide mentre con un altro bacio le nostre bocche si ricongiunsero.

Lei allargò le gambe, mi avvolse le braccia attorno al collo e si aprì come un fiore, lasciandomi entrare con una facilità disarmante.

Ansimammo uno nella bocca dell'altro, sentendo il piacere dilatarsi fino a raggiungere la punta delle dita.

Era talmente bello che protrassi quel momento più che potei, rimanendo immobile dentro di lei finché non divenne dolorosamente necessario muovermi.

Mi ritrassi e rientrai con una spinta. Skyler inarcò la schiena e mi prese tutto con un gemito che mi rimbombò in testa.

Il suo viso stravolto dal piacere era ipnotizzante e non riuscii a distogliere lo sguardo nemmeno per un secondo mentre entravo e uscivo con foga crescente e lei si stringeva attorno a me, chiedendone ancora. E ancora.

E mentre l'orgasmo si schiantava su di noi come uno tsunami, pensai che non ne avrei più potuto fare a meno.

Del sesso con lei.

Del sesso.

Di lei.

Capitolo 49
Skyler

Forse stavo solo sognando.

Perché non poteva essere reale…

Un attimo prima ero in aeroporto, quello dopo stavo sorvolando l'oceano.

Un attimo prima ero a New York, quello dopo in paradiso.

Un attimo prima ero vestita, quello dopo Mason era entrato dentro di me, talmente a fondo da sentirlo ovunque.

Nello stomaco, nella testa e nel cuore.

Aveva scavalcato tutti i fossati e i muri che avevo disseminato per proteggere quel poco che ne rimaneva e ci aveva piantato sopra la sua bandiera, reclamandolo come se gli fosse sempre appartenuto. Come se io gli fossi sempre appartenuta, il che era di per sé ridicolo.

Io non ero mai stata sua.

Per questo mi sembrava più probabile trovarmi nel bel mezzo di un'allucinazione, magari indotta da un trauma cranico.

Ero forse scivolata e avevo battuto la testa?

Mi sentivo stordita, in effetti, ma i fattori potevano essere diversi. Tanto per cominciare, avevo bevuto. E non lo facevo da un bel po'. Poi avevo fatto sesso. Tantissimo sesso. E quello, diamine, mi ero quasi scordata come si facesse.

Ma per certe cose esiste la memoria implicita.

È come quando impari ad andare in bicicletta. Non lo scordi mai davvero. Magari sei un po' arrugginito, ma poi salti in sella e dopo qualche pedalata ti sembrerà di non aver mai smesso.

Ecco. Per il sesso è uguale.

Solo che il sesso con Mason era diverso da qualsiasi altra esperienza avessi mai vissuto prima.

Era più intenso, più viscerale. A tratti quasi brutale.

Forse la differenza la faceva lui, con il suo bagaglio emotivo e gli anni di pratica in più. Con il suo carattere dominante e i suoi muscoli allenati.

Non lo sapevo e a dir la verità, neanche mi interessava scoprirlo. Soprattutto se era tutto frutto della mia immaginazione.

Se invece era vero, mi bastava che continuasse a guardarmi con quegli occhi colmi di desiderio e a prendermi come se non gli bastassi mai.

Non pensai a nient'altro, durante la nostra permanenza a Punta Cana. Non lo volevo fare, perché sapevo che il Mason che avevo davanti non era lo stesso che avrei ritrovato a New York.

In quell'angolo di paradiso c'era solo un uomo che aveva represso i suoi bisogni per tanto tempo e che in quel momento non voleva fare altro che sfogarli… A casa ci aspettavano obblighi e responsabilità che avrebbero riportato il cipiglio sul suo viso e avrebbero indurito i suoi lineamenti.

A casa sarebbe tornato lo stronzo in doppio petto, algido e insensibile, ma in quel momento era mio. Tutto mio.

Lo osservai rilassato sulla sdraio, con un braccio appoggiato sugli occhi e l'altro abbandonato sul petto. La pelle che riluceva al sole, i capelli ancora bagnati di mare.

Presi il telefono e gli scattai una foto perché sembrava uno di quei modelli delle pubblicità. E poi perché mi serviva una prova. Mandai la foto a Tris e lei mi rispose dopo tre secondi netti con una valanga di faccine sconvolte.

Dove diavolo siete?

Ai Caraibi…

Maledetti! Gliel'hai data, almeno?

In risposta le mandai la foto della mia faccia. Mi brillavano gli occhi e sorridevo come una deficiente. Fu una risposta sufficiente.

Alleluia! Riesci a fare una foto anche al suo gingillo? Sono curiosa 😊

«Fai sorridere anche me». La voce cavernosa di Mason mi fece sobbalzare e per poco il cellulare non finì in acqua per lo spavento. Si era alzato silenzioso come un gatto ed era a un passo da me.

«È solo Tris», farfugliai davanti alla montagna di muscoli caldi e abbronzati che riempirono la mia visuale.

«Sei l'unica che trova quella donna divertente», m'informò prima che le sue mani mi scivolassero sul fondoschiena.

«Veramente tu sei l'unico che non la sopporta…».

«Perché è insopportabile», borbottò prima di darmi un bacio salato.

«Non è vero», protestai sulle sue labbra.

«Perché ne stiamo ancora parlando?», si lamentò sollevandomi da terra, «e perché sei vestita? Li avevamo banditi, i vestiti».

«Tu hai il costume», gli feci notare mentre ci riportava in camera.

«Nuotare nudo non mi sembrava carino nei confronti degli altri uomini presenti sull'isola… Non sono tutti così fortunati, sai».

Ridacchiai. «Il tuo ego è molto più grande del tuo uccello», gli rinfacciai mentre mi gettava senza troppe cerimonie sul materasso.

«A me sembra proporzionato… Togliti quella cosa», ordinò indicando il prendisole che avevo comprato appena arrivati, visto che non avevo nient'altro con me se non gli abiti con cui ero partita e lì si moriva di caldo.

Me lo sfilai dalla testa, rimanendo nuda.

Lui mi osservò dall'alto con quel suo sguardo autoritario che mi faceva impazzire.

«Va meglio, adesso?»

«Mmh, no. Prova ad aprire le gambe».

Eravamo sobri in quel momento e non erano neanche passate ventiquattro ore dalla nostra prima volta.

Deglutii l'imbarazzo che mi formicolava sulla pelle e lentamente allargai le cosce. Gli occhi di Mason si tuffarono tra le pieghe della mia intimità pizzicandomi come dita.

Mi agitai sul materasso mentre il costume si stringeva attorno alla sua erezione.

«A-adesso?», balbettai con lo stomaco contratto dall'eccitazione.

«Adesso toccati».

«Non fare il despota!», protestai con le guance in fiamme.

«Se te l'avessi chiesto gentilmente non ti saresti eccitata allo stesso modo. Quindi toccati, Skyler. Fammi vedere come lo fai».

Esitai, ma poi mi arresi e sotto al suo sguardo attento lasciai scivolare una mano tra le gambe, iniziando a massaggiarmi il clitoride lentamente.

Vidi i suoi muscoli tendersi, la mascella guizzare e le dita chiudersi a pugno, come se stesse lottando per non saltarmi addosso. Inarcai la schiena, cavalcando l'ondata di piacere che mi attraversò quando lui prese a masturbarsi davanti a me, ipnotizzato dai miei movimenti.

Le vene ingrossate sulla lunghezza sparivano sotto alle sue dita mentre le mie si muovevano più in fretta, spinte dal desiderio di sentirlo dappertutto.

«Mason», piagnucolai credendo di impazzire.

Lo volevo così tanto che mi veniva quasi da piangere.

«Sono qui», replicò lui afferrandomi un ginocchio per allargarmi di più.

«Baciami... ti prego... io... cazzo!», imprecai quando la sua lingua si infilò tra le mie dita, leccando il clitoride prima di succhiarlo tra le labbra, facendomi letteralmente vedere le stelle. Mi esplosero davanti agli occhi come fuochi d'artificio mentre l'orgasmo mi percorreva dalla testa ai piedi.

Senza darmi il tempo di riprendermi, mi afferrò per la vita con le sue grandi mani e mi posizionò davanti al suo uccello, prima di infilarsi dentro di me centimetro dopo centimetro, osservandosi sparire con un'espressione deliziata sul viso. Con una spinta mi sollevò e le nostre bocche si ritrovarono fameliche e insaziabili.

«Ho capito una cosa», mormorò muovendomi piano sopra di lui.

«Cosa?», domandai distratta dal suo grosso uccello conficcato nel ventre.

«Neanche il mio problema si può risolvere con una scopata».

«No?», farfugliai mentre mi baciava il collo, riempiendo la mia pelle di brividi.

«No, anche perché siamo a quota cinque e la situazione mi sembra peggiorare di volta in volta...».

«Ah, sì?». Non poteva pretendere risposte più complesse mentre mi dondolava in quel modo lento e costante. Stavo perdendo il contatto con la realtà, trascinata in un mondo dove c'erano solo i miei sensi che lui stimolava con maestria. Il clitoride strusciò di nuovo sul suo pube e ansimai.

«Adoro stare dentro di te».

«Lo adoro anche io. Gesù!».

«Così sì che alimenti il mio ego», affermò divertito prima di sentire le pareti della mia vagina stringersi attorno a lui e imprecare a sua volta, aumentando il ritmo fino a farmi urlare il suo nome.

«E il tuo problema?», gli sentii chiedere mentre l'orgasmo mi appannava la vista.

«Io non ho nessun problema… oddio, fallo ancora!».

«Oh, okay. Allora ti sta bene così?».

Non avevo idea di cosa stesse parlando, ma in quel momento non mi sembrò un dettaglio importante.

E tutti i sì che gridai dopo glielo confermarono.

Capitolo 50
Skyler

Tornare con i piedi per terra fu destabilizzante.

Lontani dalle acque cristalline e dal sole dei Caraibi ci ritrovammo a casa senza sapere bene come comportarci.

O almeno, io non ne avevo idea.

Hope ci accolse con entusiasmo e tra coccole e moine tutte per lei ci salutammo frettolosamente in cucina prima che lui tornasse da Spencer, dove aveva lasciato dei documenti importanti che gli sarebbero serviti il giorno seguente.

Mezz'ora dopo, Tris era seduta di fronte a me, in attesa che le spiattellassi tutti i dettagli della nostra fuga romantica, ma aspettare che Hope si addormentasse e che Ghertrude si ritirasse nella sua stanza le sembrò irragionevole.

«Allora?», m'incalzò tamburellando il piede a terra.

«Allora, cosa?»

«Come, cosa? Voglio sapere tutto!».

«Non puoi aspettare?», domandai guardando in direzione della tata con eloquenza.

«Oh, ma lei tanto lo sa che cosa siete andati a fare, eh. Mica è scema! Cominciamo dalle dimensioni...».

Ghertrude borbottò qualcosa nella sua lingua madre quando Tris iniziò a cercare dei termini di paragone con il bastone della scopa. Immaginai fossero insulti. A ogni modo prese Hope e la portò in camera sua per farla addormentare e non farle sentire discorsi del genere.

«Ti sta tutto in bocca?», mi domandò calibrando la lunghezza del bastone accostandolo alla mia faccia.

La scacciai via con una mano. «Tris, smettila!».
«Okay, allora ce l'ha piccolo... Mi dispiace, ma sai, l'avevo sempre sospettato...».
«Non ce l'ha piccolo!».
«Nella media?»
«No...», sbuffai, spazientita.
«Bene, buon per te! E lo sa usare il rastrello?»
«Non puoi essere meno volgare?»
«Mmh, non credo. Ma puoi parlare tu e risparmiarmi tutte queste domande».
«Cosa vuoi che ti dica? È stato bello. Siamo stati bene...».
«Sembra una recensione su TripAdvisor», mi comunicò con una smorfia.
«Dio, sei impossibile! Dai, cos'altro vuoi sapere?»
«Ci sa fare?», ritentò con più grazia. «Ha fantasia o ti ha tenuto con la schiena sul materasso per tutto il week end? Siete stati attenti o devo prepararmi per accogliere il prossimo Mason Junior?»
«Ci sa fare, ha fantasia e io prendo la pillola. Altro?»
«È stato come te l'eri immaginato?».
Sospirai. «Meglio...».
A lei vennero gli occhi a cuoricino. «Ti ha trattato bene?»
«Mi ha portato ai Caraibi! Direi che non poteva trattarmi meglio...».
«Hai capito cosa voglio dire».
«Ha detto che adora stare dentro di me», rivelai con un sorriso ebete, sentendolo ancora scivolare tra le mie cosce.
«Cazzo. Ti ha proprio fottuta per bene, eh...».
«Se parli in senso letterale, be', direi di sì, ma non intendi quello, vero?»
«No, tesoro. Ti ha fottuta qui», disse piantandomi l'indice sulla tempia.
«Perché?»

«Perché le fantasie di solito si rivelano deludenti e le delusioni ti fanno rimettere in discussione i tuoi sentimenti, magari ridimensionandoli... ma a te pare sia successo l'esatto contrario».

«Non ti seguo», ammisi con la fronte aggrottata.

«Provaci», disse piazzandosi davanti a me. «Avevi una cotta per lui, ci hai fantasticato sopra per mesi, pensavi di esserti addirittura innamorata perché per voi era impossibile stare insieme. Poi tua sorella muore e lui non è più un uomo sposato ma un vedovo alcolizzato». La mia occhiataccia le fece alzare le mani in segno di resa. «Sto solo cercando di riassumere», disse per giustificare la sua indelicatezza, «comunque non ho capito neanche come ma alla fine vi riavvicinate, limonando qua e là in preda agli sbalzi ormonali e lui decide di portarti lontano da occhi indiscreti per dare finalmente sfogo ai vostri bollenti spiriti... ci sei?». Annuii mentre lei riprese fiato. «Okay, c'erano solo due possibilità a questo punto... La prima era che il sesso tra voi si rivelasse una delusione totale, che lui magari facesse cilecca o peggio non avesse abbastanza materiale per soddisfarti... se fosse successo, credi che adesso avresti lo stesso quella faccia instupidita?»

«Il sesso non è tutto nella vita, Tris...».

Mi rise in faccia. «Non offendere la mia intelligenza, ti prego e rispondi onestamente alla domanda».

«Non lo so! Non mi è mai successo, quindi non so cosa dirti».

«Allora te lo dico io. Ti sarebbe scaduto più in fretta di un biglietto della metro. Invece ce l'ha grosso, ti ha rivoltata come un calzino e tu cammini un po' storta, ma a tre metri da terra. Sei fottuta, amica mia!».

Ancora non avevo afferrato il punto, però.

«E che male c'è se le cose sono andate bene, scusa?»

«Non ci sarebbe niente di male, se tu fossi innamorata di un uomo normale, ma è di Mason che stiamo parlando. L'uomo che ti ha pagato per mentire a sua moglie e che ti ha sempre disprezzato nonostante ti volesse piegare su ogni superficie disponibile. Lo stesso uomo che ha perso l'amore della sua vita e ha voltato le spalle a qualsiasi responsabilità... Ha una concezione distorta delle relazioni e, se te lo dice una che non ne ha mai avuta una sana, dovresti farti qualche domanda prima di partire per *Fantasylandia*».

«Wow... Okay, rilassati. Abbiamo solo passato un week end insieme, non mi aspetto mica niente!».

Il suo sopracciglio si sollevò repentino.

«Davvero!», insistetti, ignorando la fitta al petto che mi avevano provocato le sue parole. «Cioè, tra noi c'è qualcosa, ma non ho alcuna fretta di capire cosa sia e di certo non mi aspetto che si inginocchi davanti a me giurandomi amore eterno dopo otto mesi che Eleonore se n'è andata. Non ho mica dodici anni!».

«Questo però non vuol dire che non starai qui ad aspettare, sognando a occhi aperti che quel momento arrivi...».

«Qual è il tuo problema, Tris? Perché stai cercando di smontarmi a tutti i costi?»

«Perché magari ti farà meno male, quando ti spezzerà di nuovo il cuore».

Mason

Spencer mi aprì la porta e mi salutò con una pacca sulla spalla, lasciandomi entrare.

«Allora? Ti è piaciuto il posto?», chiese tirando fuori due birre dal frigo.

«Sì, grazie per la dritta».

«E Sky?»

«È piaciuto anche a lei», replicai prima di ingollare un generoso sorso di birra.

«Quindi?»

«Quindi, cosa?»

«Come siete rimasti?»

«In che senso?», domandai arricciando il naso.

«State insieme?»

«Non lo so. Non ne abbiamo parlato», risposi aggrottando la fronte.

«E perché non gliel'hai chiesto?»

«Perché ho trentanove anni, non dodici», borbottai con le labbra appoggiate al collo della bottiglia.

«Dilettante!», mi apostrofò scacciando l'aria con la mano, «Non dovevi mica scriverle una letterina dove mettere le crocette, però dovevi mettere subito le cose in chiaro».

«Quali cose?»

«Hai intenzione di andare a vivere nel tuo vecchio appartamento con lei e la bambina?»

«No».

«Hai intenzione di avere un rapporto esclusivo con lei dopo quindici anni di monogamia?»

«Be'…».

«Te lo dico io, NO. Ora che ti sei tolto lo sfizio, vorrai infilarlo in tanti altri posti, fidati di me!»

«Mah…», provai a protestare, Spencer però era partito in quarta.

«Non la devi illudere, Mason. Vi sbavate addosso da mesi ma ora lei si aspetterà da te più di una montata occasionale contro il muro. Sta crescendo tua figlia e darà per scontato che adesso diventerete una famiglia. Vorrà l'anello al dito e altri figli. Vorrà vivere con te e fare tutte quelle cose che facevi con…».

Non pronunciò il suo nome, ma aleggiò comunque nell'aria insieme al suo ricordo.

Eleonore.

Lei vorrà prendere il posto di Eleonore.

Era quello che voleva dirmi.

Ma non era possibile, perché nessuno avrebbe mai preso il suo posto nel mio cuore.

«Devi mettere le cose in chiaro», ripeté quando si accorse che stavo fissando il vuoto, perso nei miei pensieri, puntandomi contro l'indice, «e devi farlo subito».

Capitolo 51
Skyler

Rividi Mason due giorni dopo.

Tornai dal cantiere e lo trovai seduto sul pavimento con Hope. Le aveva comprato un gioco e stava tentando inutilmente di farle capire come mettere le formine nei buchi giusti.

«Ciao», lo salutai senza lasciarmi intenerire troppo dalla scena.

«Ciao», replicò sollevando lo sguardo su di me.

Ci eravamo visti nudi e in un sacco di posizioni diverse, eppure tra noi calò un imbarazzo soffocante.

Due giorni e neanche una chiamata.

Due giorni e neanche un messaggio.

Dovevo aspettarmelo, Tris mi aveva messa in guardia subito, eppure ci ero rimasta male lo stesso.

Li lasciai lì e raggiunsi il tavolo per posare le borse che avevo con me. Avevo fatto un po' di shopping terapeutico, ma chiaramente non era servito un granché, perché sentivo un macigno sulla bocca dello stomaco e avevo voglia di urlargli contro. Presi un profondo respiro mentre lui si alzava e posava Hope sul dondolino. La musichetta rilassante che si attivò con il movimento mi provocò un tic all'occhio destro.

«Come stai?», chiese avvicinandosi.

«Alla grande. Tu?»

«Incasinato con il lavoro… Però pensavo di fermarmi qui stasera, se per te va bene», disse invadendo il mio spazio personale. Il suo corpo aderì alla mia schiena e lui inspirò tra i miei capelli.

«Certo, la camera degli ospiti è sempre a tua disposizione», dissi allontanandomi come se fossi cosparsa di benzina e lui avesse un lanciafiamme in mano.

Magari fosse stato il contrario…

Mason si schiarì la voce, guardandomi di sottecchi.

«I lavori come procedono?»

«Bene, devi solo approvare i progetti così possiamo ordinare il materiale».

«Veramente ci sono delle modifiche che vorrei apportare. Potremmo parlarne dopo, quando Hope si sarà addormentata…».

«Parlane con l'architetto se sono modifiche strutturali o con l'interior designer se è per altro. Ti mando i loro contatti», dissi cercandoli già nel telefono.

«Skyler…».

«Che c'è?», domandai brusca, prima di prendere un altro respiro e voltarmi verso di lui.

Perché doveva essere così attraente anche con quello sguardo colpevole? E perché volevo strozzarlo e allo stesso tempo abbracciarlo?

«C'è qualcosa che non va?», domandò graffiandosi il labbro inferiore con i denti.

«Sono solo stanca», mentii.

«Quindi siamo a posto, io e te?»

«Certo», mentii ancora.

«Okay…».

«Okay!», esclamai con un tono stridulo, «vado a farmi una doccia». E poi scappai come una codarda.

Tre ore dopo, lui aveva fatto addormentare Hope e io stavo aiutando Ghertrude a sistemare in cucina, che era poi solo un modo come un altro per evitare di affrontarlo.

Ma al suo ritorno congedò la donna dicendole che mi avrebbe aiutato lui a finire e lei se ne andò senza fiatare.
«Lo sai che la paghi profumatamente per fare queste cose?»
«Sei tu che sembri non saperlo», mi rimbeccò con un sopracciglio alzato.
Sollevai gli occhi al cielo, raccogliendo le posate dalla lavastoviglie. «Mi rilassa sistemare la cucina».
Lui scoppiò a ridere, ma era una risata cinica, amara.
Una risata odiosa. «È una fortuna che tu non abbia mai desiderato fare l'attrice, perché sei davvero pessima a recitare».
«Non sto recitando», borbottai con la fronte aggrottata.
«Stai mentendo, che è più o meno la stessa cosa».
«Perché, non può rilassarmi?»
«Be', sembri tante cose, ma non rilassata», affermò parandosi davanti a me. Incrociai le braccia al petto.
«Anche tu sembri tante cose», sibilai con il dente avvelenato, «ma di certo non un indovino».
«Dai, spara», m'incitò imitando la mia posa, «Cosa sembro?».
Sembri l'errore più grosso della mia vita…
«Non ho voglia di giocare, Mason», tagliai corto richiudendo la lavastoviglie con un tonfo.
«Vuoi sapere cosa sembri tu?», continuò senza darmi retta, «Sembri arrabbiata con me».
«Wow! Forse mi sono sbagliata, allora. Prova anche a sparire», gli consigliai acida, «magari hai davvero dei poteri!».
«Potresti dirmi perché lo sei invece di fare la simpaticona».
«Non ci vuole certo un genio per capirlo, eh!».
«Be', devo essere stupido, allora, perché proprio non ci arrivo».
«Mi hai riportata a casa dopo un weekend a scopare

come ricci e poi sei sparito per due giorni interi senza neanche una parola!».

Ecco. L'avevo detto, anzi, no. Gliel'avevo urlato in faccia come una pazza isterica. Anche meglio, cazzo!

«Ti ho detto che sono stato incasinato con il lavoro!».

«Balle!».

«Balle?!».

«Sì, balle!».

«Sono qui, mi sembra», intervenne ad alta voce, allargando le braccia.

«Per la bambina. E forse per scopare. Ma non sei qui per me».

«Cosa vuoi che ti dica, Skyler?»

«Non devi dirmi niente, Mason. Ho capito tutto da sola...».

Feci per andarmene e lui mi fermò. «Cosa hai capito, cazzo?»

«Che è stato uno sbaglio. Uno sbaglio tremendo», sibilai cercando di liberarmi dalla sua presa.

«Però ti è piaciuto sbagliare... ed è piaciuto anche a me», mormorò sulla mia bocca. «Non possiamo semplicemente godercela senza complicare tutto?»

«È sempre stato complicato, Mason, nel caso non te ne fossi accorto... ma io non sono una groupie. Non lo sono mai stata. E di certo non diventerò la tua! Se è solo una scopata che cerchi...».

«Non cerco solo una scopata, Cristo, ma neanche una moglie, okay? Ce l'ho già avuta e...». Scosse la testa lasciandomi andare.

«Non è quello che voglio», protestai sentendo il cuore incrinarsi nel petto.

«E allora cosa vuoi?»

«Voglio l'amore!», strillai con le lacrime agli occhi e il respiro corto.

Lui abbassò le spalle e la sua espressione desolata fu dolorosa come una pugnalata.

«Ho già avuto anche quello…», mormorò distogliendo lo sguardo.

«Be', io no. Non ho avuto niente… e voglio tutto. Credo di meritarmelo».

«Te lo meriti, solo che io non so se posso dartelo».

E senza aggiungere altro se ne andò, lasciando un vuoto grande come un cratere nel mio petto.

Mason

«Io lo sapevo che ti dovevo investire con la macchina», esordì la sua amica appena mi vide uscire dal bagno la mattina seguente. «Avevo anche la pala per sotterrarti».

«Buongiorno anche a te, *Patrisha*», replicai sorpassandola.

«Buongiorno un cazzo, pezzo di stronzo!», esclamò sbattendo la porta del bagno alle sue spalle.

Spencer sbuffò quando lo raggiunsi in cucina.

«Per caso stanotte c'è stata una conference call sulla mia maledetta vita privata?!», borbottai versandomi una tazza di caffè.

«È la sua migliore amica», ricordò Spencer lanciandomi una zolletta di zucchero nel caffè che schizzò fuori rischiando di macchiarmi la camicia.

«E tu dovresti essere il mio, se non ricordo male».

«Lo sono, ma non ti nascondo che a volte faccio davvero fatica a non prenderti a schiaffi…».

«Vaffanculo, Spencer. Sei stato tu a dirmi di mettere le cose in chiaro con lei!».

«Non ti ho detto di farla sentire un inutile pezzo di carne».

«Non l'ho fatto!». L'avevo fatto? «…*Cristo*».

Appoggiai i palmi aperti sul bancone della cucina cercando di tornare alla discussione della sera prima.

Mi ero tenuto alla larga i due giorni precedenti per fare un po' di chiarezza nella mia testa senza venire a capo di nulla.

Avevamo passato un weekend grandioso e tra noi c'era un'affinità indiscutibile, ma Spencer mi aveva spaventato, mettendomi davanti a circostanze che non ero pronto ad affrontare.

Provavo qualcosa per Skyler, ma non potevo compararlo al rapporto che avevo avuto con sua sorella.

Io ed Eleonore eravamo cresciuti insieme.

Era stata la mia prima e ultima storia seria. Il primo "ti amo", la prima convivenza... era stata mia moglie, dannazione!

E avevo appena iniziato ad accettare che non sarebbe stata il mio per sempre, non potevano pretendere che la buttassi fuori a calci dalla mia testa e dal mio cuore per lasciare il posto libero a Skyler... anche se lei si era presa pezzetti di me senza neanche chiedermi il permesso. E lo aveva fatto appena aveva messo piede nella mia vita.

Mi serviva solo del tempo per elaborare tutto quello che stava succedendo tra di noi, ma non potevo prendermi neanche due giorni senza passare per un pezzo di merda.

«Fai pace col cervello, amico», consigliò Spencer con una decisa pacca sulla spalla.

E io ci provai.

Provai a dividere il passato dal presente, ma c'era una parte di me che continuava a sentirsi in colpa ogni volta che tentavo di guardare avanti.

Provai a togliermela dalla testa uscendo con altre donne, come sapevo da fonti attendibili stesse facendo anche lei, ma non c'era nessuna in grado di solleticare il mio interesse o anche solo di farmelo venire duro. A quanto pareva, Tris a forza di maledizioni era riuscita a lanciarmi davvero qualche sortilegio, perché ero diventato completamente apatico.

E il mio amico con me.

Provai a lasciarla andare, come forse era più giusto

fare, ma dopo aver assaggiato la sua indifferenza per un paio di settimane mi sentii orfano dei suoi sguardi, dei suoi sorrisi, di lei… e allora mi resi conto che forse, un posto per Skyler nel mio cuore l'avevo già fatto, senza togliere a Eleonore il suo.

Capitolo 52
Skyler

Dopo la "rottura" con Mason, delegai ai miei collaboratori ogni aspetto che riguardasse i lavori nel suo appartamento.

Che poi non potevi rompere con uno con cui non eri mai stata davvero insieme, ma mi sentivo come se avessimo buttato via qualcosa di speciale senza neanche provare a farlo funzionare.

Ed era quella forse la parte più triste.

Sulla carta, io e Mason potevamo essere perfetti insieme.

Gli opposti che si attraggono e che fanno scintille…

Lo Yin e lo Yang. Diversi ma complementari.

Però c'erano troppi fattori esterni a dividerci, e io non potevo e non volevo competere con il legame che aveva avuto con mia sorella. Non lo volevo fare quando era ancora viva, figuriamoci dopo che se n'era andata. Se lui non era in grado di andare avanti, io non potevo fare altro che lasciarlo lì e proseguire per la mia strada.

Anche se la mia strada era costellata di appuntamenti traumatici.

Solo Tris sapeva come faceva a uscire con dei perfetti sconosciuti e portarseli a letto senza troppe cerimonie.

Io a malapena riuscivo a concludere la cena prima di trovare una scusa qualunque per svignarmela.

Sembrava che gli unici single rimasti a New York fossero tutti casi umani, sottoscritta compresa.

Al secondo appuntamento raccontai la mia storia al tizio che in foto sembrava avere dieci anni di meno e venti centimetri in più e lui si alzò con la scusa di dover andare in bagno e uscì dalla porta di servizio, lasciandomi pure il conto da pagare.

Come se partorire il figlio di mia sorella e innamorarmi di suo marito fosse poi chissà che cosa!

«Sei tu che sbagli, perché cerchi tra gli sfigati che vogliono una relazione duratura e blah, blah, blah... Io quelli neanche li guardo», fu il commento di Tris dopo l'ennesimo buco nell'acqua.

«Be', ce l'avevo già il candidato perfetto per essere solo scopata», borbottai con il volto accartocciato in una smorfia di disappunto. «Io voglio una storia. Ho una figlia, delle responsabilità... voglio un uomo accanto».

«Sai che è la prima volta che ti sento dire che hai una figlia?».

Sbattei le palpebre, stupita. Era davvero la prima volta?

«Be', ce l'ho...».

«Sì, ce l'hai», confermò sporgendosi per guardarla nel passeggino. Gironzolavamo per Central Park in cerca di una striscia di prato dove fare il nostro picnic.

Hope impazziva per l'erba, allungava la sua manina e ne accarezzava le punte ridacchiando. Ed era impressionante quanto assomigliasse a Eleonore. Aveva i suoi colori, la sua delicatezza, il suo sorriso... ogni volta che le sue iridi color cielo si posavano su di me mi sembrava che una parte della sua essenza risiedesse lì, nelle trame della sua anima pura.

Era un pensiero che mi confortava.

Ci sistemammo accanto a un albero, sfruttando i suoi rami rigogliosi per avere un po' d'ombra.

Ghertrude aveva preparato il cestino con sandwich, frutta fresca già tagliata e la pappa per Hope che preparava con amore ogni mattina.

David ci raggiunse con due cartoni di birra in lattina e un sorriso da teppista sulle labbra. «È qui la festa?», esordì lanciandoli nell'erba per sdraiarsi accanto a Hope. «Ciao principessa. Guarda cosa ti ho portato».

«Oddio!», esclamai di fronte alla piccola bandana con la foto della band che lui le legò sulla fronte. «La voglio anche io!».

Ne tirò fuori una più grande dalla tasca e me la tirò mentre Hope cercava di togliersela con una smorfia.

«Riesci a infastidire pure quell'angioletto», lo rimbeccò Tris con un'occhiata truce.

«Non mettere il broncio, Trix. Ne ho una anche per te, se la vuoi...».

«Non la voglio».

«Eccoci!», esclamò Spencer con un'espressione colpevole indirizzata a me. "Scusa" mimò con le labbra prima di farsi da parte e rivelare la presenza di Mason alle sue spalle.

Tutto il buon umore scivolò via.

Toccò a me mettere il broncio mentre lui sollevava una mano impacciato per salutarmi.

Sai dove te la dovresti mettere quella mano, stronzo?

Non ricambiai il saluto e distolsi lo sguardo giusto in tempo per vedere Tris che riempiva il braccio di Spencer di schiaffi.

«Sei proprio un idiota!».

«Mi faceva pena!», cercò di bisbigliare lui, ma lo sentimmo tutti, compreso Mason, che si passò una mano sulla testa imbarazzato.

«Forse è meglio se vado», dichiarò, iniziando a indietreggiare. Accarezzò Hope con lo sguardo e immaginai il fastidio che provò nel vederla con la faccia di David stampata in testa.

«Bravo, vai!», lo incitò Tris senza un briciolo di compassione.

«Resta», mi sentii dire, lasciando tutti di stucco.

Mason sbatté le palpebre e mi disintegrò con uno sguardo pieno di riconoscenza. Accennò un sorriso e si sedette a terra, tra Spencer che borbottò delle scuse e David che lo salutò con una pacca sulla spalla.

Hope gattonò fino da lui con il suo sorriso dolcissimo e Mason si squagliò come un gelato al sole, anche se alla prima occasione le sfilò la bandana dalla testa.

Li osservai da sotto le ciglia, chiedendomi se anche lui vedesse un po' di Eleonore in lei, se anche a lui desse conforto oppure riaprisse continuamente squarci nel suo cuore.

Era da tempo che non li guardavo interagire tra loro, uscendo di casa mezz'ora prima che arrivasse e in generale evitandolo come la peste, ma da come gli sorrideva, dal modo in cui la stringeva, immaginai che nessuna delle emozioni che le regalava potessero provocargli dolore.

Passammo un pomeriggio relativamente tranquillo, a parte qualche battibecco tra David e Tris, e tra Tris e Mason.

Mason provò a parlarmi in un paio di occasioni, ma io finsi ogni volta di non sentirlo, di non vedere il modo in cui mi guardava, di non percepire la sua presenza quando era l'unica cosa di cui ero pienamente cosciente.

L'unica cosa che feci fu salutarlo quando se ne andò, ma fu involontario. Ci stavamo salutando tutti, baci di qua e baci di là, pacche sulle spalle e ci vediamo domani, quando me lo ritrovai davanti. Avevo le braccia ancora aperte e le lasciai ricadere sui fianchi.

«Ciao», mi disse abbassando la testa.

«Ciao», replicai sorpassandolo come se mi stesse bruciando la terra sotto ai piedi. Invece mi stava solo sanguinando il cuore, ma non volevo che se ne accorgesse.

La sera mi arrivò un mazzo di fiori a casa.

Grazie per oggi. Mason.

«Grazie al cazzo», borbottò Tris strappandomi il bigliettino dalle dita. «Dovrebbe baciare la terra dove cammini altro che due rose… Qua ci vorrebbero almeno dei gioielli per sistemare le cose, ma mica ci arriva sto cerebroleso...».

«Puoi parlare più piano? E comunque non mi interessano i gioielli», ribattei rannicchiata sul divano con Hope svenuta tra le braccia.

Dormiva già da un po', ma non avevo voglia di metterla a letto e rinunciare al suo calore. Me la strinsi più vicina e inspirai il profumo di bagnoschiuma tra i suoi capelli.

Quando ero giù mi bastava respirare il suo odore per sentirmi meglio, ma quella sera non ero solo a terra, ero proprio triste.

Rivederlo mi aveva lasciato addosso una nostalgia e una tristezza che non riuscivo a farmi scivolare via.

«Be', non dovrebbero interessarti neanche i fiori».

«Infatti non mi interessano», replicai con un sospiro.

«Ma hai *quella* faccia», si lamentò puntandomi l'indice contro.

«Quale faccia?»

«La faccia di una che muore dalla voglia di cedere. Non devi farlo, Sky!».

«Non voglio cedere... però mi manca», ammisi con le labbra piegate all'ingiù.

«Anche a me a volte manca la cioccolata, ma so che mi fa venire i brufoli e la cellulite e allora non la mangio».

«Non è proprio la stessa cosa», le feci notare sollevando gli occhi al cielo.

«No, infatti, la cioccolata non lo fa apposta».

«Tris...».

«E lui non ti fa venire solo i brufoli, lui ti spezza dentro, cazzo! E io non sopporto vederti stare male».

«Lo so. Vieni qui». Si sedette accanto a noi e ci abbracciò.

«Ti voglio bene», dissi commossa.

«Anche io».

Passò qualche minuto in cui restammo accoccolate a fissare la tv spenta, poi la sentii sbuffare alle mie spalle.

«Merda. Ora ho voglia di cioccolata», esclamò, facendomi ridacchiare.

«Nella dispensa a destra», rivelai mentre lei si alzava di scatto.

«Sì, ma questo non vuol dire che tu devi cedere! Tu sei più forte di me!».

Annuii, però non mi sentivo forte per niente.

Capitolo 53
Mason

Mi era sembrato che Skyler mi avesse voluto lasciare uno spiraglio di speranza permettendomi di restare al picnic quel pomeriggio, ma mi resi presto conto che il suo era stato solo un gesto caritatevole e niente di più.

Le mandai altri fiori, con altrettanti stupidi bigliettini, ma lei non diede mai segno di apprezzarli. Provai a coinvolgerla nel mio tempo con Hope, inventandomi problemi che nemmeno esistevano, ma le mie scuse rimbalzavano sul muro di indifferenza che aveva innalzato tra noi senza scalfirlo.

Iniziai ad arrivare prima dell'orario stabilito solo per poterla vedere e ad andarmene dopo che era rientrata solo per darle la buonanotte. Iniziai a elemosinare un suo sguardo o una sua parola come un fottuto disperato, ma più cercavo di avvicinarmi, più lei indietreggiava. L'avevo ferita, ne ero consapevole, ma non riuscivo a credere che il danno fosse irreparabile. Non volevo farlo.

Una sera, mentre lei era chissà dove a fare chissà cosa, a Hope salì la febbre. Le sue guance erano rosse e gli occhietti vispi avevano un velo lucido di apatia, e soprattutto, era inconsolabile. Io e Ghertrude le provammo tutte, ma alla fine lei chiamò Skyler e la informò, costringendola a precipitarsi a casa.

Arrivò di corsa, con i capelli scuri che le svolazzavano attorno.

Ed era bella da mozzare il fiato.

Bella come solo lei riusciva a essere.

Con quei vestiti che su nessun altro avrei trovato provocanti e quel trucco pesante che la facevano sembrare una teppistella di strada. Così diversa dal tipo di donna da cui mi ero sempre sentito attratto, eppure capace di suscitarmi un desiderio folle.

Era capace di mettermi al tappeto con un solo sguardo.

Fu quello il massimo che ottenni prima che corresse dalla bambina, trasformandosi in una persona amorevole e apprensiva in un battito di ciglia.

La stringeva a sé cullandola come solo una madre sa fare, sussurrandole parole magiche che riuscirono a calmarla dopo un'ora di pianto isterico.

Rimasi a osservarle rapito, rubando ogni istante di quel quadretto familiare di cui mi sentivo solo uno spettatore non pagante. Ma avrei pagato per farne parte.

Avrei speso ogni centesimo, dato via tutto quello che avevo... Solo per essere guardato con quegli stessi occhi, per poter esser abbracciato con quello stesso affetto.

Quando Skyler mise giù Hope, io ero a un passo dal crollare in ginocchio ai suoi piedi. Mi faceva male il cuore e mi tremavano le mani per il bisogno di stringerla. Così ci provai.

Cercai la sua mano in corridoio, lei mi scacciò via come un insetto fastidioso.

«Sky...».

«Mason, ti prego. È tardi e sono di corsa».

«Mi manchi», ammisi con un filo di voce.

«A me manca l'aria», borbottò sorpassandomi.

Afferrò la borsetta e si diresse verso l'ascensore.

«Dove vai?»

«In cerca d'amore, Mason. Augurami buona fortuna!».

Me lo meritavo?

Immaginai di sì, ma non lo rese certo meno doloroso.

Skyler

Buona prima festa della mamma, Skyler.
Mi piacerebbe portarvi a cena stasera, se ti va.
Fammi sapere, Mason

«Non molla, eh?», chiese Tris girandomi attorno come uno squalo affamato. C'erano due palloncini rosa sospesi sopra al pacchettino che Mason aveva lasciato sul tavolo, accanto al bigliettino.

Non mi sentivo emotivamente pronta ad aprirlo, ma Tris mi stava con il fiato sul collo, così alla fine sospirai e scartai la carta raffinata che rivestiva la scatolina.

«Tiffany. Scontato», commentò con una smorfia.

Dentro a quella confezione c'era una collanina d'oro bianco con un ciondolo a forma di cuore.

Su un lato c'era scritto il nome di Hope, sull'altro il mio.

Sentii quello che mi batteva nel petto sciogliersi.

Era stato un gesto carino. Un pensiero dolce.

Ultimamente Mason era sempre dolce e carino.

E sapevo che era solo una tattica per rientrare nelle mie grazie, ma diventava sempre più difficile ignorare i miei sentimenti per non calpestare il mio orgoglio e la mia dignità.

«Che fantasia», sbuffò Tris sulla mia spalla.

«Però è bella», dissi tirandola fuori dalla scatola per rigirarmela tra le dita.

«Peccato che a te i gioielli non piacciano», mi ricordò con un sopracciglio alzato.

«Già...». Non ebbi il coraggio di rimangiarmi quelle parole, così invece di chiederle di aiutarmi a indossarla, la riposi nel suo contenitore e lo richiusi.

«Gliela restituirò», dichiarai cercando di convincermi che fosse la scelta migliore, anche se mi dispiaceva da morire.

Sentivo lo sguardo della mia amica perforarmi la tempia.

«Buona idea», convenne con me, ma non sembrò agguerrita come al solito. «Magari a questo giro capisce l'antifona».

«Lo spero», sussurrai, ma quell'affermazione mi graffiò la gola come se fosse ricoperta di spine e il pensiero che lui rinunciasse definitivamente a noi mi fece salire le lacrime agli occhi. Le scacciai via prima che potesse accorgersene.

Capitolo 54
Mason

La casa era finita e le mie cose erano tutte nelle scatole, pronte per essere portate via dagli addetti al trasloco.

Tris tirò fuori una bottiglia di spumante e la stappò davanti a me e Spencer.

«Troppo presto?», domandò candida a quest'ultimo, che sollevò gli occhi al cielo.

«Prendi almeno un bicchiere anche per lui».

«A lui l'alcol fa fare un sacco di stronzate», disse tirando fuori una bottiglietta d'acqua. «Tieni, brinda con questo».

«Trixie!».

«No, ha ragione», replicai afferrando la bottiglia. «Grazie per avermi ospitato, amico. Ti devo un favore».

«Non ringraziarmi, mi casa es tu casa».

Ci abbracciammo come se stessi partendo per chissà dove, quando mi stavo allontanando solo di poche miglia.

Ma era come la fine di un'epoca, in un certo qual modo.

Ci staccammo e mi voltai verso Tris, che si era appena scolata tutto il bicchiere in un sorso solo.

«Patrisha», l'apostrofai, accennando un sorriso.

«Testa di cazzo», m'imitò, mostrando i denti.

«Immagino che non ti offenderai se non ti abbraccio».

«Preferirei abbracciare un cactus».

«Già… Anche io».

Mi voltai verso l'uscita con Spencer al mio fianco.

«Mason!», mi richiamò all'ultimo lei, quando ero quasi arrivato alla porta.

Mi rigirai nella sua direzione, aspettandomi qualche insulto o gestaccio d'addio.

«Non le interessano i fiori», m'informò stringendo gli occhi.

«Sì, me ne sono accorto...».

«E neanche i gioielli!», mi urlò dietro appena mi rivoltai verso la porta.

«Ho notato anche quello», borbottai afferrando la maniglia.

«Ma le interessi tu», aggiunse facendomi spalancare gli occhi, «quindi togliti quella scopa dal culo e comincia a strisciare come si deve, se vuoi avere un'altra possibilità».

«Grazie per la dritta, *Patrisha*», dissi con un sorrisetto.

«Non ringraziarmi, coglione. Non lo sto facendo per te».

Capitolo 55
Skyler

C'è un problema con la casa, puoi passare un attimo?

Rilessi quel messaggio più volte prima di chiamare Camilla.

«Cami, sì, mi ha scritto Mason. Dice che ci sono problemi con la casa. Ne sai niente?»

«No, gli abbiamo consegnato le chiavi qualche giorno fa ed era tutto apposto».

«Be', invece sembra che non lo sia. Vuole che qualcuno vada a controllare. Non è che ci puoi andare tu?».

Ti prego, ti prego, ti prego…

Passai i secondi che ci mise per rispondere sperando che mi dicesse di sì.

«Mi dispiace, Sky, ma sto aspettando un cliente che sarà qui da un momento all'altro».

«Certo», mormorai con un sospiro. «Non importa, ci penso io».

Scrissi a Mason che sarei passata dopo aver sbrigato un paio di commissioni, ma in realtà passai le due ore successive davanti allo specchio.

«Non devi cedere!», ricordai al mio riflesso, cercando di suonare ogni volta più convincente. «Tu sei più forte!».

Ma l'immagine che lo specchio mi restituiva era quella di una ragazza con i capelli crespi, le occhiaie e delle strane macchie sulla felpa di origine sconosciuta.

Sembravo disperata.

Mi annusai le ascelle.

Disperata e non proprio fresca come una rosa.

Decisi quindi di farmi una doccia.

Mentre mi piastravo i capelli però continuavo a ripetermi come un mantra che lui era peggio della cioccolata, peggio anche delle patatine fritte.

Lui era il male assoluto e il male assoluto andava combattuto con l'intimo coordinato perché non si poteva mai sapere, con tre chili di fondotinta per coprire le imperfezioni, con un vestito che gli avrebbe come minimo provocato un infarto.

Ecco, l'idea era pressappoco quella di lasciarlo stecchito.

Di dimostrargli che stavo alla grande senza di lui, che non passavo le serate a casa a mangiare gelato direttamente dalla vaschetta piangendo davanti a stupide commedie romantiche. Man mano che mi avvicinavo al palazzo in cui si era da poco trasferito, però, mi sentivo sempre meno agguerrita e sempre più agitata.

Suonai al campanello con uno strano tremolio alle dita e il portone scattò provocandomi un tuffo al cuore.

Feci per tornarmene da dov'ero venuta, ma poi ci ripensai ed entrai decisa. Fanculo, potevo farcela. Ce l'avevo fatta un sacco di volte. Bastava ricordarsi quanto poco contassi per lui.

Trovai la porta del suo appartamento accostata.

«Mason?», chiamai spingendola verso l'interno.

La zona giorno era silenziosa, ordinata, familiare.

I mattoni a vista si sposavano perfettamente con gli ampi infissi scuri e il palchetto di noce.

«Mason?».

Mi addentrai, notando qualcuna delle modifiche che aveva apportato al progetto. La cucina era più ampia, con un'isola spaziosa e un bel tavolo rettangolare di legno massiccio.

Una foto di lui e Hope mi attirò verso la parete opposta.

Era in bianco e nero e risaliva ai primi mesi, a quando pensavo che non volesse saperne niente di lei.

«Scusami, ero in bagno».

Sussultai e mi voltai di scatto.
«Tranquillo. Stavo curiosando».
«Ti piace?», domandò avvicinandosi piano.
«Molto», ammisi prima di riempirmi i polmoni d'aria, «Allora, dov'è il problema?», domandai, impaziente di risolverlo al più presto e tornarmene a casa prima che il suo dopobarba iniziasse a bombardare il mio sistema nervoso.
«Ah, sì. Qui, vieni», disse facendomi strada.
Lo seguii fino in camera da letto, dove i mobili scuri si abbinavano alle pareti color crema rendendo l'ambiente virile ed elegante. Più virile che elegante. Ma forse era lui a gettare testosterone su ogni cosa… difficile dirlo con certezza.
Io mi sentivo un po' stordita mentre cercavo di capire.
I mobili sembravano okay. I muri pure. Non c'erano graffi, né macchie strane sul soffitto.
«Lo vedi?», mi chiese cercando il mio sguardo.
Scossi la testa, continuando a guardare ovunque.
«Il letto», mi disse, indicandolo.
«Cos'ha che non va?»
«Come, cos'ha? Non vedi che è troppo grande?».
Aggrottai la fronte. «È un normalissimo letto king size, Mason».
«Il letto king size è troppo grande per una persona sola», ribadì con un'espressione che non riuscii a decifrare.
Mi stava prendendo per il culo o era serio?
«Non ho capito. Vuoi un letto singolo?»
«No, Skyler. Voglio qualcuno con cui dividerlo».
«Non ho un servizio di escort, Mason».
«Che cosa c'entrano le escort?», ribatté afferrandomi la mano. «Guarda!», esclamò aprendo la cabina armadio. C'erano tutte le sue cose che riempivano la parte destra, quella a sinistra invece era vuota. «Lo vedi?»
«Certo che lo vedo», mi stavo spazientendo, «non sono mica cieca!».

Mi portò nel bagno, davanti al doppio lavabo, per farmi vedere che uno era completamente inutilizzato.

«Mason», sibilai massaggiandomi una tempia, «se non volevi le cose doppie avevi solo da dirlo durante la riprogettazione».

«Proprio non capisci?», si lamentò, trascinandomi alla fine in quello che doveva essere uno studio e lì iniziai a sentire gli occhi pizzicare.

Al posto delle librerie in mogano c'erano mobili bianchi, con mensole a forma di nuvola e peluche di ogni grandezza e colore. Al posto di una scrivania imponente, al centro della stanza c'era un lettino con le sbarre e un tappeto peloso a forma di orso polare.

«Il problema è che stavo cercando di farti spazio», mormorò al mio orecchio mentre gli occhi mi si riempivano di lacrime, «ma tu non me ne hai dato il tempo... e ora la mia casa è mezza vuota... e lo è anche il mio cuore».

«Hai detto...», provai a dire, ma lui non mi lasciò proseguire.

«Lo so cosa ho detto». Con un sospiro mi prese le mani, tremavano come foglie al vento. «Ed è vero, io ho già avuto una moglie e ho già conosciuto l'amore, ma mi sono lo stesso innamorato di te. Ed è successo prima del weekend ai Caraibi, prima di conoscere mia figlia, prima ancora che Eleonore si ammalasse di nuovo. È successo mentre cercavo continuamente una scusa per offenderti o un motivo per sminuirti. È successo quando mi hai risposto per le rime la prima volta a casa tua e io ho sentito un fuoco accendersi nella pancia. È successo e basta, nonostante io provassi a ignorarne i sintomi... e quando finalmente mi sono sentito libero di desiderarti, ho avuto paura, Skyler. Paura di amare di nuovo profondamente e di perdere tutto un'altra volta».

«Mi hai fatto troppo male, troppe volte», ammisi con il trucco che mi colava sulle guance.

«Non volevo ferirti, stavo solo cercando di proteggere me stesso».

«Ed è quello che dovrei fare ora io», replicai con la fronte aggrottata.

«Probabilmente, sì». Sospirò. «Non sto dicendo che merito il tuo perdono o un'altra possibilità, solo che ti amo, Skyler e che continuerò a farlo anche se adesso te ne andrai con il mio cuore in mano. E se mi ami anche tu, continuerai a farlo anche se adesso deciderai di mettere te stessa al primo posto».

«Non c'è scampo, quindi...», mormorai mentre lui mi asciugava le lacrime.

«Mi hai visto dare il peggio di me e ancora ci stai pensando, quindi temo proprio che non ce ne sia».

«Se potessi scegliere cosa provare, di sicuro non amerei uno stronzo egoista e prepotente come te».

«Wow. Non so se sentirmi offeso o lusingato».

«Sono seria, Mason», lo rimbeccai accigliata.

«Lo so, scusami, ma era una dichiarazione un po' ambigua. Mi odi o mi ami?»

«Odio amarti», replicai perdendomi nei suoi occhi smarriti.

«Capisco...», mormorò rilassando le spalle.

«Ma comunque, ti amo».

«Mi sembra un inizio», bofonchiò prima di baciarmi a tradimento.

«Ma non ti ho perdonato», dissi appena riuscii a staccarmi.

«Suppongo che per quello ci vorrà tempo», commentò baciandomi ancora.

«Molto tempo», confermai prima di tornare a rincorrere la sua lingua.

«Mi sei mancata», dichiarò trascinandomi in giro per la casa, le bocche incollate, le sue mani sui fianchi, le mie aggrappate alle sue spalle.

«Anche tu», dissi sentendo il cuore dilatarsi nel petto.

«Ho una sorpresa per te», mi confidò e quando aprii di nuovo gli occhi eravamo in bagno.

Mason mi lasciò andare per mostrarmi la doccia.

«Non ci credo», dissi sorpresa.

«Stesso modello, solo un po' più piccola così il getto arriva giusto giusto sulla tua...». Gli tappai la bocca, sentendo le guance scaldarsi.

«Ho capito!», strillai imbarazzata. «Ma come ti è venuto in mente?»

«Scherzi? Non penso ad altro da quando ti ho sentita gemere da dietro la porta».

Scossi la testa, incredula. «Eri stato troppo romantico, dovevi per forza rovinare tutto».

«Non prendertela con me, sei tu che disprezzi i fiori e i gioielli! Almeno ero sicuro che questo ti avrebbe fatto impazzire, letteralmente».

Mi finsi indignata e cercai di colpirlo tra una risata e l'altra finché non mi ritrovai di nuovo stretta tra le sue braccia.

«Sei più bella quando ridi», sussurrò serio, guardandomi come se mi vedesse per la prima volta.

«Allora smetti di farmi piangere».

«Farò del mio meglio», promise. Poi mi baciò, e quel bacio aveva un sapore diverso dagli altri.

Sapeva di docce calde, di letti disfatti, di abbracci stretti e parole sussurrate. Sapeva di sorrisi a fior di labbra e di sguardi maliziosi, di frecciatine e litigate.

Quel bacio, finalmente, sapeva di amore e, soprattutto, sapeva di noi.

Capitolo 56
Mason

Ci volle del tempo.

Tempo per farmi perdonare.

Tempo per guadagnarmi la sua fiducia.

Tempo per trovare il giusto equilibrio tra quello che ero e quello che avevo sempre cercato di essere.

Tempo in cui imparammo a conoscerci nel profondo, mettendo a nudo le nostre anime e non solo i nostri corpi, scoprendo che erano le nostre differenze ad attrarci in quel modo.

Quando si rese conto che non avevo intenzione di andare da nessuna parte e che quel fuoco che mi bruciava dentro non si sarebbe spento alla prima folata di vento, Skyler si trasferì da me. Attraversò la porta tenendo Hope per mano e insieme entrarono nella mia casa riempiendola di colori, di risate e d'amore.

Amore…

Era un sentimento che avevo sempre associato solo a una persona: Eleonore. L'amavo ancora, a distanza di un anno dalla sua morte, e forse avrei continuato ad amarla per sempre, perché mi era stata accanto per gran parte della mia vita e i nostri cuori si erano fusi insieme lungo la strada che avevamo percorso.

Ma anche Hope era amore. Aveva la forma e il colore del sole e mi era indispensabile come l'aria che mi entrava nei polmoni. In lei c'era tutta la dolcezza di Eleonore, tutto il suo candore. Non poteva essere nient'altro che amore.

E anche Skyler era amore.
Nato come una tempesta, violento e capace di sradicare tutte le mie certezze. Un amore che avevo provato a rinnegare e soffocare, ma che aveva continuato a crescere come un fiore in mezzo al deserto, sbocciandomi nel cuore senza acqua e senza sole.
E forse era meno dolce e romantico di quello che mi aveva legato a Eleonore, però era passionale e viscerale come non lo era stato mai prima.
Potevano sembrare due sentimenti diversi, invece...
Era solo un'altra donna.
Ed era solo un altro amore.

Epilogo
Skyler

Due anni dopo

«Hope, dai la mano a zia Tris!».

Il centro commerciale è affollato e il terrore di perderla tra le corsie mi fa spingere il carrello guardando continuamente nella sua direzione.

«Tranquilla, non la perdo di vista!», mi assicura la mia amica zigzagando tra gli altri carrelli.

«L'hai detto anche l'altra volta», le ricordo sbuffando, «poi abbiamo passato i cinque minuti più brutti della nostra vita».

Tris appoggia i palmi sulle orecchie di Hope per non farle sentire cosa sta per dire, poi si volta verso di me.

«Non è colpa mia se è stronza come suo padre», dice facendomi ridacchiare. «Poi io ti ho regalato quel bellissimo guinzaglio per bambini, sei tu che ti vergogni a usarlo e mi costringi a correrle dietro come una matta! Sudo più con voi che con…».

«Non fare allusioni sessuali davanti a lei. Ricordati com'è finita l'ultima volta che l'hai fatto».

«Ripeto, non è colpa mia se è tutta suo padre!».

Sorrido mentre lei l'acciuffa per la vita e se la carica in spalla, riavvicinandosi a me.

«Allora, hai preso tutto?».

Controllo la lista della spesa e poi il carrello che straborda.

«Direi di sì. Andiamo».

Una volta raggiunte le casse, ci fermiamo in quella con meno coda.

«Dovresti sfruttare quel pancione e passare davanti a tutti», mi ricorda la mia amica mentre Hope si aggrappa ai suoi dreadlocks come se fossero le briglie di un cavallo, saltellandole sulle spalle.

«Sai che non mi piace farlo. La gente poi mi guarda malissimo».

«Fanculo la gente! Al tuo posto io fingerei di avere le doglie ogni tre per due», rivela trotterellando sul posto.

«Dopo il falso allarme dell'altro giorno preferisco rispettare la fila, ma quando arriverà il tuo turno fingerò con te tutte le volte che vorrai».

«Non dirlo neanche per scherzo. Dalla mia vagina non uscirà mai niente!».

«Mai dire mai...».

«Bagina», ripete Hope, facendomi alzare gli occhi al cielo.

«Ecco, adesso ricomincia».

«Bagina, bagina, bagina!».

Con una mano sul fianco e l'altra sul pancione, supplico mia figlia di smetterla, ma lei continua a ridere e a ripetere quella parola decine di volte, finché Tris non la tira giù e comincia a farle il solletico, riuscendo a farla smettere.

La tizia davanti a noi si è voltata e ci guarda indignata.

Salterei la fila solo per farle un dispetto.

E perché la schiena mi sta chiedendo pietà...

Una volta che si è calmata, Tris mi affianca con Hope in braccio.

«Dobbiamo trovare delle parole in codice», suggerisce per l'ennesima volta.

«Tanto poi non le usi mai...».

«Stai bene?», mi chiede aggrottando la fronte.

«Sì, sono solo stanca».

«Hai una faccia strana», rivela osservandomi con attenzione.

«Non è… niente», dico mentre un calore familiare mi bagna le cosce.

«Cazzo, mi hai di nuovo imbrattato le scarpe!», esclama Tris mentre dalla pozzanghera che si forma ai miei piedi continua a schizzare liquido amniotico.

«Be', almeno non dobbiamo fingere», replico imbarazzata, sentendo decine di occhi puntarsi su di me.

Passiamo davanti a tutti e dopo una corsa a casa per lasciare la spesa e Hope a Ghertrude, Tris prende la valigia pronta dietro la porta della mia camera e io provo a chiamare Mason, ma parte subito la segreteria.

Intanto una fitta lancinante mi fa piegare a metà.

«È tutto in macchina. Andiamo!».

«No», protesto, aggrappata al bancone della cucina. «Mason è nel bel mezzo di una riunione e ha il telefono spento. Devo aspettarlo».

«Col cazzo che lo aspetti. La prima volta sei arrivata in ospedale per miracolo. Questo non me lo sforni in macchina, tesoro!».

«Devo andare con lui. Me l'ha promesso», piagnucolo con i muscoli stretti in una morsa.

«Geralt, chiama il suo ufficio e avvisalo che stiamo andando in ospedale», abbaia Tris mettendosi il mio braccio sulla spalla. «E digli di muovere il culo!», aggiunge aiutandomi a uscire di casa.

«Mamma!», urla Hope preoccupata, venendoci dietro.

«Vado a prendere Faith e torno», le prometto tra i denti mentre un'altra contrazione mi sconquassa le viscere.

Ghertrude la raccoglie e chiude la porta sulla sua faccina emozionata. Aspetta l'arrivo di sua sorella da quando glielo abbiamo rivelato, chiedendomi tutte le mattine quando sarei andata a prenderla. Be', pare che il giorno sia arrivato.

Per fortuna, solo tre giorni prima della scadenza.

Per sfortuna, proprio oggi che Mason ha questa benedetta riunione.

Mi lamento mentre Tris mi aiuta a salire in macchina e durante il viaggio in ospedale invoco tutte le divinità che mi vengono in mente e poi le maledico a caso a ogni buca o frenata che mi fa contrarre l'addome.
Sembra tutto un déjà vu.
Tre anni fa, io e Tris siamo arrivate davanti al pronto soccorso con la stessa ansia e agitazione.
Tre anni fa, mi portavano in sala parto e Mason era chissà dove ad affogare il suo dolore.
Tre anni fa, partorivo sua figlia stringendo la mano della mia migliore amica.
«Dove cazzo è?», strillo per la decima volta, con le gambe all'aria e il desiderio di spingere che non riesco più a trattenere.
«Mi stavi forse cercando?», dice una voce familiare cogliendomi di sorpresa. Mi volto verso la macchia blu che sta attraversando la sala parto e i miei occhi si appannano di lacrime.
«Mason!».
«Sono qui, piccola», mi assicura prendendomi la mano.
Io gliela stritolo e urlo.
«Avevo paura che non arrivassi in tempo», rivelo riprendendo fiato.
«Non me lo sarei perso per niente al mondo».
«Non te lo sei perso per un pelo», sottolinea Tris dal lato opposto.
«Ero dall'altra parte della città, *Patrisha*».
«Non cominciate!», li ammonisco spingendo poi con tutte le mie forze.
«Dai, piccola. Stai andando alla grande!».
«Sì, amica. Spingi!».
L'ostetrica tra le mie gambe sembra d'accordo e mi incita a spingere ancora.
Lo faccio, sentendo il mio corpo andare a fuoco.
«Ho detto spingi, non stringi, maledizione!».
Ma io non riesco a fare una cosa senza l'altra, così conti-

nuo a stringere le loro mani e a spingere finché non sento un bruciore fortissimo e poi un vuoto improvviso.

Un vagito in lontananza, strilli che non escono più dalla mia bocca, ma dalle loro.

Mi rilasso.

Ce l'ho fatta.

È finita.

Anzi, è appena ricominciata.

Notti insonni, capezzoli indolenziti, pannolini e tutto quanto…

Il pensiero per un attimo mi travolge e mi annienta, ma poi Mason mi affianca, tra le sue braccia c'è Faith, provata almeno quanto me.

«È perfetta», mormora con le lacrime agli occhi.

Vorrei avere una macchina fotografica per immortalare questo momento, per imprigionare le sue emozioni su una pellicola e ricordare quanto può essere forte l'amore quando ti sorprende.

Me la posa sul petto, baciandomi la fronte, la guancia, le labbra. «E tu sei stata incredibile, Sky. E io ti amo così tanto, cazzo».

È ricominciata, ma questa volta sarà diverso.

Questa volta, lui sarà al nostro fianco.

Sempre.

«Ti amo anch'io».

Ringraziamenti

Questa storia è un po' come l'amore tra Skyler e Mason…

È nata in mezzo alla tormenta, tra altre storie iniziate e abbandonate, in un periodo in cui io mi sentivo tutto tranne che in grado di concentrarmi su qualcosa.

Ha preso forma contro ogni aspettativa, imponendosi nella mia quotidianità e nei miei pensieri con la stessa delicatezza di Tris… come un caterpillar, insomma!

Spero che sia riuscita a imporsi anche in voi, che vi abbia fatto emozionare e che, nel bene e nel male, vi abbia lasciato qualcosa.

Ringrazio la Newton Compton per avermi dato l'incredibile opportunità di portare questo romanzo in libreria.

Era un sogno che custodivo da anni e che avevo quasi riposto in un cassetto, insieme ad altri che credevo irrealizzabili. Invece eccomi qui ed è surreale pensare a quanto la vita può sorprenderti, a volte.

Grazie a Elena Paganelli per avermi accompagnata in questa nuova edizione con professionalità e disponibilità, è stato un piacere lavorare con te.

Grazie ad Anna Russo per essere sempre al mio fianco in ogni avventura. Sarò ripetitiva, ma senza di te non sarebbe la stessa cosa.

Oltre a lei, ci sono state altre persone che mi sono state vicine e mi hanno spronato a non mollare, appassionandosi a questa storia mentre ancora era poco più di un'idea e vedendola crescere giorno dopo giorno. Sì, sto parlando di voi: Emanuela Baldari, Enrica Renella, Eugenia Bianchini, Daniela Nocerino, Arianna Russo, Concetta Palmieri, Azzurra Pacaccio e Mariacarla Bruno. Se questa storia è riuscita ad arrivare alla fine è anche merito vostro, quindi grazie di esserci.

Grazie alle blogger che come sempre si prodigano per aiutare noi autrici ad arrivare a più lettori possibili.

Siete fondamentali e avete tutta la mia stima.

E, sperando di non essermi dimenticato nessuno, ringrazio te, lettore o lettrice, che per scelta o per caso sei incappat* in questa storia e hai deciso di dedicargli il tuo tempo.

Grazie, per aver dato un'occasione al mio romanzo.

Grazie per aver dato una possibilità a me, per la prima volta o per l'ennesima. Spero di non aver deluso le tue aspettative.

In ogni caso, puoi farmelo sapere lasciando una recensione o contattandomi sui vari social.

Le vostre impressioni e i vostri feedback sono essenziali per me.

Con questo, passo e chiudo.

See you soon,

Scar

Indice